EL ORIGEN DEL MAL

LA TRAMA

El origen del mal

José Carlos Somoza

Primera edición: enero de 2018
Primera reimpresión: julio de 2018

Travessera de Gràcia, 47-49. 08021 Barcelona

Printed in Spain – Impreso en España

ISBN: 978-84-666-6263-5
Depósito legal: B-22.983-2017

Compuesto en gama, s. l.

Impreso en Limpergraf
Barberà del Vallès (Barcelona)

B S 6 2 6 3 5

Penguin
Random House
Grupo Editorial

A los magníficos profesionales de la
Agencia Literaria Carmen Balcells, SA

La noche y la ausencia de luces convierten la casa en una posibilidad. Una sombra blanca, como un negativo de foto. Rodeada de arbustos desmañados, los postigos clausuran sus ventanas. Un destartalado aparato de aire acondicionado expulsa viento cálido desde un balcón. Su monótono clamor apaga otros sonidos, aunque, en ocasiones, los gritos se imponen sobre el runruneo de la máquina, que prosigue su trajín sin altibajos.

Solo los gritos se hacen más intensos conforme la noche avanza.

—Creo en la literatura —dice mi amigo el librero—. El poder de la palabra para... transformar..., cambiar las cosas.

—Desde luego, las cosas han cambiado, y no precisamente a mejor.

—Ah, pero tú, amigo, te refieres a la crisis. El descenso de ventas. El libro electrónico. La piratería. Eso es el negocio. Yo hablo del libro. Del misterio de leer. Leer puede cambiarlo todo. Es lo que creo. Ya sé lo que piensas. Piensas: «Vale, pero eso no nos da de comer.»

—No, no, estoy de acuerdo contigo. Soy idealista por naturaleza. Pero, claro, también hay que comer. Y hablando de comer, están de puta madre, las aceitunas.

—Sí, muy buenas —conviene mi amigo el librero y captura otra.

Son olivas grandes, oscuras, olorosas debido al fuerte aliño. Nos han puesto una tapa con las bebidas. Es un bar amigable, aunque ruidoso. En el televisor de la pared un público aplaude a un concursante por acertar una palabra.

—Ya me conoces, somos de la misma opinión.

—Lo sé —dice mi amigo el librero—. Por eso te llamé a ti. Crees en los libros, como yo. Por cierto, antes de que se me olvide. Toma. Son unas doscientas páginas, te lo ventilas en un día.

Se inclina bajo la mesa y me entrega una bolsa de plástico negro, una de esas sin distintivos que podrían servir para arrojar basura. Eso me divierte, porque el gesto con que me la presenta, ceremonial, hace pensar que me ofrece un tesoro de valor incalculable. Aunque ignoro qué valor real puede tener su contenido, la trato con idéntico respeto. Nuestras manos se rozan con el traspaso. Las manos de mi amigo el librero son grandes y recias, como todo él. Y sin embargo, a pesar de su corpulencia, hay cierta gracia rítmica en sus gestos que lo aligera. Ignoro si ello tiene que ver con ser marroquí e hijo de marroquíes, pero sospecho que es mi fantasía lo que me hace pensar en sultanes y visires legendarios. En España, el desconocimiento de los ritos y costumbres del país más próximo del sur es asombroso. En todo caso, mi amigo el librero lleva viviendo en Madrid más tiempo que yo. Viste camisas bajo chaquetas de algodón, haga el tiempo que haga. Sonríe con cierto dolor, quizá porque cuando algo le duele, sonríe. Lo que más me gustan son sus ojeras: abultadas y vinosas, como si en ellas guardara todos los libros que han pasado por sus ojos, como si los hubiera decantado extrayendo la sabiduría que contienen para depositarla en esas alforjas, como un antiguo mercader de su país las viandas que transporta. Nos conocemos desde hace años. Somos amigos, aunque no íntimos. Yo escribo libros, él pone su espacio en un pequeño local que regenta en la calle de los Libreros para presentarlos. Luego los vende. O lo intenta.

Dejo en el suelo la bolsa que me acaba de entregar

mientras mi amigo llama al camarero y paga su refresco y mi cerveza. Insiste en invitarme, así como en abonarme lo que nos han ofrecido por leer lo que hay en esa bolsa. He aceptado ambas cosas.

—Tú ya lo has leído, ¿no?

—Sí.

—¿Y?

Mi amigo el librero me dirige una mirada muy extraña.

—No te diré nada, no quiero influirte. Si te pagan solo por leerlo, léelo.

Le respondo que lo haré, pero en realidad estoy pensando en lo que he visto en sus ojos. Cierto resplandor familiar, común a la pequeña secta de los que amamos los libros. Hago cábalas sobre su posible significado mientras el concurso da paso a las noticias en el televisor del bar. Es un bar cerca de la plaza de Luna, de los de antes, con su barra de mármol y su cementerio de servilletas usadas en el suelo. La pantalla no es de las de antes, sin embargo. Los colores y formas resaltan como si fuese una ventana abierta a algo que sucede tras la pared. Debido al reciente secuestro en Ceuta ofrecen una especie de retrospectiva del terrorismo islámico. 11-S, 11-M, Charlie Hebdo...

—Ayer agredieron a mi nieto pequeño en la escuela —dice mi amigo el librero. Lo dice así, de forma tan abrupta, girando su ampuloso torso para ver las noticias, que no sé qué replicar—. No, tranquilo, no le ha pasado nada —agrega—. Fue una pelea con un chico de su clase y le dieron un tortazo. Pero un tortazo es algo que se puede dar y se puede devolver. Lo que pasa es que el chico que le pegó le llamó «moro asesino». Y eso, amigo, no se puede devolver. No hay manera de devolver eso, hagas lo que hagas. Ni diciéndole que tu familia es tan española como la suya, ni quejándote de racismo y xenofobia en el Congreso de los Diputados. Eso se te queda dentro. Y lo que más me dolió, amigo, ¿sabes qué es? Que a mi nieto también le dolió más el insulto que el tortazo, aunque el tortazo se lo llevó él solo, claro. —Sonríe.

—Hay mucha neura con el secuestro de esas chicas, no hay que hacer caso.

Lo digo por decir algo. Comprendo bien la especial sensibilidad de mi amigo el librero. Ha tratado siempre de llevar una moderada vida musulmana. Respeta relajadamente el Ramadán y compra en tiendas *halal.* No exagera con nada. Sus hijos nacieron en España. Cuando llevas en un país tanto tiempo y haces una familia, te sientes de él, digan lo que digan los convenios internacionales o tus documentos.

Mi amigo el librero mueve una mano.

—No, no, si te lo cuento por otra cosa. Lo que hablábamos antes sobre la crisis de los libros. Yo creo que tu trabajo y mi negocio son un tema, y otro muy distinto los libros. Vale, casi nadie lee libros ni los compra, pero el chico que ayer pegó a mi nieto y le llamó «moro asesino» lo hizo, sin él saberlo, por un libro. Unas palabras escritas hace mucho tiempo, pero que siguen... provocándonos, alterándonos, diciendo lo que debemos creer y lo que no, cómo debemos tratar a otros... ¿Comprendes lo que quiero decir? ¿Libros en crisis? No, amigo. Los libros nunca están en crisis. Ellos siguen y seguirán mientras haya gente que sepa leer. Tú lee eso. Y me llamas.

El hombre había aparecido en la librería la tarde del día anterior. Mi amigo el librero se hallaba de pie tras el mostrador, por supuesto a solas, con pocas esperanzas de recibir clientes habituales en lo que restaba de jornada, con menos aún de que no fuese habitual. Pero aquel hombre era un desconocido, y lo confirmaba su titubeo antes de entrar. Porque había mirado, indeciso, el letrero de la librería, como para asegurarse de que no se equivocaba, de que era la correcta. Ello brindó la oportunidad a mi amigo el librero de observarlo bien, allí enmarcado por la puerta de cristal, bajo la solana de la tarde de abril espléndida. Joven, bajito, de complexión dirigida hacia la gordura aunque solo su barriga hubiese llegado a la meta por el momento. Con una mano se rascaba la barba rubia y tan rizada como su escaso pelo, con la otra sujetaba una bolsa en bandolera cuya correa cruzaba un polo rosa claro sobre unos vaqueros holgados y caídos. Escrutaba el nombre de la librería con sus ojos pequeños. Podría haber pasado por un joven y despistado profesor universitario el primer día de clase. Cuando entró mostró una sonrisa que ya no descolgó ni un instante. Mi amigo el librero afirma que cuando alguien sonríe tanto es que le pagan por sonreír.

El desconocido se dirigió a mi amigo por su nombre, entre rubores y voz suave, mientras desataba las gomas de una gruesa carpeta azul que había sacado de la bolsa. Explicó que venía a entregarle eso.

—¿Y qué voy a hacer con esto? —dice mi amigo el librero—. Yo no publico manuscritos, soy librero.

—Sí, ya lo sé —dice el desconocido—. Solo quiero que lo lea y se lo dé a leer a alguien que usted conozca, alguien de su confianza, por ver si es posible publicarlo.

—Ya le estoy diciendo que no me dedico a eso: soy librero.

—Comprendo, comprendo. Pero ¿conoce escritores? ¿Gente del mundillo?

—Claro que conozco. Pero le repito, no soy editor. Debe ir a una editorial.

El hombre lo admite. Incluso parece avergonzado de la petición, como si todo lo que pudiera esgrimir su interlocutor como motivo para no aceptar fuese válido. Pero tiene una manera tan humilde de insistir que mi amigo no puede enfadarse.

—Es que me han encargado que se lo dé a usted —dice al fin el desconocido.

—¿A mí? ¿Por qué?

—Usted es marroquí. Estas son las memorias de alguien que vivió en el antiguo Protectorado.

—Bueno, ¿y?

—Que usted puede comprender mejor. Le doy esto por la molestia, y esto para que se lo dé a la persona que usted elija —dice el desconocido y distribuye sobre el mostrador varios billetes—. Me pondré en contacto con usted pasado mañana. Pero es muy importante que lo lean en un día. El propietario tiene otras ofertas y debe decidir.

Mi amigo el librero me llamó esa misma noche. Me dijo que si hubiese sido otro objeto, cualquier otro objeto, jamás habría aceptado una propuesta así, con esas prisas, por mucho que los billetes fueran altos y tentadores y que su negocio estuviese feneciendo. Ninguno de sus hijos ha querido hacerse cargo de la librería. Una librería como la de mi amigo nunca ha dado muchos beneficios, pero ahora menos que nunca. Porque son librerías solo para lectores: seres misteriosos y escasos que amamos los libros. Pero él quiere hundirse con el barco, me dice. Lleva en Madrid cuatro décadas, comenzó como empleado en los puestos de Atocha, puso en marcha un negocio independiente de libros de segunda mano a medias con otro amigo y acabó poseyendo ese pequeño local. Ha luchado demasiado como para darse ahora por vencido y no está en condiciones de rechazar el dinero. Pero, me dijo, no aceptó por eso.

Aceptó porque, a fin de cuentas, se trataba de leer. Los papeles escritos, encuadernados o no, son sus amigos. Pensó que nada malo iba a sucederle si, simplemente, los leía. Y eso era lo que había hecho. Luego me había llamado a mí.

No había querido decirme nada sobre el texto: solo me había contado cómo lo había recibido y cuánto pagaban por leerlo. ¿Me interesaba? Sí. Quedamos en el café de la plaza de Luna al día siguiente y me entregó aquella bolsa con mucho misterio.

La bolsa reposa ahora entre mis pies mientras aguardo, sentado en un banco, la llegada del metro en Gran Vía.

La gente llena el andén, la mayoría encorvada ante los móviles. Quien no mira el teléfono mira la pantalla de televisión de la estación, donde hablan de las tres jóvenes estudiantes secuestradas en Ceuta, probablemente por los yihadistas. Sus fotos aparecen en orden: Teresa, Erica, Yolanda. Siempre me ha producido escalofríos ver el rostro de alguien en una foto en televisión. No en un vídeo, en una foto. Un amigo me dijo una vez que era una diferencia crucial: si apareces en un vídeo, es probable que estés vivo; si es una foto, lo más probable es que hayas muerto. Ignoro si me lo contaron debido a que es así como se suele proceder en la televisión. Lo cierto es que cada vez que veo la foto de alguien en una noticia resulta ser una crónica fúnebre.

Me inclino sobre la bolsa abierta con la resma de papeles dentro. Es como una boca oscura que mostrase los dientes apretados detrás. Callada, pero dispuesta a hablar.

Los saco de la bolsa. Están unidos por dos gomas en cruz. Al quitarlas me llevo una sorpresa. Son fotocopias.

No un archivo de ordenador impreso: auténticas fotocopias.

Esto que escribo no va de mí. Esto que escribo va de lo que (enseguida) voy a descubrir que contienen esas fotocopias. Pero si he de decir algo sobre mí, diré esto: soy escritor, empecé a publicar hace veinte años y los primeros manuscritos que envié a las editoriales eran fotocopias. Tal como estas que ahora sostengo en la estación de metro. Hechas en tiendas que olían a papel y tinta, a veces con el original mal colocado dejando bocados negros en la impresión, igual que estas. Y eso no es todo. El documento fotocopiado parece haber sido escrito con una antigua máquina de escribir. Una máquina por la que ahora pagaría sustancialmente un coleccionista, sobre un papel con manchas como las de la piel de los viejos. Mis primeras palabras profesionales las escribí a máquina, primero de las manuales, luego electrónica.

Siempre le he concedido importancia al misterio de las coincidencias.

La experiencia me dice que me frustraré. Así suele ocurrir. No hay mejor libro que aquel que imaginamos antes de comenzar a leer. Pero por el momento el envase me gusta. Me hace pensar que cierra alguna clase de círculo en mi vida (fotocopias, máquina de escribir). Sostengo los papeles como si hubiese atrapado una mariposa fascinante de los trópicos y, cuando llega mi tren, entro en el vagón con ellos en la mano como si lo hiciera en una máquina del tiempo.

«No te diré nada, no quiero influirte. Tú lee eso. Y me llamas.»

Me quedan al menos veinte minutos antes de llegar a

la parada del autobús que debo tomar hasta mi casa. En Tribunal un asiento se vacía.

Nadie me mira, todos me miran. Creo que no hay tantos papeles juntos en todo el tren. Pero ya estoy concentrado en la lectura.

En la primera página, además del título, figuran los primeros párrafos.

El título —*El origen del mal*— y la primera frase —«Estoy muerto»— me intrigan.

No espero ni deseo nada, solo me dejo llevar.

Como siempre cuando me pongo a leer.

EL ORIGEN DEL MAL

1

La profecía de Sonia Masomenos

Estoy muerto. Me mataron un día de septiembre de 1957 de un balazo en la cabeza. Contar mi muerte era el propósito inicial de esta torpe página que martirizo con una máquina de escribir. Pero acabo de descubrir algo, o mejor, dos cosas: no puedo explicar mi muerte sin antes explicar mi vida, por lo que quizás el relato me lleve más tiempo del que creía; y también he sabido, con cierta sorpresa, que la vida en la muerte puede ser aceptable, incluso deseable, a condición de reencontrarte con aquellos a los que amas. Si no es así, que el Señor me perdone, la vida, eterna o no, carece de interés.

Mi vida no tiene sentido sin ti.

Morirme, ahora lo sé, no significa haber perdido mi vida: morirme significa haber perdido la tuya.

Es por ti, sobre todo, que escribo esto. Si estos papeles te alcanzan, si llegaras a leerlos, me resignaré de buena voluntad a la muerte.

Y si pudiera verte de nuevo, por algún milagro de la Gracia Divina, ¡ay, entonces para mí sería como si no fuese a morir nunca!

Como si continuase viviendo para siempre.

Me he despertado hace un minuto y he pensado que quizá no seas tú quien esté al otro lado de estas páginas. Pero ello no significa que no vayan a ser leídas. Acaso sean otros ojos los que se asomen a esta crónica. Es por eso que quiero que mis palabras signifiquen más que garabatos impresos en papel.

Soy consciente de que el obstáculo a superar es muy alto. En vida me gustaba mucho leer, y de sobra conozco el escepticismo con que enfrentamos cualquier texto. Por eso lo inicio diciendo: soy yo quien esto escribe, tuve una vida como tú y dispongo de poco tiempo para convencerte de lo real de mi historia, no menos real que la amenaza que afronté y que me ha llevado a la muerte. Me consta que debo ofrecer pruebas que garanticen que lo aquí narrado es verídico. Pruebas y acaso explicaciones: unas no son nada sin las otras. Y si, por la bondad de Dios y la intercesión de la Virgen, eres tú quien posa los ojos en mi narración, amor mío, entonces tanto mejor, porque ya sabrás que no estoy mintiendo.

Se me ocurre comenzar contando algo que te probará que soy yo quien está tras estas páginas, porque es una anécdota que apenas conoce nadie más que tú. En realidad, has conocido casi todos los hechos que voy a contar aquí.

Casi todos, excepto los que han provocado mi muerte. Pronto conocerás esos también.

Pero lo que quiero contar ahora es la profecía. ¿Recuerdas que te hablé de ella?

Ocurrió en Toledo. No soy oriundo de allí: en vida me llamé Ángel Carvajal y nací en Valencia en 1917, de familia granadina y almeriense. Habría podido nacer en cualquier otro sitio porque mi padre era militar, y por tanto errabundo (mi hermana Luisa, tres años mayor que yo, había abierto los ojos en Zaragoza). Mi abuelo paterno decía que las familias de militares echan raíces en la patria, no en la tierra. Como para probar ese aserto, a mis tres años de edad nos mudamos a Toledo, donde mi padre empezó a trabajar de profesor en la Academia Militar del Alcázar.

Hubo un tiempo en que creí que Toledo había sido mi pequeño paraíso, un lugar de inefable felicidad e ignorancia. Ahora, en cambio, mirando hacia esos años, estoy convencido de que mis compañeros de colegio y yo intuíamos algo sobre las sombras que se avecinaban. Porque un niño es, a su modo, una especie de papel que, no siendo consciente de lo que se escribe en su seno, lo porta, sin embargo, de un lado a otro en la mirada y la conducta. Jugábamos y gritábamos con ese alboroto jovial de la infancia, pero ahora creo que, sin darnos cuenta, una inquietud se iba posando en nosotros como el polvo en los muebles. Un presagio. Recuerdo una foto de mi clase que tú conservas, me veo a mí mismo mirando a la cámara junto a mis casi rapados compañeros, y lo percibo en nuestras miradas. Como si dijéramos: «Ahora es cuando llega el momento, para nosotros los niños, de miraros a vosotros, los adultos del futuro. Para que sepáis lo que estáis a punto de destruir.»

Pero, si existía, eso era solo un presagio, no fue la «profecía».

La profecía me la dijo una niña llamada Sonia.

No recuerdo su apellido. La apodaban Sonia «Masomenos» por su hábito de acabar con esa coletilla muchas frases. Tenía dos o tres años más que yo y era flacucha, esmirriada casi, de largas trenzas negras y rostro anguloso e inmensamente serio.

—Leo el futuro en las manos, más o menos —decía.

Yo era de los pocos que creían sus vaticinios a pies juntillas, porque algo en su circunspección me entontecía. Vivía cerca de la plaza de Zocodover, y allí nos juntábamos para nuestras chiquilladas mis amigos y yo y sus amigas y ella. Mis compañeros la tildaban de bruja, creo que debido a que tenía una abuela que sabía leer las líneas de la mano y le había enseñado aquella honda sabiduría. Pero cuando la recordé de mayor pensé que sobre todo era bruja por ser tan seria. La distancia entre nuestros juegos de niños y su seriedad era, para nosotros, mágica. Y su tristeza. Era triste de forma innata, como si realmente conociese el futuro. El futuro último, el final. A mí me daba miedo acercarme a ella, la veía como un tótem, un ídolo hermoso y a la vez terrible. Con aquella espalda cargada, tan flaca que los huesos le abultaban como alas de murciélago plegadas. Me volvía loco con ella. A nadie más le gustaba.

Y como no se me ocurría de qué otra forma iba a acercarme a aquella niña mayor y sabia, un día me entregué al sacrificio de dejar que me leyera la mano.

Los veo todavía: sus dedos largos, huesudos, blancos, tomando los míos, morenos y cortos. Un calambre me recorría la espina dorsal.

Sonia Masomenos: yo ansiaba que, en ese futuro que iba a desvelarme, me dijese que me casaría con ella y nunca la dejaría. Y algo parecido me dijo al principio, pero, para mi tristeza, nada sobre nuestra posible vida en común.

—Te casarás —recitó, siempre enaltecida por su certidumbre—, tendrás hijos, viajarás. Serás militar, muy importante, más o menos. Y... —De súbito calló, como bajo el peso de una sombra enorme. Apartó la vista de mi mano y me miró con aquella gravedad tan pura, como hecha de cosas en su rostro que ella misma no podía controlar. Cosas que me fascinaban.

—¿Y qué más? —Fruncí el ceño—. ¿Qué más? ¡Dime! ¿Qué más? —Ella callaba y retrocedía, como si sus ojos fuesen una madriguera y la mirada, el animal que la habita—. ¡Dime, o no te dejaré que me leas la mano otra vez, Sonia Masomenos! —le advertí.

No le gustaba el mote y creí que ofendiéndola hablaría, pero no cedió. No abrió aquel cofre. Se apartó de mí lentamente y dio media vuelta. No fue como si se alejara sino como si se consumiera. Una vela.

Es el último recuerdo que tengo de ella: apagándose en silencio, oscureciéndose, mientras, aturdido y ciego por su desaire, yo le chillaba encolerizado haciendo añicos mi pobre amor. ¡Tonta! ¡Idiota! ¡Sonia Masomenos! ¡Sonia Masomenos! Me duelen las cosas que le grité.

No volví a verla en mi memoria. Su padre, un maestro de izquierdas, sería fusilado años después. Ella había muerto antes, de tuberculosis.

Siempre pensé que, sin saber qué más cosas inventar al leerme la mano, se había burlado de mí. Pero ahora creo en Sonia y en su profecía. Creo saber qué era aquel último vaticinio y por qué me lo ocultó.

Vio mi muerte. Vio que me matarían a mis cuarenta años exactos. Sus ojos se hicieron hondos y negros como el cañón de la pistola que iba a sentenciarme.

Te matarán, Ángel: eso fue lo que no me dijo. Cuando más seguro te creas, cuando menos culpable parezcas. Te matarán y tendrás que contar cómo, para impedir que otros mueran.

Más o menos.

2

Qué mal van a ir las cosas

Releo lo escrito y me detengo donde afirmo que, cuando niño, yo ya tenía un «presagio» de los malos días. Pero esto provenía de los adultos. Como todo niño, yo era un actorcillo teatral, o más bien de vodevil, y divertía a los mayores en el escenario mientras escuchaba las charlas serias de la familia entre bastidores. Y casi todas las charlas que recuerdo arribaban, en mi conciencia infantil, a una sola conclusión: el mal. Algo iba mal, en el país, el gobierno, las costumbres. No parecía que las cosas hubieran tenido que esforzarse para ir mal, tan solo había que dejarlas quietas, al sol, como la carne que no cocinabas pronto. Tal era la tendencia natural: si no hacías nada, si olvidabas hacerlo o no querías, todo iría mal. El origen de cualquier mal era fácil: el descuido. Como si se necesitara una constante vigilancia. Mi padre era militar, y esa opinión de que el mundo empeoraría sin custodia parecía propia de su profesión, pero lo más curioso del caso era que el mal aparecía antes en boca de los demás que en la suya. Veo a mi madre y mi abuela diciéndolo, ominosamente, incluso a solas, como si no necesitaran que nadie las oyera: qué mal van a ir las cosas. En cambio, mi padre solía sumirse en el silencio. O si no, intentaba tranquilizarme mientras dábamos un paseo juntos por el campo, hábito que me hizo adorar. «Nunca pasa nada, y si pasa no importa» era su frase castrense («Nunca pasa nada, etc.», solía abreviar en las misivas cuando se hallaba lejos). Mi madre y mi hermana lo repetían por contagio. Tanto que dejó de gustarme. «Nunca pasa nada» significó, para mí, justo lo contrario: pronto iba a pasar algo. Creí comprender que no era una definición sino un deseo, un rezo, una petición inútil a la divinidad.

Porque claro que pasaban cosas importantes.

Años después me enfrasqué en la lectura de la historia con voracidad, como quien ha llegado demasiado tarde a una reunión y desea conocer todo lo que se ha dicho durante su ausencia. Me dio por pensar que los signos ya estaban ahí, diáfanos, en las líneas de la mano de España, y que solo debíamos descifrarlos. Tomé conciencia de la situación. En efecto, las cosas iban a ir mal, pero el pasado reciente contenía todas las semillas de aquel oscuro brote. La catastrófica guerra con Marruecos, donde mi abuelo paterno y mi padre apostaron sus vidas y solo este último regresó para contarlo. El aberrante fin de la monarquía y la llegada de una República que, desplomada sobre nuestro país, se hizo pedazos nada más caer, finalizando entre escombros no menos aberrantes. El Mal cobró forma, signo, mayúsculas. Como en el augurio misterioso de Sonia Masomenos, la vida de mi país podía leerse en las huellas de su devenir. Era como si la historia fuese la profecía de lo ya sucedido. O por lo menos eso creía en mi juventud, a la edad en que las cosas se creen con exageración.

En aquel momento, claro está, me faltaba perspectiva. Ahora puedo mirar hacia atrás, hacia aquellos años terribles, y observarme situado en mi propia atalaya, que era la de hijo y nieto de militares. Desde ella era fácil asumir que todos los que habían dado su sangre por España (mi abuelo, hasta la última gota) eran despreciados e ignorados por un gobierno ingrato. La República cerraba academias militares, alentaba el abandono del servicio activo, recortaba el presupuesto destinado a mantener el ejército. El gobierno me parecía un niño aburrido de jugar a soldaditos arrojándolos de nuevo a la caja con desgana. Eso hizo nacer, en el corazón de muchos compañeros de mi padre, el roedor infatigable de la venganza. No en mi padre, curiosamente, que, aunque descontento, no se alteraba («Nunca pasa nada»). Pero hasta él mismo cambió un día, y me lo demostró en una charla que enseguida relataré y que, a su modo, también me transformó a mí.

Pasaban cosas, en efecto. No todas malas, aunque eso solo lo supe con el tiempo: perdido su puesto de profesor por el cierre de la Academia de Toledo, mi padre fue trasladado primero a Madrid y luego a Marruecos. Gracias a ello crucé el Estrecho por primera vez y llegué al país de sol, aromas, cantos, minaretes blancos y miradas oscuras que se convertiría en mi verdadera patria con el transcurso de los años.

Así fue, y fui feliz (tú lo sabes) de que así hubiese sido.

Ansiaba ser militar y seguir los pasos de los Carvajal, pero la situación lo ponía difícil. Tras algún inútil intento de entrar en la Academia Militar de Zaragoza, superviviente de aquella limpieza frenética del mundo soldadesco, decidí cambiar de rumbo. Me quedaba la universidad, y no tuve que dudar mucho para elegir una carrera. Mis abuelos maternos seguían viviendo en la finca de Granada, y cuando les conté mi plan me ofrecieron hospedaje encantados. Hice mi maleta y trasladé mi expediente a la universidad de aquella ciudad, donde comencé estudios de Filosofía y Letras buscando ser historiador. Me recuerdo llenando cuadernos enteros con prosa y poesía casi cruda, cuya materia prima, cuando no era un nuevo amor o un ideal, era la historia. Soñaba con crear una teoría histórica donde las causas siempre tuvieran efectos. En ella, el peor Mal, el Mal con mayúsculas, se derivaría de pequeños, mediocres males cometidos por individuos mezquinos insignificantes. Me atrajo la historia militar: soñaba con convertirme en un veterano académico que conociera los remotos corredores de las batallas del pasado. Ahora me ruborizo al pensar en lo ingenuo que fui cuando, al instalarme en Granada, creí haber dejado atrás la inquietud iniciando un nuevo camino que me permitiría dedicarme a construir mi vida.

Pero España entera se fracturaba y Granada quedaba en medio del abismo que nos tragaría a todos.

Si mi paraíso había sido Toledo y Marruecos, mi hogar y mi tumba, Granada fue mi infierno. Con el falangista Saldaña («Te enseñaré a matar cerdos»). Con la locura de la guerra. Y con Elías Roca.

(Sé que debo hablar de él.

Mi pulso tiembla.)

Nada nos hace más verdugos que sentirnos víctimas: frase de un moro a quien conocí (ya hablaré de él). Ahora solo diré que, cuando la profecía de Sonia Masomenos empezó a cumplirse y me convertí en un militar «más o menos importante», traté con muchos moros. Comprendí bien ese cemento que los transforma de saltamontes aislados en plagas combatientes de langostas. ¿Acaso estoy tratando de explicarme a mí mismo, como falso historiador, el porqué me hice falangista? No lo sé. Pero creo que cuando te sientes perteneciendo a un grupo de abusados, de víctimas, olvidas las diferencias internas y te unes para responder. Yo era católico y amaba mi patria. Hablo en pasado, veinte años después de todo aquel torbellino, y aunque sigo pensando que esas joyas son valiosas, he conocido buenas personas adornadas con otras, y malas que lucían las mías. Pero en aquellos días mi grupo era ese: católico, patriota, justiciero. Y no podía asomarme a la prensa ni oír la radio sin sentir asco ante lo que me parecían los desmanes de los grupos de izquierda y las contemplaciones con que el gobierno los trataba. Despotricaba de eso con mi propio grupo en la universidad, hasta que, al oírme, uno de ellos, me invitó a acompañarle. Nada te hace más verdugo que sentirte víctima.

Anochecía cuando llegamos a la calle Cuesta del Progreso, donde estaba la sede de Falange. Recuerdo de ese trayecto una pelea de perros callejera. Perros sin dueño aparente lanzándose dentelladas entre un público más divertido que espantado. No habría más de diez personas en el salón al que fui guiado. Escuchaban un flamígero discurso, alzaban la mano en respuesta. En la inflamada, pero, para mi modo de pensar, verídica oratoria del camisa azul que nos arengaba, la palabra «naufragio» se repetía varias veces. España se bamboleaba bajo una tormenta en un barco que otros habían saboteado. Quedábamos los falangistas como el pecio flotante. En el umbral, un joven alto, corpulento, moreno, con entradas que anunciaban una temprana calvicie, alzaba su fino bigote en una sonrisa. Al pasarme un folleto de propaganda se inclinó hacia mí.

—Hay que hacer un poco de teatro, camarada, ya sabes —susurró—. Emblemas, fascismo, tal y cual. Todo sea por España. Por cierto, te he visto en la universidad, en la facultad de los rojos.

—Y yo a ti. —Sonreí. Era cierto: su figura imponente no pasaba desapercibida en los pasillos de la facultad, pero estaba seguro de que era mayor, no de mi curso.

—Vaya. —Hizo un mohín—. Ahora sabemos cómo chantajearnos mutuamente. Te propongo que seamos amigos por puro interés.

Era magnético, a su modo, pero yo venía empapado de gasolina y necesitaba fuego, no el cubo de agua del bromista sobre la puerta. Lo miré con desconfianza.

—¿Siempre eres tan gracioso? —inquirí.

—Hoy has conocido mi lado serio, camarada. Ya verás cuando bromee.

—No quiero perdérmelo.

Nos interrumpió un bosque de brazos alzados a los que ambos respondimos, como resortes. No bien acabada la aclamación, como para acentuar la metáfora del discurso, se oyeron truenos desde la ventana. No disparos, como a veces se escuchaban en las noches oscuras de Granada. Verdaderos truenos en un cielo de nubes tenebrosas y rayos de último sol.

—Día bonito y feo a la par —dijo el chico de la propaganda y me tendió una mano grande y morena—. Me llamo Elías Roca. Es tu primera visita, supongo.

—Ángel Carvajal. Y sí, es mi primera visita.

—Ángel... —Saboreó el nombre—. ¿De los buenos o de los malos? En España hay que elegir, ya sabes.

—Soy más bien malillo.

Ponderó mi respuesta rascándose el mentón.

—No puedo decir que no me guste eso, camarada Malillo, pero no lo digas en voz alta. Aquí somos todos buenos.

—¡Elías! —Lo llamó alguien.

No volví a verle esa tarde.

Dos días después pertenecía a una escuadra y repartía propaganda por las calles. Formábamos un grupo compacto de estricta jerarquía, lo cual me hacía sentir bien. Nuestro especial lenguaje de signos, la forma de unir las manos y un juramento particular propio de nuestra escuadra al estilo del lema de los Mosqueteros eran escudos tranquilizadores. Nuestro cabecilla variaba según qué exploraciones hiciéramos. El principal se llamaba Saldaña y tenía el pelo castaño claro muy rapado. Nada más recibirme me dijo lo de «enseñarme a matar cerdos», lo cual no entendí al pronto, y no deseé entenderlo cuando lo entendí. Tampoco a él lo vi matar a nadie, cerdo o no, pero era bravucón. Se plantaba ante nosotros preparándonos para las salidas, manos en la cintura, y escupía una voz sorprendente, chillona, con las venas luciéndole en la frente.

—¿Qué sois?

—¡Falangistas por España!

—¿Qué hacéis?

—¡Dar la sangre por la patria!

Fueron preguntas que me repetí más de una vez, para mis adentros, en Granada. ¿Qué era? ¿Qué hacía? Nos rodeaba una violencia que parecía no tener límites: compañeros a veces menores de edad mutilados por los antagonistas de izquierda, ahorcados, tiroteados a bocajarro, sus cadáveres quemados o arrojados a fosas donde, en ocasiones, chicos y chicas socialistas remataban la atrocidad orinando o defecando en sus rostros. Iglesias ardiendo, altares profanados. Una guerra encubierta que, de tan hinchada, había estallado en una especie de revolución hueca, errada, que no hizo sino afilar mis dientes. Era un infierno en la tierra, o así lo vivíamos, y no era posible sobrevivir sin formar parte de los demonios. Sin embargo, nuestras excursiones de venganza también me dejaban atónito. No las juzgaba, pero me quedaba simplemente paralizado, sin pensar, sin actuar. Todo lo contrario que Saldaña, que parecía renacer con ellas. Guardaba una cosecha de odio envejecido contra los rojos, en especial los intelectuales. Que yo fuera estudiante de Filosofía le divertía e irritaba a un tiempo («Este va a salirnos otro Lorca», le oí gritar una vez). Eso le hacía no fiarse de mí. Era un sentimiento recíproco.

Una noche salimos a pegar pasquines, o así se me dijo. Nuestro propósito, sin embargo, era muy distinto, y Saldaña nos apostó a la salida de un café. De allí emergieron, al poco, dos chicos tan jóvenes como nosotros. Los reconocí: fueistas célebres del grupo de estudiantes de izquierda. Uno era gordo. Fue precisamente su cuerpo el que Saldaña utilizó como blanda barrera para sus botas mientras los otros la emprendían a palos con el más delgado. El chico temblaba en el suelo como una masa de harina bajo la luz de las farolas. Saldaña calculaba los impactos, se fatigaba a sí mismo, intercalaba jadeos entre cada patada, como una especie de misterioso conjuro.

—¡Rojos... fuera... de... nuestra... patria...!

Acababa sin resuello, el enemigo también, arrugados los dos, uno en tierra y el otro en pie, como si las patadas hubiesen extraído todo el aire de ambos.

A nadie le importó que yo no participara en aquello

salvo a Saldaña. Se plantó ante mí con sus dientes enormes, bufando en mi rostro.

—Ángel, tus días de ángel celestial se acabaron. A partir de mañana pegas también. Por Dios, por la Falange, por España.

—Y por sus cojones —me diría tiempo después Elías Roca, cuando se lo conté.

3

Sé quién eres de verdad

La conversación con mi padre se produjo a fines de aquel verano de 1935.

Durante el curso yo había ocupado el pequeño piso que mis abuelos tenían en la capital. Cuando acabó el año de estudios me trasladé a la casa de campo donde vivían, en un pueblo al oeste de la ciudad. El terreno era apenas un huerto, un terrizo con palmeras enanas y un jardín que mi abuela embellecía de azaleas y begonias. Amenazado con la expropiación una y otra vez por Azaña y sus sucesores, constituía para mi hermana Luisa y para mí el recuerdo de tantos juegos, escondite inalterable de los veranos infantiles. Una vez instalado en una habitación maravillosa que daba a las sierras occidentales, debo añadir, con no poca culpa, que me aproveché cuanto pude del tierno secuestro a que me sometían mis abuelos. Dotado de esa conciencia de todo joven de ser insustituible, me entregaba a esa vida dorada sin percatarme de que ellos me la brindaban porque me necesitaban. Sin comprender que los abrazos que me daban eran los de los ancianos: más bien despedidas que recibimientos, formas de aferrar la tabla en el mar. Yo era el nieto, claro. A la nieta también la echaban de menos, pero Luisa vivía en Ceuta, donde a mi padre acababan de promocionarlo a teniente coronel del Batallón de Cazadores del Serrallo. Por eso les alegró tantísimo la carta recibida aquel verano.

—¡Lito, zafarrancho de combate, que vienen los Carvajal! —gritó mi abuelo al leerla. Me llamaban Lito, que derivaban de Angelito. Y mientras que a mis padres no les permitía tales libertades, a mis abuelos les otorgaba, magnánimo, aquella prerrogativa.

Viejo médico retirado, mi abuelo materno presumía de haber ayudado a nacer a media Granada. Los jóvenes cedistas, fueistas, socialistas granadinos que se hacían célebres por sus fechorías políticas o en los ecos de sociedad eran calificados invariablemente de «brutos» por mi abuelo, que golpeaba la noticia con su índice amarillento.

—A este bruto ayudé a traerlo yo.

En tiempos monárquicos rezongaba clamando por una república. En la República despotricaba ansiando el retorno del rey. Llevaba el mal humor con orgullo, como un traje, pero lo hacía, estoy seguro, para proteger su corazón, no menos asequible al afecto que el de su mujer. Siempre me tentó para que me hiciera médico («Nunca te morirás de hambre, Lito: Dios provee de enfermedades»). Que yo fuera falangista le hacía sonreír, y pasé de inmediato a formar parte, para él, de la lista de los brutos. Con tal sonrisa recibió a mis padres a fines de ese verano. Venían con poco equipaje, Luisa en medio de ellos, como si fueran sus custodios. Se trataba, a fin de cuentas, de una breve visita familiar. Nada hacía pensar que ocurriera algo especial. Se quedaron una semana, y fue una buena semana. Aprovechamos los residuos del verano, cocinamos conejo al aire libre y prolongamos las sobremesas con mis anécdotas sobre la universidad y las historias de la vida en Ceuta. Mi hermana hablaba de sus estudios de Enfermería y me arrojaba pequeños dardos para que confesara cuántas muchachas estaban locas por mí. Mi madre se interesaba por mis datos biológicos: peso, talla, bigote, el bronceado de mi piel, si comía bien, si hacía ejercicio. Mi padre sonreía mirándome. Parecía decirme: «Tú y yo hablamos luego.»

Y una de esas tardes que no faltan en Granada, el sol posándose en la orografía de las sierras occidentales, mi padre y yo, sin planearlo, salimos de la pequeña propiedad: la costumbre del paseo campestre que tanto me gustaba, mientras mamá y la abuela, ahora con el añadido de Luisa, preparaban guiso de albóndigas. Mi padre se detenía a ratos, señalaba plantas, insectos. Me contagiaba el asombro por todo. Era un hombre bueno y culto. Decía que un principal aliciente de la vida de soldado era estar en contacto con la naturaleza. Pero de dicha vida le gustaba (aunque no lo admitía abiertamente) sobre todo enseñar, antes que dirigir ejércitos. Era un militar muy capaz, pero se sentía mejor ayudando, mostrando, haciendo comprender. Acataba órdenes a ciegas, pero prefería dar explicaciones. Yo en aquellos paseos me situaba inconscientemente detrás, mirando su cuerpo bajito pero de hombros anchos. Aunque tal cosa era una especie de «secreto» familiar, estaba claro que mi fisonomía era más parecida a la delgadez rectilínea de mi madre, en tanto que Luisa había salido a papá. Tal alteración de géneros se sobrellevaba con resignación.

Subimos lomas caminando despacio, papá pasando revista a la vida diminuta o llevando un dedo a los labios para pedirme que no perturbase a un mirlo nutriendo a su cría en el nido. Nos asomamos a la sierra y el sol nos regaló los últimos rayos. Todo en un silencio de grandes noticias. No necesariamente buenas o malas sino grandes. Como el sol o el campo mismos.

Yo esperaba. Creo que mi padre también.

—Así que, de la Falange —dijo al fin.

—De la Falange.

Mi padre chasqueó la lengua.

—Ángel, tú eres un moderado como yo. Eso no te va.

—Los moderados en este país ya no cuentan, padre.

—Por eso somos felices ceros a la izquierda. O a la derecha, si quieres.

No me gustó su ironía. Algo encrespado, comencé una de mis soflamas sobre la necesidad imperiosa de pertenecer a un bando, pero él me detuvo.

—Qué exaltado te veo. En la Falange solo te han enseñado a tener fiebre.

—En España solo te oyen si gritas —objeté.

—No sabes cuánto me alegro de que no me oiga nadie. Además, se puede luchar por lo que crees sin chillar como un político en las Cortes.

—Dirás como un cerdo en el matadero.

—Nunca he comparado a un hombre con un cerdo.

—No debes leer muchos periódicos, entonces —repuse con desprecio.

—No suelo leerlos. Me gusta exaltarme con buenas noticias, hijo. Y no quiero saber quién gana y quién pierde según la opinión del periodista.

—Los héroes quieren ganar. —Solté otra de mis sentencias aplastantes—. Tú lo sabes, fuiste un gran héroe en Marruecos. Como el abuelo.

Se encogió de hombros. La mención de sus hazañas o las de su padre siempre lo hacía callar. Era como si creyera que el silencio honraba mejor tales recuerdos.

—Te confesaré —dijo—, sin que me oiga ningún abuelo, que nunca me ha gustado ser héroe. La valentía de un héroe es pública. Hay que ser valiente en privado.

—¿Y qué de malo tiene ser valiente en público?

—Que te utilizan. A los héroes se los apropian los extremos. Los usan para sus intereses, por eso los prefieren muertos.

—Creo que has venido a decirme que no sea militar —repliqué, dolido.

—¿Quieres serlo? Pensé que querías ser historiador.

—Puedo ser las dos cosas.

Mi padre se pasó la mano por la cara y seguimos caminando en silencio. El atardecer era como un adiós: uno de esos ocasos que no prometen un alba.

—¿Sabes el problema de ser joven? —dijo él al fin—. Que te crees que tienes que convertirte en algo que aún no eres. A mi edad comprendes que solo debes ser lo que eres. Lo que siempre has sido. Yo quiero que seas quien eres realmente, Ángel. —Hizo una pausa—. Un chico sensato, valeroso, digno, culto... No te rías. Un chico al que le gusta leer y escribir y cree en su propio extremo, no en el de otros.

Me quedé mirándolo atónito. Hasta ese momento la conversación me sonaba conocida: yo, exaltado, mi padre haciendo de dique de mis riadas. Pero aquello era nuevo. Y la alusión a los extremos se me antojaba harto capciosa.

—Hay un extremo que es bueno —repliqué.

—Es siempre el extremo donde está quien dice eso.

—¡Pero... hay algo que está mal en España, padre! Hay algo que podemos señalar y decir: «eso es el mal». ¿Eres capaz de negarlo?

Mi padre me miraba con fijeza. En sus pupilas, dos atardeceres rojos.

—Conozco el mal de sobra, hijo: siempre se apresura a señalarte dónde está el mal. ¡Qué cansancio, tanta palabrería! Dime, ¿qué partido de este país admitiría que no lucha por la justicia social, la libertad o la dignidad? La gente honrada cree en todo eso, pero los listos de uno y otro bando les convencen de que esos ideales son prerrogativa de unos pocos. ¡Si crees en la justicia social, debes ser de izquierdas y apoyar las insurrecciones asturianas! ¡Si crees en la propiedad privada, debes ser de derechas y apoyar la represión de las insurrecciones! No puedo evitar pensar... Estoy convencido de que unos y otros obedecen a intereses mayores. Son perros entrenados por dueños astutos que están tirando de este país como de un hueso... hasta partirlo. Y yo quiero a España entera. ¡Dios me permita quererla en paz!

El atardecer era incongruentemente bello, oscurecido en los picos últimos de la sierra. Como un techo de sangre presta a llovernos. Mi padre, bajito, rechoncho, calvo, jadeante, me miraba como si estuviéramos separados por un espacio vertical. No aire, sino caída. Su expresión era misteriosa. Me alarmé.

—¿Qué pasa, padre? —pregunté, aturdido.

Le costó responder. Miró la ancha herida del horizonte. Se oían risas de urracas.

—No se te ocurra decírselo a nadie —advirtió—. Ni a los abuelos, ni a mamá ni a Luisa, por supuesto... La situación va a empeorar, Ángel. Mucho. Son rumores confidenciales, claro, pero creí que tenías que saberlo.

Tras el aliento retenido en terrible espera de cualquier tragedia (un arresto, una denuncia), me relajé y hasta solté la risa.

—¿El conocido golpe militar que todo el mundo espera y teme? Lo siento, pero ya lo sabíamos: hasta el gobierno, y eso que siempre es el último en enterarse de algo.

—No sabes lo que dices —murmuró mi padre—. Tú no le has visto la cara a la guerra. Yo lo supe en Marruecos, hijo. Nunca acabas la guerra cuando participas en una.

—¿Eso es todo? —me exalté—. ¿Una guerra? ¡Pues si viene, que venga! ¡Lucharemos! España tiene un ejército de valientes. ¡Tú lo sabes mejor que yo!

—Ángel, incluso consiguiendo que todo el ejército se una, esto va a ser un baño de sangre.

—¡Por el bien de España!

—Sí. —Asentía, pero como si respondiera a otra persona—. Por el bien de España. Por el bien de mi familia, también.

—Nunca pasa nada, padre, y si pasa no importa —dije con cierto frío cinismo.

—Ahora sí importa. —Yo me contuve para no replicar más. Él estaba muy serio—. Ángel, a los abuelos hay que sacarlos. Quiero convencerles para que salgan de la península y tú me ayudarás. Ya veremos qué les decimos. En cuanto a ti... Bueno, eres mayor para decidir, pero me gustaría que vinieras a Ceuta con tu madre y tu hermana.

Me sentí como traicionado. Veía a mi padre pequeño, humilde, casi humillado. Él, que había arriesgado su vida en Marruecos, no quería que yo ahora empeñase la mía.

—Te ayudaré con los abuelos —dije—. Yo sé cuidarme.

—Te llamaré algo que no te va a gustar —repuso—: Angelito. Estoy orgulloso de ti.

Recibí su abrazo sin esperarlo, en medio de la risa. Aquel era un abrazo de los de despedida, de esos que das más para impedir que alguien se marche que para recibirlo. Un abrazo de abuelo. Cabeceó hacia el horizonte.

—¡Qué atardecer! ¿Has visto? Ya huelo las albóndigas desde aquí. Venga, vamos.

Caminamos de vuelta, en fila, yo siempre un paso detrás, como si nos dirigiéramos al mismo lugar juntos pero él quisiera llegar antes.

Esta noche ha sido intranquila. Todo lo que escribo, todo el lodo que remuevo con mis manos, se convierte en presencias nocturnas. ¿Aquí estás de nuevo, padre? ¿Quieres que te acompañe otra vez por ese campo rojizo del ocaso?

Sí, eres tú. Tu mirada tranquila, serena. La mirada de una patria calcinada. En aquel momento no te lo pude decir, pero ahora quiero hacerlo: te obedecí, padre.

Dejé de pertenecer a los extremos de otros. Traté de ser yo. Lo fui.

He muerto siéndolo.

4

Si hay guerra, lucharemos

Caminos paralelos.

Tantos conocidos a mi alrededor semejaron marchar conmigo hacia el futuro. Y sin embargo, ninguno me estaba destinado. Recorrían un breve trecho, o poco más, y de la misma forma mágica que habían aparecido se esfumaban para siempre. Salvo unos cuantos escogidos, quién sabe por quién o por qué. Caminos paralelos. A aquel compañero que había conocido en Falange llamado Elías Roca lo encontraba en la facultad, en calles y cafés, y aunque llegamos a intercambiar saludos no cruzábamos más de dos palabras. Ni siquiera me despertaba curiosidad. Su complexión grande, su calvicie prematura, su simpático rostro, se me hicieron tan familiares que apenas podía creer que no sabía nada sobre él. Siempre llamativo, siempre elegante con sus pañuelos de pico afilados en sus chaquetas, con frecuencia rodeado de compañía femenina, se me antojaba, sin embargo, algo vacuo por dentro. Me había caído bien el día que lo conocí pero, tras aquel prometedor prólogo, empecé a considerarlo una figura del paisaje, sin más.

—Malillo —me saludaba con la mano haciendo visera, como los militares.

—Elías, qué tal.

No había nada entre nosotros. Ni barreras ni atracciones. Yo estaba dedicado a otros menesteres. El verano había quedado atrás, y con él una especie de tregua en aquella lucha constante. Había abandonado la finca de los abuelos con cierto pesar, que por supuesto no podía compararse al que ellos sentían. Quedaban como posos el recuerdo de una tarde que se desangraba y la advertencia de mi padre, pero fue inútil mi insistencia en que pasaran una temporada en Ceuta. Mi abuela sonreía ingenuamente y aceptaba, pero la muralla infranqueable de mi abuelo la hacía callar. Al despedirme volví a decirlo. Mi abuelo resopló.

—Lito, no seas bruto. Para fumar y leer noticias no voy a moverme de aquí.

Los miré a ambos, de pie, uno y otro, lágrimas en los ojos de mi abuela, ternura en los de mi abuelo. Caminos paralelos que, misteriosamente, estaban juntos.

—Cuidaos —dije.

—Cuídate tú —dijo mi abuela—. Cuídate, Lito.

—Ve con Dios —graznó él con cierto titubeo, como si la compañía del Todopoderoso no fuese de su entera confianza.

Mis tareas en Falange también se habían estancado. Al regresar a ellas comprobé que, en cierta medida, todos nos habíamos vuelto más prudentes. Hasta guerreros como Saldaña procuraban mantener una especie de pacto consigo mismos: «Si ellos no atacan, nosotros tampoco.» Pegábamos pasquines y seguíamos repartiendo folletos, arengábamos en cafés y calles, pero nada cambiaba aquel equilibrio inestable. No éramos muchos, pero eso me gustaba. Tú ya lo sabes, esa especie de misantropía del mártir que a veces me asalta. Que nadie nos comprenda ni nos ayude, solo nosotros a nosotros mismos. La Falange no servía para hacer prosélitos porque casi todo el mundo siente alivio cuando forma parte de la mayoría. No así los falangistas: nuestro reino no era de este mundo. Y nuestra labor, por definición, estaba destinada al fracaso. Pero un fracaso que vislumbrábamos como el verdadero triunfo. Soñábamos con una utopía aún más inconcebible que la comunista: unir a las personas desde el interior. Queríamos hacer héroes individuales, no masas heroicas. Ni vencer ni convencer, sino transformar. Predicábamos en el desierto, pero algunos éramos conscientes de que estábamos destinados a eso y nos gustaba. La voz suena más alta y clara en pura soledad.

El gran error de los nuestros fue confiar en el desierto.

Las cosas cambiaron con Elías de repente. Fue durante una cena de camaradas. He olvidado el motivo: un ascenso, una onomástica, diversión. Todos excitados ante el final de año y la proximidad de las elecciones del siguiente, en febrero de 1936. El lugar: un reservado que el dueño falangista de un restaurante del centro de Granada ponía a nuestra disposición. Tampoco recuerdo cuándo comenzó a hablar Elías Roca. Lo veo presidiendo la mesa ante un público achispado, alzando la voz por encima del bullicio.

—¡Camaradas: algunos de nosotros y algunos de ellos...! —Deteniéndose para que las interrupciones cesaran, atrayendo el silencio—. Algunos de nosotros y algunos de ellos creen que la guerra es inevitable. ¡Yo digo que no! —Y hubo de esperar de nuevo, sofocado por protestas y aplausos—. Si hay guerra, lucharemos. Pero estoy seguro de que el destino glorioso de España puede ser defendido sin necesidad de matarnos entre nosotros. —Y recuerdo el silencio extinguiéndose a sí mismo como un fuego agonizante, todos mirándole como si se hubiera vuelto loco. A mí no me parecía loco: de hecho ahora creo que fue el primer día que pensé que todos los demás estábamos locos salvo él. Se mostraba entusiasta, sí, pero tenía una forma de desplegar su entusiasmo casi infantil, jovial. Siempre con el uniforme o el traje en perfecto estado. Le abultaban los carrillos al sonreír, los ojos le brillaban. Su tez morena no podía enrojecer más, pero uno se la imaginaba rojiza—. Amigos: no estamos obligados a matar. Es lo que quieren algunos. Los que reclaman sangre pero no están pensando en ofrecer la suya, sino la vuestra. Los que parecen prestos a llamarte «cobarde», pero se esfuman cuando quieres devolverles el insulto. Les gusta desunir, provocar, azuzar a los gallos en las peleas. Todos sabéis a quiénes me refiero...

—Brujas. —Fue la voz de otro—. Así llaman en mi pueblo a los que provocan a los demás para que se peleen.

Hubo murmullos. Fue curioso, pero así lo recuerdo: algo a la vez extraño y banal. Un comentario acaso absurdo, a los que tan propensos nos hace la sobremesa entre amigos. Obró a modo de semilla, pero ¿por qué en mí con especial fuerza? Me volví, como tantos otros, para mirar al que había hablado. Era uno de los chicos más jóvenes. De pelo pajizo y rostro oval, casi ovoide. Su aspecto inocente lo remarcaba el acné. Su compañero le dio un codazo como diciendo «no cuentes trolas». Reconocí que nunca había oído eso, y la boba carcajada del aludido me hizo sospechar que, en efecto, acababa de inventárselo. Pero Elías volvía a hablar.

—Buen nombre —apreció—, yo los llamo listillos.

—Hubo alguna risa—. Pero, se llamen como se llamen, son el origen de todo el mal. ¡Y una cosa es cierta! Los únicos que no morirán cuando las dos Españas se enfrenten serán ellos. Quieren que luchemos porque están seguros de sobrevivir. Pero ¿y nosotros? ¿Esto es lo que buscamos? ¿Es este el engaño en que queremos participar para instaurar nuestro ideal en España? ¿Luchar hasta la muerte como peones en una partida con reyes ocultos? —«¡Los reyes al exilio!», gritó un granadino entrado en carnes llamado Gálvez, de la camarilla de Saldaña, el último intento de broma antes de que todos nos convenciéramos de que los ojos de Elías Roca no reían. Nos miraba esperando el silencio con la infinita paciencia de los cementerios—. ¿Es lo que queremos, camaradas? ¿Una minoría de héroes? Os diré lo que conseguiremos: una minoría de muertos traicionados. En eso vamos a convertirnos.

—Qué pasa, camarada —saltó Saldaña—. ¿Te da miedo morir?

—No. Pero no quiero morir estúpidamente.

Fue como un fotograma inmóvil de película: todos congelados en aquella última frase. Codos en la mesa. Miradas. Diríase que hasta el humo de los cigarrillos se detuvo. De súbito recordé a mi padre. Él también pensaba que la guerra es un buen negocio para unos pocos. Pero no querer morir, «estúpidamente» o no, era algo que se situaba al otro lado de nuestra forma de pensar. Tras el asombro se alzaron voces, dedos acusadores. Recuerdo especialmente a Saldaña con las venas del cuello hinchadas como si algo invisible lo estrangulase. «Cobarde» era el apelativo más suave de todos los que se oían. Los propios partidarios de Roca, amedrentados ante el sector duro, habían enmudecido. Unos cuantos lo tomaron a broma. Hubo un repliegue general. Impasible como su apellido, Elías encendió un pitillo. Aún oí a Saldaña, mientras se detenía a su lado.

—Esto lo llegas a decir en la calle y te pateo los cojones.

—Si quieres salimos —invitó Elías, pero Saldaña le daba la espalda.

Yo fui de los muy pocos que se quedó hasta el final. Debo aclarar que no le apoyaba, pero algo de lo que había dicho me había enfurecido tanto que no quise que celebrara un triunfo solitario, un éxito de «incomprendido». Pensé que le avergonzaría más si me quedaba allí, impasible, sin insultarle con mi despedida pero sin congraciarme con él. Lo que había dicho ni siquiera me sonaba moderado, como lo que me había dicho mi padre en la sierra; lo que Elías había dicho (que aún no sé si era lo que había querido decir) era la mejor manera de ganarte la desconfianza de uno de los nuestros en aquellos tiempos: «Si peleas, puedes morir.» O así lo entendimos todos. Luego, días después, medité que no había sido exactamente eso, pero sonó así en aquel momento. Allí nos quedamos apenas dos o tres, incluyendo al chico joven del acné que había mencionado a las brujas. La diversión, como las sobras de la cena, ya era solo un recuerdo. Elías levantó la mirada en algún punto de ese epílogo y sonrió.

—Partido Elías Roca —dijo, enarcando una ceja muy fina en su frente despejada y morena. Cejas tan delgadas como su bigotito—. Miembro fundador y único: Elías Roca. Se abre el plazo de inscripción.

Yo me sumé a la opinión burlona del resto de las miradas.

En aquel presente horrible todos lo creímos un cobarde.

5

Partido Elías Roca

Ya no vi tanto a Elías como antes, sobre todo en las reuniones de Cuesta del Progreso, aunque sí coincidíamos en la facultad, y cuando me lo topaba en los pasillos me saludaba con un cabeceo jovial. Era como si me preguntase con suficiencia: «¿Tú también eres de ellos?» Ya no había palabras. Nada de «Malillo». Parecía concederme el beneficio de la duda. No éramos los demás quienes lo expulsábamos: él se había marchado a otra isla y me contemplaba desde la orilla, divertido, contento con su vida de eremita orgulloso, esperando por ver si, al fin, me decidía a nadar hacia su pequeño mundo. Yo no descartaba volver a admitirlo, pero no iba a dar el primer paso. Mi vida en aquellos días era un preparativo constante para la guerra, no disponía de tiempo para intelectuales orgullosos. Y las cosas empeoraron. A mediados de otoño el falso alto el fuego acabó. Dos compañeros fueron asesinados en Sevilla, un crimen sin otro sentido que la crueldad gratuita, tiroteados cuando pegaban pasquines. Primo de Rivera, consciente de la inutilidad de sus palabras, protestó en el Parlamento. Creo que ya lo he dicho en esta crónica: nada te hace más verdugo que sentirte víctima.

La noche siguiente repartieron armas en Cuesta del Progreso: machetes y pistolas. Decidí aceptar una de las últimas tras un titubeo, porque nunca me ha parecido que el martillo tenga la culpa de hundir el clavo. Nos organizaron en varios grupos reforzando las escuadras, y salimos a la calle provocadores, con esa actitud tan nuestra de depurar los odios de quienes nos contemplaban, para que nadie que no nos quisiera se nos acercase. Hacía frío, pero íbamos caldeados. A mi lado marchaban camaradas tan jóvenes que parecían niños. A algunos los conocía, a otros no. Saldaña parecía anticipar muy bien nuestro objetivo, y me eligió con otros cuatro para la vanguardia. Se hallaba exultante, como si hubiese comprendido que aquello, más que una pelea de barrio entre matones, era una guerra y precisaba táctica. Por todas partes, como en las cruzadas medievales, reclutábamos gente a nuestro paso. Salían de tabernas, de casas, alzaban el brazo en consignas, eran como un coro mudo donde resultaba fácil sentirse heroico.

Allí, entre las sombras, vi una sombra distinta. Se unió a nosotros y no nos importó, porque éramos demasiados y nos rodeaba la oscuridad. Pero reconocí a Elías Roca. Ajustó sus pasos a nuestro ritmo de rabiosa procesión y me dirigió una mirada divertida. Era como quien decide seguir a un grupo de extranjeros de idioma incomprensible por ver qué sucede. Pero su risueño semblante lo atribuí al camaleón del miedo, que tantos disfraces usa con el mismo cobarde.

Y no obstante, real o no (yo había creído verlo, pero ahora ya lo había dejado atrás), la presencia de Elías Roca parecía interrogarme. Solo se oían nuestras botas sobre el empedrado pero su voz me llegaba diáfana como el día en que lo había conocido. «¿De veras quieres esto,

Malillo? ¿Es así como queremos hacer las cosas? ¿Devolver golpe con golpe? ¿No era esto el «teatro»? ¿Estamos cayendo en la trampa de quienes buscan el enfrentamiento? ¿No nos engañan las brujas? ¿No seremos brujas nosotros mismos?» Mi memoria me trajo aquella extraña palabra que había pronunciado el chico con acné, a quien apenas había vuelto a ver desde entonces. Y de improviso mi recuerdo se tiñó de rojo. En aquel atardecer sangriento veía a mi padre decirme: «Tienes que ser quien verdaderamente eres.»

Nos topamos con un grupo socialista tan de sopetón que no parecía sino que ellos también nos esperaban, y probablemente fuese así. Pero eran menos y no estaban borrachos, de modo que acabaron huyendo ante nuestras armas. Saldaña y Gálvez capturaron a dos, y pronto varios voluntarios de nuestra comitiva los redujeron. Allí, a la luz de las farolas, sujetos por varios brazos como gatos, me di cuenta de que uno de ellos era una chica. Llevaba el pelo corto, iba armada y lanzaba fuego por los ojos. Fue como si su presencia enloqueciera a Saldaña.

—Me cago en la zorra roja esta —espetaba esquivando las patadas impotentes de nuestra prisionera—. ¿Qué coño haces que no estás en casa cocinando y limpiando, eh, marimacho? ¿O es que eres tan zorra que sales de noche a que te den?

—Eso es tu madre. Yo salgo a matar fascistas.

Todos vimos que Saldaña se quedaba quieto y mudo un instante.

—¡A ella, no! ¡A ella dejadla! —gritaba su compañero forcejeando, pero con mucho más miedo que la chica.

Cuando el instante pasó, Saldaña hizo algo terrible: nada.

No le pegó, no le devolvió el insulto. Eso me hizo

sentir frío en el estómago. Creía conocerlo bien, y sabía que si no evacuaba el furor que lo estaba deformando por dentro acabaría provocando cualquier atrocidad. Hasta la muchacha se apaciguó mirando aquellos ojos pétreos. Entonces Saldaña señaló al chico.

—Este, quién es. ¿Tu novio?

Giró y descargó la culata de la pistola en la cara del chaval. Quienes lo sujetaban trastabillaron. Pareció romperse una puerta más que un rostro: crujidos, astillas por los aires. Con su víctima retorciéndose en el suelo, Saldaña aprestó la bota. Pero lo hacía mirándola a ella. Un torero dedicando una faena.

—Abre bien los ojos, rojilla. No te lo pierdas.

Pero no llegó a patearlo. Me interpuse entre su pie y el bulto del suelo.

—Eh, ya está —dije—. Déjalos.

En las pupilas de Saldaña había, como en las mías, un ocaso de sangre.

—¿Qué coño haces, novato?

—Lo que me ordenaste: dejar de ser novato.

—Apártate.

—Déjalos irse.

—No te lo voy a repetir.

—Pues no me lo repitas.

Echábamos humo en la cara del otro. Alguien gritó entonces que venía la policía. Sabíamos que llevábamos las de perder con las autoridades, y la amistosa reunión se disolvió pronto. A Saldaña lo empujaron dos compañeros, a mí otro. La desafiante socialista quedó allí, junto al herido, puño en alto, maldiciéndonos. Giramos dos calles, yo me separé del grupo. Cuando empezaba a sentirme a salvo me aferraron por detrás. Me desarmaron. Lo esperaba. No así el odio y el rencor que percibí en

Saldaña cuando se plantó delante. Buscaba recobrar el honor perdido. Graznábamos como bestias.

—Esto es un ejército —dijo Saldaña—. Y tú, un asqueroso desertor.

Me sentí como si fuera a volverme del revés y expeliera el vientre por la boca con sus puñetazos. Pero Saldaña no parecía satisfecho solo con los nudillos. Como si sus botas le pidieran saciar su propia hambre. Retrocedió mientras yo escupía, como para calcular bien el objetivo. Apreté los dientes, pero el golpe no llegó.

—¡Eh, eh! ¡Entre camaradas, no...! ¡Eh, ya...!

Era sumamente fácil para Elías Roca dominar a alguien. Aferraba a Saldaña por la cintura y el brazo con aparente tranquilidad, diríase con diversión. Su fuerza estaba oculta, pero era férrea. Y sin embargo —lo percibí incluso en aquel momento de forcejeos—, no quería pelear. Se zafó Saldaña de la presa como un gato furioso y Elías dio unos pasos atrás alzando las manos. Detuvo incluso las voces de Saldaña con un gesto.

—¿Quieres seguir? ¿Damos el espectáculo aquí? ¿Pasamos la noche en un calabozo de la República?

—¿Estás defendiéndole? —increpó Saldaña.

—Pues, hombre, en parte... ¿Por qué ensañarnos con los que ya han caído?

—Claro. El cobarde. —Mostró la dentadura Saldaña.

—Claro, el cobarde. Tú, en cambio, ya has dejado claro que eres el valiente. Así que acabemos ya.

Hubo gritos a favor y en contra, porque hasta los propios camaradas estaban divididos sobre lo que yo merecía, pero al final nos dispersamos. Insultos en un bando, silencio y retirada en el otro.

—¿Estás bien? —preguntó Elías, siguiéndome.

—Herido en mi orgullo —repuse.

—Ojalá en las guerras solo nos dañaran ahí.

No me apetecía del todo la compañía de Elías, ni la de nadie, pero ahora no podía expulsarlo. Me sentía como deben de sentirse las ovejas que han perdido de vista el rebaño. Quise emborracharme, y Elías se unió buenamente a mi pretensión recomendando un garito que abría sus puertas a cualquier camisa azul, no importaba la hora. Tras varios chupitos de un aguardiente que me perforaba hasta los tímpanos miré a Roca. Este liaba un pitillo con tranquilidad, con la misma con que había sujetado a Saldaña momentos antes. Lo miraba de hito en hito mientras trasegaba fuego de licor, entre brumas. Seguía sin parecerme valiente, pero tampoco creía ya que fuese cobarde. Ni falangista ni realmente rojo. Decidí que se hallaba en un punto intermedio, un tres en el dado de seis caras que arroja la vida con cada nacimiento. Allí estaba, lo recuerdo ahora, con esa sonrisa de suficiencia inalterable.

—Saldaña no es mal tipo, créeme —dijo—, lo que pasa es que respira malos aires.

—Los respiramos todos.

—Pero no a todos nos afectan igual. El chico es sensible y rencoroso. Su padre fue apaleado por las Fuerzas de Asalto. Tú recibes, tú das.

—Y recibes.

—Sí, hasta que olvidas quién empezó primero.

—No te lo he dicho aún —murmuré—: gracias.

Le restó importancia. Intuí que no era modestia sino deseos de no hablar de cosas obvias, de no elegir el camino que todos esperarían. Me preguntó cómo estaba.

—Como nunca —dije—. Dos tortazos de Saldaña y este licor es todo lo que necesitaba mi tripa. —Me encantó que celebrara mi humor.

—Así que sigues en la facultad de los rojos, ¿eh? —dijo—. Es curioso, tú y yo, encontrándonos siempre en todas partes, sin hablar nunca...

—Bueno, te quedará un bonito recuerdo tras mi expulsión.

—¿Cómo? —Abrió los ojos cómicamente.

—Si te figuras que me van a perdonar después de mi papelazo de esta noche...

Elías hizo un gesto ambiguo: podía estar espantando el humo o la idea.

—Esto es un ejército, Malillo, en eso Saldaña tiene razón. Y no sobra ningún soldado. Te apuesto un café a que sigues en Falange.

Resultó que él sabía de ejércitos. Su padre era militar, como el mío, profesor e igualmente forzado a apañárselas con el cierre de academias. Resultó, para bordar el azar del todo, que estudiaba letras porque le gustaba la historia. Descubrimos que compartíamos autores y libros, que es lo mismo que compartir sueños. Eso me hizo reír. ¿Era solo casualidad? ¿Caminos paralelos? Elías me contó su propia explicación.

—No creo en las casualidades. Si lees la historia... Todo lo que se hace tiene consecuencias. Eso es fácil verlo cuando los sucesos son importantes, pero no es tan fácil en las minucias. Y resulta imposible prever los efectos de cada causa. Hasta la propia causa es un enigma. ¿Huevo o gallina? A veces creo que todas las llamadas «grandes» cosas se empujan unas a otras como bolas de billar. Como si alguien escribiera nuestra historia y luego, en el futuro, alguien la leyera. ¿De qué seremos responsables entonces?

—Crees en la predestinación —dije.

—Creo en fuerzas que no solo son superiores a nosotros, sino que ni siquiera podemos soñar con comprenderlas. Nos hacen tomar decisiones. Nos llevan por caminos que solo entendemos cuando los recorremos.

—Otro ateo —rezongué entonces. Elías sonrió.

—Yo a todo eso le llamo «Dios».

En un momento dado la bebida me hizo atrevido. Lancé mi honestidad como las cartas de una combinación ganadora.

—¿Sabes? A lo mejor no es el momento adecuado para decirlo, pero te confieso que desde aquel discurso tuyo en el restaurante he pensado que eras un cobarde.

Para mi sorpresa asintió.

—Sí, soy un cobarde. Todos lo somos. Todos tenemos un precio y todos un miedo. Pero lo que dije en aquella cena no lo dije por miedo. Yo no creo en luchar por otros. Creo en luchar por lo que pienso yo, no lo que otros me dicen que piense.

—¿Un lobo solitaro? —inquirí, desconfiado.

—Una oveja que ha optado por no seguir al rebaño.

—Las ovejas solitarias suelen morir.

—Las acompañadas también.

—¿Por qué te hiciste falangista, entonces?

—¿Y por qué no? Son mis ideas, o parte de ellas. El resto es solo el capricho de personas más importantes que yo.

—Hay que seguir a un líder.

—A nuestro modo. Ningún apóstol fue crucificado con Jesús.

Era de esos que acentuaban sus frases tocando a otros. Me hablaba, extendía un dedo, tocaba mi brazo. Como si dijera: «Atención a esto.» Era orgulloso, pero lo que decía me hacía reflexionar. ¿Acaso no me sentía igual yo? Debió de percibirlo, porque alargó la sonrisa tras despejar el humo del cigarrillo—. Va a haber guerra —sentenció—. No importa lo que digamos o pensemos o queramos, y tú también lo sabes, Ángel. Nos va a caer la guerra encima como una lluvia, y habrá que bregar con ella. Pero quiero ser siempre consciente de por qué lo hago. Y si no lo comprendo, quiero decirme a mí mismo: «No lo comprendo, pero esto es lo que hago.»

—¿Eres consciente de todo lo que haces?

—Trato de serlo.

—¿Por qué te uniste al grupo esta noche, entonces?

—Porque quería seguiros.

—Eso es una perogrullada —objeté—. Por qué por qué.

—Sabía que Saldaña os metería en un lío. Y quería que decidieras, Ángel. ¿No me contaste que Saldaña te había dicho que la próxima vez dejarías de ser novato? La mayoría acepta ser del rebaño para dejar de ser novatos. Siguen a ciegas a los demás para ser admitidos. Pero hay otro camino: ser tú mismo. Si eso no es falangismo de verdad, que me ahorquen. —Hizo un gesto al tabernero para que nos rellenaran los vasos. Al cabo de un rato, ya beodos ambos, di dos palmadas con cierta morosidad—. ¿Por qué aplaudes? —me preguntó.

—Acabo de hacerme miembro del partido Elías Roca.

Creo que un solo instante puede cambiarlo todo. Si fue, para nosotros, ese u otro posterior, no sabría decirlo. Sé que Elías y yo comenzamos por aquellos días la delicada orfebrería de una amistad. Ignoro qué clase de amistades nos son dadas entablar a los hombres, qué misteriosos caminos discurren por ellas. Quiero decir, éramos soldados de una España que se incendiaba. Se suponía que nuestra relación era «entre soldados», y existe un patrón de conducta para tal personaje. Quizá cantar, emborracharnos juntos y enaltecer nuestras conquistas amorosas, como pescadores sus capturas, encajarían en ese molde. Pero lo de Elías y yo no era eso. Nos unía el sentimiento de ser movidos por hilos invisibles, en su particular opinión. Hablábamos mucho, de política, de historia, de ideales falangistas, pero no esperábamos necesariamente una respuesta del amigo. Estábamos juntos para estar de verdad solos. Ante los demás interpretábamos un papel, pero entre nosotros dejábamos las consignas atrás, colgábamos los disfraces, nos dedicábamos al sano ejercicio de hacer o decir algo sin otro fin que nuestro propio deseo.

Y, en efecto, no me expulsaron. Tampoco Saldaña y su facción recaudaron otra cosa que palabras. Bastó con amonestarnos en una solemne sesión en Cuesta, en la que vi a Elías bostezar. Los acontecimientos se precipitaban y no había tiempo para peleas intestinas, decían nuestros líderes granadinos, porque eran ellas, precisamente, «las que están desmembrando a la izquierda». La consigna era que no cayéramos en ese error, sobre todo antes de las elecciones. A principios de 1936 me hicieron cabo de escuadra, como a Elías, aunque ambos procurábamos mantenernos al margen de la violencia. Pero esta dama cariñosa no nos abandonaba. Con las elecciones ya celebradas otorgando el triunfo a la derecha, el izquierdista Frente Popular organizó un gran mitin en Granada. Muchos falangistas salieron a la calle como leones atraídos por una berrea. En la trifulca, que duró varios días, se incendiaron cafés, conventos y hasta el cine Ideal. Atrapado en medio de la ciudad en el automóvil de un compañero, tuve que echarme al suelo como un súbdito al paso majestuoso de una ráfaga de balas que destrozó el parabrisas.

Ese día creí que moriría. Pero sobreviví, claro.

Sonia Masomenos había profetizado que primero tendría que casarme contigo y tener a nuestros hijos.

En este apresurado recuerdo de esos días resuenan tres disparos en mi memoria: una calurosa noche de julio contra el teniente José Castillo, de las Fuerzas de Asalto de la República; la madrugada siguiente, desde un cañón apoyado en la nuca del parlamentario de derechas Calvo Sotelo.

Menos de una semana después, el tercero, atronador. El disparo de la guerra.

6

Nunca pasa nada, y si pasa no importa

La última carta que recibí de mi padre la releo aún en la memoria.

Remitida desde Melilla. Membrete oficial de teniente coronel del Batallón de Cazadores del Serrallo. Circunloquios cariñosos que ocultaban —bien lo supe— gran desesperación. «En esta hora de grandeza y heroicidad, me llena de legítimo orgullo verte progresar en el empeño de servir a la Patria...», etc. Solo al final se quitaba el uniforme para hablarme en mangas de camisa. «No creo que pueda escribirte mucho a partir de hoy, sabrás comprenderme. ¡Dios cuidará de los abuelos, de ti, de todos, y dispondrá cuándo volveremos a vernos! ¡Arriba, España! Te quiere con toda su alma, tu padre.» Sin embargo, el verdadero escalofrío provenía de la posdata. Su «firma» personal estaba allí, como en tantas otras anteriores, pero en esta misiva no abreviaba la frase con un «etc.»: la escribía completa, «nunca pasa nada, y si pasa no importa», con esmerada caligrafía. Ver la frase completa allí colocada, como una especie de orla, me estremeció. Como si mi padre hubiese considerado prudente desglosar el archiconocido lema ante un presunto censor, por si alguien más suspicaz pensara que estaba enviándome algún tipo de clave secreta en plena guerra.

Mi padre me escribía desde su propia cárcel, como Primo de Rivera desde la suya: el laberinto circular y dantesco de la contienda. No se me escapaba que, al obrar con esa prevención, se desmentía a sí mismo. Porque pasaban cosas importantes.

Y muchas darían lugar a otras en el futuro.

Llevábamos casi dos años de guerra. Ese mismo mes, marzo de 1938, fui destinado al frente, con Elías.

Caminos paralelos.

Hay una sensación de toril abierto, en una guerra: pezuñas que se aproximan, bestia que aparece. La vida previa se disuelve, el futuro deja de importar. Cuando pensaba en aquel pasado de mis últimos años —«historiador», por Dios—, se me antojaba un delirio o un chiste ridículo. Solo el presente, con toda su algarabía —presente de gritar «¡presente!» cuando oía mi nombre—, caía a plomo, decisivo. Con la guerra, además, los signos se invertían, y todo lo que antes había sido difícil, cuando no imposible, era de repente el cauce común. Aquello considerado malo era ahora lo permitido. El camino del ejército, antaño cerrado a mis aspiraciones, quedó en poco tiempo expedito y poblado como una senda de hormigas. Mi abuelo seguía rechazando irse de Granada, pero yo sabía que los cuidaría mejor a todos si me entregaba a la lucha. Viajé al Protectorado, me aseguré de que mi madre y mi hermana (que mostraban ese temor de la familia del militar que, por esperado, está desprovisto de asombro y conlleva, en cambio, resignación), se hallaban bien. Luisa sabía que sus conocimientos de enfermería iban a ser más quc útiles, y me tranquilizó sobre el cuidado de mamá. Todo eso me liberó para poder odiar sin trabas. No obstante, aunque me esforzaba por encontrar ese odio dentro de mí, el combustible necesario para encenderme, lejos de la verdadera guerra, apenas duraba un par o tres de chispazos. En la academia de Xauen, donde ingresé y elegí el arma de Caballería, soñaba más con ser héroe que con pelear contra otros. En mi imaginación mis luchas no eran feroces. Con el adversario ausente, solo tenía claro, durante aquella rápida formación que me impartieron, que debía cumplir con mi deber y servir a España. Eso podía hacerlo. Egresé luciendo la estrella blanca de alférez sobre la galleta negra prendida a mi uniforme.

Luego vino la espera: meses enteros deseando saber cómo sería, cuándo, qué sería matar, o seguir con vida. Permanecíamos en Marruecos, en reserva, mientras otros pasaban a la península, donde se peleaba de verdad. Mi padre hacía tiempo que había sido destinado al frente (su carta de Melilla venía derivada de otro paradero). Por una carta de Elías supe que su propio padre formaba parte de los héroes del sitiado Alcázar de Toledo. Elías y él se reencontraron durante la liberación. Yo no tuve esa suerte con el mío, pero reconozco que, cuando por fin me invitaron personalmente a la guerra, no pude evitar cierta alegría de meta cumplida.

Mi destino fue Badajoz, con el Ejército del Sur al mando de Queipo de Llano. Me obsesionaban los nombres que allí nos encontraríamos: Valle de la Serena, región de la Siberia. Ser enviados a «Siberia» a combatir contra los rojos era una broma de mi Batallón de Regulares que solo comprendíamos los que no éramos moros. Estos últimos, entecos y lacónicos, no prodigaban sus carcajadas. Yo me reía para mis adentros con otro nombre, antes desprovisto de ironía: Extremadura. ¿No era allí donde tenía que acabar, habiendo elegido un extremo?

No te he hablado nunca de la guerra. Pero no solo a ti: nunca hablé de ella con los amigos que tuve desde entonces, exceptuando a Elías. Sin embargo, no fue por recuerdos especialmente atroces, que los hubo. Más bien fue porque la guerra me hizo vivir en mí mismo. Siempre me ha gustado recordar lo experimentado y reflejarlo luego, como ahora hago, en un papel. Pero en la guerra apenas pensé. Me limitaba a hacer. Solo quienes no han luchado creen que es como un sueño, o un lugar de descubrimiento. Pero no: es un dolor en la pierna, una respiración exhausta, un ruido al arrastrarte. Es hambre; es agotarte; es temblar con un fusil o un vendaje. Los sueños acontecen solo en sus interrupciones. Solo cuando la guerra cesa de ser guerra surge la persona. Y en uno de esos paréntesis soñé algo que quiero contar, porque creo que importa en todo esto, como la profecía de Sonia Masomenos.

El día que llegamos a la quieta, honda fosa común de alambradas y ametralladoras perdidas que era la Bolsa de la Serena, donde otros escuadrones ya habían dejado un rastro de devastación, mientras descendía con mi caballo por entre las ruinas igualando escombros y cadáveres con la mirada, algo me atrajo de uno de los últimos. Un moro había desmontado para menearlo. Yo detuve mi alazán, que se llamaba *Cenit*, y me quedé mirándolo. Joven, de tez morena, complexión robusta, su fusil ya desaparecido pero las manos extendidas sobre su cabeza aún en el gesto de aferrarlo. Tierra en boca y ojos, como si hubiese brotado de ella. Un tubérculo humano consumido por los insectos. Sin duda esta visión, por acostumbrada que estuviese a ella, imantó mi conciencia. Y recuerdo que esa misma noche tuve aquel sueño. En él, todo era real hasta el hallazgo del cadáver: la bajada por la Bolsa con mi grupo de moros. Ruinas. Desolación. El viento murmurando como si conociese mi idioma. Yo silencioso como el aire. Solo los mercenarios moros hablaban entre ellos, acostumbrados a oír sus propias voces en el desierto. Pero al topar con el cadáver todo se transformaba.

Porque aquel chico, en mi sueño, era Elías Roca.

«¡Malillo! —me gritaba desde el suelo escupiendo barro—. ¡Mira cómo me dejaste!»

La idea me perseguía mientras avanzábamos por las tierras extremeñas. La retorcía sin creerla, como quien exprime algo por ver qué clase de sustancia cae. «Cómo pude hacerlo», me acusaba. Así despertaba, con ese sabor culpable en la boca, sospechando que el sueño me reclamaba proseguir.

No nos cruzamos un solo enemigo pero la jornada fue jadeante bajo un sol que siguió brillando en mi cabeza al ocultarse como un eco de luz. Al llegar al pueblo llamado Campanario, donde nuestras fuerzas se toparon con las que ejercían de tenaza por el norte, hicimos un alto. La velada la pasamos festejando por el hecho de seguir vivos, aunque a mí me obsesionaba el sueño y le atribuía un signo fatídico: Elías podía haber muerto desde que me escribiera aquella última carta. En algún momento me levanté y me alejé renqueando de los corros de soldados que traficaban con coñac y de los moros, que, apartados del resto, consumían su propia religiosa comida y no eran tentados con el demonio de alcohol, y me dirigí a las caballerizas. Recuerdo haberme apoyado en una pared de cal mirando a *Cenit* y a las estrellas quietas y puras como cosas sin estrenar. A mi alrededor la algazara de un triunfo que se preveía cercano. Temblaba, me castañeteaban los dientes. Miraba a mi alazán, que me devolvía una mirada inane y bondadosa.

—No estoy malo: lo soy —le dije en voz baja.

Dormí y regresó, fiel, mi sueño, como si fuese otro tipo de caballo. Yo caminaba bajo un sol opresivo, como de condena a trabajos forzados, con el fusil en la mano, por un pueblo en ruinas de paredes de cal destellante. No había niebla ni oscuridad, pero el miedo a algo inconcreto me hacía tragar polvo en la garganta áspera. No reconocía el lugar y a la vez sí: uno de esos pueblos de nombre convertido en objetivo, en punto de mapa. Un pueblo hijo de la guerra, de signos cambiados. Y advertía que no estaba solo: en los umbrales de las casas, o asomadas a las ventanas sin cristales, había ancianas enlutadas. Niños también, harapientos, de ojillos roedores. Me miraban en silencio.

No hacían otra cosa. Eran como señales, postes en el camino. Quietos, de ojos quietos y cuerpos quietos. Nada en ellos, ni aun el pelo, se movía. Solo los harapos obedecían la orden del viento. Ondeaban como banderas fúnebres las ropas, pero eran como estatuas bajo ellas. Y me miraban sin cesar. Dondequiera que dirigía mis ojos obtenía otros ojos como respuesta. No impedían mi paso pero me enlentecían. Comprendía entonces que me enfrentaba a algo peor que una bala o una bayoneta. Mi enemigo eran las miradas de las víctimas.

Y lo más tétrico era que yo amartillaba el fusil preparado para dispararles, porque estaba seguro de que ellos —no podían ser otros— eran los verdaderos culpables de aquella carnicería, aquella matanza sin sentido, aquella lucha en la que yo había acabado asesinando a Elías

Roca. Ellos eran el origen del mal. Ancianas y niños nos habían engañado desde el principio con su poder de producir compasión. Pero no eran débiles. Se trataba de un camuflaje depredador: necesitaban soldados para vivir, y los atraían. Esa era la España que defendíamos y por la que nos desangrábamos. Una especie de magia antigua, de conjuro invocado en un caldero. Servíamos al amo equivocado, comprendía entonces. Peleábamos a cambio de una paga de sangre. Todos los ideales eran embrujos. Una voz a mi espalda me lo advertía.

—No las mires, son brujas. Provocan las peleas para que nos matemos entre sí.

Me volví y vi a Elías Roca allí de pie, pero entonces se dio la vuelta y se alejó. Intenté llamarlo sin voz. Él se alejaba perdiéndose entre los escombros.

Cuando volví a abrir los ojos me hallaba en una camioneta militar. Una enfermera semejante a mi hermana me ofrecía agua, que bebí con furor. En el hospital oí palabras como «paludismo», «fiebres», «recaídas». No le faltaba ironía: aquel diminuto enemigo imparcial, el mosquito con su carga de veneno, me había escogido como blanco. Me trasladaron de Badajoz a Córdoba, y allí comenzó a moverse la rueda de mi salud y enfermedad: me «curaban», regresaba al frente, recaía, volvía al hospital. Pasé mucho tiempo en hospitales, en las improvisadas salas de curas, entre ángeles de cofias amplias. Vendas, quejidos y sangre nos igualaban a todos. El dolor, el malestar y el miedo eran nuestra patria. Podíamos entender ese lenguaje. Si la guerra era una obra de teatro, los hospitales eran hacer mutis y pasar a camerinos. Allí, los papeles que antes nos dividían en escena se abandonaban y todos adoptábamos la misma estatura de las miserias.

El día en que la noticia nos llegó yo estaba acampado en el pueblo cordobés de Pedro Abad y había perdido quince kilos.

Era primero de abril de 1939.

Una de las peores cosas de una victoria es que la vida sigue. No hay un alto, una tregua en la mala suerte, el miedo y la soledad cotidianos. Todo continúa sujeto a lo improbable, prendido por los alfileres de la casualidad. Mis abuelos se salvaron de aquella guadaña, paradójicamente. En cuanto a mi padre, logró sortear todas las balas que zumbaban mortalmente sobre su cabeza salvo una, que escogió otro camino entre las ocultas veredas del cuerpo. Y cuando me licencié como teniente y regresé a Ceuta hallé la casa vacía y un mensaje apresurado donde figuraba la palabra «flebitis». Mi madre y hermana ya estaban con él. Partí inmediatamente al hospital de Tetuán donde había sido ingresado, pero otra nota recibida a medio camino me hizo desviarme. Llegué el último al funeral. No llovía: el sol estallaba como de costumbre en uno de esos días azules de Marruecos haciendo resplandecer el mármol. Aquí está, por fin, la paz, recuerdo que pensé.

Por fin la paz.

En el entierro de mi padre había un nutrido grupo de altos cargos. Viseras bajo el sol, entorchados resplandecientes. Me tendieron manos enguantadas. Pero el dolor me esperaba a solas. Me encaré con él a la sombra de la verja, bajo las altisonantes palabras del sacerdote. No veía un ataúd ni oía un himno. Mis compañeros militares, de uniformes moros y españoles, se disolvieron. Solo veía a mi padre en mangas de camisa en aquel ocaso.

Abrazándome sin hacerme sospechar que sería la última vez. Ahora echaba de menos aquel abrazo: sus cualidades, sus minucias. Abrázame de nuevo, padre, abrázame para poder sentirte, rogaba. Solo pedí eso: sentir por última vez tus brazos, de los que en aquel momento, en Granada, años atrás, creyéndome más sabio, deseaba desprenderme. ¡Abraza a tu hijo antes de marcharte!

Y pensando así, unos brazos me apretaron con fuerza.

—Malillo.

Escuálido, maltrecho y escupido por las mandíbulas de la batalla como yo, pero luciendo también su uniforme de teniente, Elías Roca se alzaba ante mí. Estaba en Tetuán, me explicó, cuando se enteró. Balbucía que lo sentía. Otro azar de nuestros caminos paralelos: su padre también había muerto, aunque por balas enemigas, y él había decidido encauzar su vida militar en África. Me dejé envolver por aquel abrazo compensador.

Cuando contemplamos nuestros rostros húmedos, partidos por un dolor semejante y distinto, lo supe: Elías Roca sería el mejor amigo que iba a tener jamás.

Interrumpo la lectura justo en esa palabra: «Jamás.»

Me froto los ojos y enciendo la lámpara individual del asiento del casi vacío autobús que me lleva a casa. Se ha hecho de noche.

He estado absorto desde el metro al autobús, conducido por la narración, sin extraer conclusiones. Ahora, en esta pausa, reflexiono.

Vaya metáforas, pienso. Vaya exaltación de prosa. Se nota que procede de los tiempos en que leer y escribir despertaban pasión. Vaya, vaya.

Pero no es lo que esperaba.

¿Desilusión? No, tampoco puedo decir eso. Me engancha lo de que el narrador declare su «muerte». Pero no es tema para mí. Describe una recién nacida amistad entre falangistas durante la guerra civil. Nunca he escrito nada sobre la guerra civil española ni suelo leer sobre ella. Y no me van esas frases impostadas y ampulosas.

El sueño de las brujas es raro, sí. He sentido un ligero estremecimiento de lector afanoso de terror. Sin embargo, es obvio que *El origen del mal* no va de temas sobrenaturales. Mi amigo el librero no me la habría recomendado tan encarecidamente en tal caso, ya que a él no le gustan los géneros. Dudo, incluso, que pertenezca a algún género concreto, salvo el de la aparente autobiografía.

¿Es real? ¿No lo es? No me importa por el momento. Soy escritor, por tanto lector. Me he enfrentado a literaturas anárquicas, futuristas, imposibles, autorreferenciales. Literaturas (y libros) que te miran con aparente naturalidad, como dementes en un hospital, pero esconden pesadillas. Estoy acostumbrado a esa clase de juegos.

Hay algo llamativo, pero está en la superficie. No forma parte de la narración, sino del aspecto físico, por así decir.

Aquí y allí, alguien ha resaltado palabras o frases en las fotocopias. Son marcas a la vez modernas y antiguas, incongruentes, hechas con rotulador amarillo fosforescente. Retrocedo a las páginas iniciales para releerlas: «*Real*», «*Amenaza*», «*Muerte*» y «*Para impedir que otros mueran*», en el primer capítulo. «*El roedor infatigable de la venganza*» y «*Nada nos hace sentirnos más verdugos que ser víctimas*», en el segundo. Ya en el quinto: «*Todo lo que se hace tiene consecuencias.*» En el sexto: «*Y darían lugar a otras en el futuro.*»

Son subrayados. Me gustan, nostálgicamente.

Antaño, en la prehistoria cultural, cuando los libros eran criaturas y tenías que salir de casa para encontrártelos y conocerlos, cuando gozaban de un cuerpo físico que podía tocarse y modificarse, olerse y ser acariciado, era un hábito de muchos lectores, que ahora, por razones obvias, se está perdiendo. Bien fuese a lápiz (lector amable, que se ilusionaba pensando que todo podía borrarse), bolígrafo o rotulador. El libro electrónico permite un sucedáneo vil, como un disfraz en un teatro de aficionados, un subrayado tan virtual como un personaje de dibujos animados. Pero no es este el caso.

Son subrayados clásicos, amarillos, brillantes, frescos. Imborrables.

¿Quién es el perpetrador de tan deliciosa fechoría? ¿Quizá mi amigo el librero? ¿Se atrevería a modificar páginas ajenas? Lo dudo.

Bostezo, y, por un momento, miro por la ventanilla del autobús: ese mundo oscuro, cielo y tierra, poblado de cosas incomprensibles y aparentemente archiconocidas. Estrellas que explotan a millones de años luz, tiempos que se curvan, ventanas de edificios, ondas invisibles. Me veo viviendo como debe de verse cualquiera: creyendo que todo lo que vivimos es real. Creyendo que hoy, justo hoy mismo, seremos inmortales. Que ya cruzaremos el umbral de no retorno otro día. Pienso en mí, en este ser humano que viaja en el autobús con estas fotocopias en la mano donde hay palabras subrayadas que hablan de peligros y muertes, y no concluyo nada. El mundo, la sociedad, me han hecho escéptico. No sueño con brujas, no atribuyo las casualidades a conexiones misteriosas, como al parecer hace el amigo (real o imaginario) de Ángel, Elías Roca.

Recuerdo un anuncio hace tiempo, en un periódico. No estaba en la sección de publicidad sino de oferta de empleos: «Se necesita caballero para vivir en un sótano.» Era, por supuesto, la propaganda enigmática de una película que pronto se anunciaría de forma más ostensible, pero en aquel momento mi imaginación se encendió. ¿Y si fuera cierto? Me imaginé presentándome al puesto. Me vi en la oscuridad rodeado de silencio o ruidos crepitantes, simplemente viviendo en un sótano, sin moverme, sin hablar. Por un instante creí que la vida era un cajón con doble fondo. Pero era un anuncio.

Y esto que tengo en mis manos es una crónica, todo lo más una novela histórica. Realista.

Mi parada es de las últimas, de modo que todavía tengo tiempo de proseguir.

Nueva hoja. Capítulo siete, «*Lili Marleen*». Leo: «Muerto, sueño con ella...»

Las paredes encaladas de la casa son visibles a través de la noche. Su tejado saledizo se proyecta como las alas de un gran pájaro posado en una roca. Las ventanas tienen los postigos cerrados. Ligera brisa removiendo matorrales frente a la arcada del porche. Allí está la puerta principal. El aire acondicionado brama en solitario, como si los ruidos del interior hubiesen cesado. Sin embargo, hay movimiento. Vaivenes de sombras en las líneas de luz de los postigos. Alguien pasa frente a ellas, alguien camina. Si esperamos el tiempo suficiente, oímos lo que podría ser un gemido o llanto. Persistente, contenido.

De improviso una voz masculina, el inequívoco tono de respuesta a una llamada. Transcurre cierto tiempo hasta que la puerta de entrada se abre bruscamente. El hombre cierra la puerta y camina unos pasos con un teléfono móvil que mantiene apoyado en la oreja.

«Aló? Aló...? Oui, pouvez-vous parler...? Bien, comme vous l'avez ordonné... Non, rien encore...»

Un silencio. Vemos al hombre inmóvil, escuchando, de espaldas.

En esto se concentra todo lo que hay. En esta pausa.
Se dilata en la noche como el tiempo.
Desde la casa vuelven a oírse sollozos.

7

Lili Marleen

Muerto, sueño con ella. Puedo oírla como si la oliera: aspirando sus notas, que trepan trémulas haciendo que esta oscuridad en que me hallo, este antro, se desdibuje como un espejismo. Por un instante todo es voz y palabras girando en un disco.

Frente al cuartel,
Delante del portal,
Una farola había
Aún se encuentra allí...

Lili Marleen, el poemilla que un soldado alemán dedicó a su novia en la Primera Gran Guerra, fue prohibida en la Segunda porque hacía que los soldados nazis ladearan la cabeza y lloraran como señoritas ante la radio. Insospechadamente, su traducción al inglés produjo el mismo efecto en los Aliados. La canción duró más que las dos guerras, más que el Führer o que el recuerdo de muchos muertos. Más, mucho más, que los ideales por los que dieron sus vidas.

Sueño con ella. Anoche desperté tarareándola.

A Elías le fascinaba. La oímos por primera vez en un café de Tánger radiada en alemán, cuando nuestro ejército ocupó la ciudad en los primeros años de contienda. Fue la manera franquista de demostrar nuestra colaboración con el Eje. Tánger era un pastel estratégico que Franco quería reservar para los amigos alemanes. Aquello no llegó ni a la categoría de invasión. Nadie hizo un solo disparo, se invitó a los Aliados a hacer las maletas y Alemania envió un cónsul. Entramos paseando con nuestros caballos. En la ciudad la guerra no parecía existir, al menos en aquellos días, salvo por nuestra presencia. Nos lo tomamos con tranquilidad, y tras los turnos de guardia, sin nada que hacer, pasábamos el tiempo en los cafés.

Veo ahora a Elías, su mano morena alzada pidiendo que nos calláramos. La canción asciende como una columna de humo. Me esfuerzo en recordarla, en hacerla real, aquí, en mi oscuridad. *Lili Marleen*. Concluyo esto: Elías vivía en su imaginación. Pero no quiero dar a entender que fuese un idealista ciego como, por ejemplo, Saldaña. Vivía en su imaginación para anticipar el futuro, porque según su aristocracia intelectual el presente era un plato de pobres. Te llenaba el buche, poco más. Lo de Elías era paladear el pasado y elegir el menú del porvenir. Supongo que *Lili* le hacía añorar algo inconcreto, soñar por puro esfuerzo. No le gustaban las cosas por lo que ofrecían a los sentidos de los simples mortales. Para él, una prostituta siempre tenía una historia que contar. Se me dirá que así es todo idealista, pero Elías elaboraba algo real y práctico con eso. Le importaban los ideales porque los hallaba útiles. Pienso, mientras escribo, que *Lili Marleen* contenía, para él, la justa mezcla de belleza y desengaño. Era oírla y verle asentir sonriente, como si más que música escuchara un razonamiento correcto.

La canción la emitían cada día, e, invariablemente, mientras mi amigo la adoraba con su peculiar sonrisa, Saldaña y el fortachón de Gálvez, que nos acompañaban en el norte de África, festejaban aquella supuesta «debilidad» impropia de machos con roncas carcajadas. Porque, en efecto, el tiempo en Tánger nos había juntado a unos y a otros. No diré que fuéramos amigos de Saldaña y Gálvez, pero de alguna forma la victoria había pulido nuestras diferencias. Ellos seguían mirándonos como a cobardes (y ahora, en el caso de Elías, blandengues afeminados), pero concluida la lucha que nos había unido en la desunión ya no parecíamos hallar sentido alguno en acentuar las diferencias. Fue un buen tiempo, aquel, el de Tánger. Cuando el mundo era azul y rojo y nosotros, en medio, imponíamos paz. No lo digo, claro está, por nuestra «política exterior». Fue tiempo de risas, camaradas, diversiones que —reconozco ahora— eran más ciegos que sensatos. Pero fue bueno, a fin de cuentas, porque fue el tiempo de los supervivientes.

Yo no conocía mejores tiempos que esos: despertar, mirar a tu alrededor y comprobar que tus compañeros y tú seguís vivos. No todos, solo algunos.

En realidad, tales épocas no son sino espacios entre dos catástrofes. Elías, quizá, lo sabía. Yo apenas lo sospechaba. Saldaña y Gálvez vivían como si cada segundo se les exigiera corear un himno. Y, por extraña ironía, nuestros dos antiguos compañeros falangistas, voluntarios después en el primer contingente de la División Azul, tuvieron que corear una versión castiza de *Lili* en la estación donde aguardaron la salida del tren hacia la Alemania de la que nunca volverían. Allí se quedaron para siempre: brazo alzado, cantando *Lili.* Ahora los veo también, en esta oscuridad de muertos. Sobre todo la dentadura de Saldaña. Algo amarillenta, incisivos largos. Tenía una manera muy especial de mostrarla cuando, tras la invasión de Rusia por el ejército de Hitler, empezó a decir que ahora sí, ahora había llegado el momento y los rojos pagarían por los crímenes en suelo español. Ya bastaba de tantas uvas, dátiles, sol a bocanadas y cancioncillas de señoritas. Llegaba otra guerra, otra prueba de machos, y, de nuevo, él y Gálvez se distanciaron de nosotros. Elías vaticinaba que Serrano Súñer apostaba al caballo perdedor, que los alemanes estaban simplemente repitiendo el caos de la anterior contienda y que la invasión abrupta de tierras soviéticas era un error táctico. En cuanto a mí, sentía que la llama que había ardido en mi pecho durante la guerra civil había menguado tras la muerte de mi padre. El «vamos a devolverles la visita», lema del flautista de Hamelin de la época que hicieron suyo Saldaña y Gálvez, me dejaba frío. Por supuesto, también a Elías, para quien la emoción solo era válida si contenía una aplicación práctica.

Oímos las carcajadas de Saldaña por última vez. No volvimos a pensar en ellos. Es curioso cómo se olvidan ciertas cosas que, recordadas luego, apenas puedes creer que hubieras borrado de tu pizarra con tanta rapidez. Años después, un divisionario recién repatriado nos contó lo que creía que les había sucedido: capturados en Krasny Bor, Saldaña tuvo tiempo de matarse pero el pobre tonto y torpe de Gálvez no, y fue enviado a un gulag donde lo castraron y usaron de caballo de tiro para arrastrar trineos hasta morir. «Típicos guerreros hispanos —fue el comentario de Elías—: solo luchan si saben que perderán.»

Lili acudió a su cita de nuevo durante la fiesta con que celebramos nuestros nuevos empleos. La guerra estaba a punto de terminar y nosotros habíamos completado la formación como oficiales en la Academia de Valladolid. Nos imaginábamos enamorados a la vez (de la misma, decía Elías), casados el mismo día (uno padrino del otro) y siendo padres en las mismas fechas. En Marruecos, sin embargo, nos aguardaban mensajes distintos. Caminos paralelos. A Elías lo quería en Madrid el general Vigón. No se nos ocultaba que Vigón reunía cartas para el Alto Estado Mayor. Eso significaba, probablemente, un rápido ascenso a capitán. Mi carta no tardó en suceder a la de Elías, pero provenía del comisario del Protectorado, el general Varela. Se me nombraba interventor en la sede de Tetuán. Era de esperar también mi ascenso. Como en el caso de Elías, aunque más modesto, significaba una mejora económica, y la oportunidad de quedarme en Marruecos, el lugar que consideraba mi otra patria.

Para celebrar nuestros nuevos destinos pagamos una fiestecita crapulosa en un café español de Larache. Vinieron algunas de esas damas que, como los proyectiles, silban siempre que se reúnen militares. Sonó *Lili* (idea mía) en la voz gastada de una cantante marroquí arrugada como una pasa. Elías destacaba, y no solo por su traje y corpulencia. Tenía el triunfo en el rostro. Una aragonesa pecosa se subió a su regazo.

—¿Te vas a acordar de mí cuando seas ministro?

—¿Qué quieres ser? —La complacía Elías—. ¿Ministra consorte?

—Yo, sobre todo, viajar. —Se mecía ella—. Cuando ganen Inglaterra, Estados Unidos y Japón... Viajar por el mundo.

—Te recuerdo que Japón y Estados Unidos son enemigos. No pueden ganar la guerra a la vez.

—Ah, pero se unirán y se repartirán España. —Elías la apartaba y volvía a aceptarla como si les uniera una cuerda elástica.

—Ya ves, Malillo: ni las mujeres se creen que vaya a ganar Alemania.

Le recuerdo, en un aparte fuera de la taberna, achispados ambos, poniendo los ojos en blanco y tomándome del brazo para arrastrarme hacia la sirena pecosa que nos bizqueaba desde el interior. Era como si no se contentara hasta darme el segundo premio. A mí me divertía su incomodidad.

—Te prefiere a ti —dijo—, conmigo solo tiene curiosidad.

—Pues es decididamente curiosa. —Me burlé—. Anda, deja en paz a los vulgares. Disfruta un poco. Mírate, parece como si te hubieran dado una mala noticia.

Adoptó un semblante serio. Lo conocía: era su turno de disimular. El papel de «por qué a mí», el que mejor le salía. Frente a las mujeres mostraba la otra cara de la moneda del éxito, pero entre amigos parecía querer conjurar la envidia con quejas.

—No sé si mala o buena, te lo juro. Es que no lo entiendo. Mi padre y Vigón eran amigos, pero... ¿Por qué yo?

Recuerdo que mi risotada contenía algo de alcohol.

—Sí, sí, por qué tú... Lo de siempre.

—Eh, no pensarás que yo quería esto —graznó en mi oído tirando de mi manga—. Malillo, no pongas esa cara, tú servirías mejor en Madrid. Eres tú quien debería darse importancia, coño. El cartero ha trastocado nuestras direcciones.

—Yo ya tengo lo que quería en la vida —declaré.

—¿Todo?

—Casi. Lo que me falta lo conoceré en Tetuán.

—Y tendrás hijos, y seréis felices.

—Desde luego. —Creo que fue en aquel momento cuando (un soplo fugaz y helado) me visitó el recuerdo de Sonia Masomenos y su profecía. Elías se mostraba secretamente satisfecho de mi optimismo. Palmeé su hombro—. Te quieren en Madrid, convéncete. Eres bueno organizando.

—¡Pero no soy político! Tú eres más callado. Te diré lo que voy a hacer: voy a traerte conmigo en cuanto pueda. No te rías, coño. Ganarán los Aliados, vendrán malos tiempos, sí... Nos pasarán factura. Necesitaré gente como tú... —Recuerdo su rostro bajo la noche sin luna de Larache: tres ascuas, dos ojos y un cigarrillo. Cuando imaginaba, sus ojos se aguzaban como si quisieran perforar el tiempo. Sus ideas siempre iban un paso por delante de sí mismas—. Buscan falangistas para dar la cara por si las presiones aliadas obligan a un cambio de régimen... ¡Cuento contigo también!

—A mí déjame de historias y regálame un sultanato —le decía para espantarle las abejas de la fantasía.

Muertas las bromas por agotamiento, nos miramos.

—¿En serio prefieres quedarte aquí? —preguntó, casi preocupado.

—Si puedo, sí. Mi abuelo murió por esto. Mi padre, en parte, también. Aquí está mi familia. Aquí me quedo. —No miré Larache sino toda África. Su noche y sus olores.

—Eres el tipo más sensato que he conocido en mi vida —resumía él—. Voy a echarte de menos, Malillo.

—Si empezamos con la llantina, prefiero oír *Lili.*

—No, en serio: quizá me una contigo en África. Me gusta. Es un territorio en continuo cambio.

—Como tú —apostillé.

—Como ambos —precisó.

Elías comenzó a trabajar en el Alto a mediados de 1945. El día que yo llegué a Tetuán para ocupar el cargo de interventor las radios gritaban que la ciudad japonesa de Hiroshima había reventado en un estallido como nunca había oído el ser humano en su historia (quizás algunos japoneses, pensé, tarareaban en aquel momento *Lili* en versión nipona). Elías tenía razón: ganarían los Aliados. Pero *Lili* sobrevivió a todas las batallas, perdedoras o no. Traducida al ruso, quizás ahora hace ladear cabezas y sollozar a los soviéticos. Me pregunto si el soldado enamorado que escribió aquellos poemillas imaginaba ese destino último. ¿Cuántos seres habrán oído *Lili* antes de morir? ¿Era por eso que a Elías le gustaba tanto? ¿Intuía que era la endecha fúnebre de nuestras vidas?

Porque, debo decirlo ya, *Lili* fue la última canción que escuché antes de morir.

8

El señor Habib Rahini

Mi despacho en la oficina de Tetuán contenía un archivador, un escritorio, un ventanuco con vistas a una callejuela y una foto de Franco, pero no me ofrecían pistas. En la hoja donde se me proponía para el trabajo se hablaba del deber de ser «cristiano, generoso, dado a la hidalguía». Supuse que nada de eso era ofensivo. Pregunté. Cada compañero tenía una idea diferente del cargo: enlace entre moros y cristianos, negociador, portavoz ante el jalifa, intermediario, recadero... Quien más me ilustró fue mi segundo de a bordo, el sargento Rafael Márquez, que llevaba allí ya varios meses, y por eso y por ser gaditano consideraba que lo sabía todo sobre todas las cosas. Bajito, gordo, de gafas gruesas y voz chirriante como la de los antiguos eunucos, Márquez colocó, misterioso, un vaso de agua en la mesa, como una apuesta de casino, lo señaló, y me dijo que eso era, en términos simples, lo que hacíamos los interventores.

—Les damos agua. Da igual lo que vengan pidiendo. Esto, esto es el tesoro. En realidad, al final, todos quieren agua.

Aunque me fiaba de Márquez, al día siguiente me apunté como alumno en una escuela de árabe recomendada por una amiga tetuaní de mi hermana. La primera expresión que nos enseñó el profesor, de perillita canosa, fue «tengo sed», que me sonó parecido a «aatxán» (y que únicamente supo pronunciar bien una señorita sentada en primera fila, de la que solo veía la espalda), por lo cual empecé a pensar que allí, en efecto, todo giraba en torno al agua. Y en parte así era: el vaso estaba siempre en medio, pero su contenido adoptaba distinto significado dependiendo del momento. Como regla general la consigna era proteger al Protectorado protegiendo a los moros. Se escuchaban las protestas de estos, se les defendía, se aceptaban los impulsos independentistas y se estimulaba el deseo de independentismo del vecino galo. El alto comisario, el general Varela, me lo resumió un día, al principio de mi trabajo, tras concederme una breve entrevista «en memoria —dijo—, de tu padre, a quien conocí y respeté»: a nuestros adversarios, vigilancia; a los del francés, gloria bendita; a todos, respeto.

Al fin creí comprender en qué consistía mi trabajo.

Era lo que siempre había intentado hacer desde aquella lejana tarde en que me hiciste abandonar los extremos, padre: ganar amigos, perder enemigos.

Cada día era una sorpresa. A veces no salías de la oficina redactando. Otras no escribías una sola palabra, pero repartías alimentos, mediabas en protestas, recibías a pequeños líderes rifeños, organizabas eventos o formabas parte de la comisión que viajaba con moros «notables» a los cementerios musulmanes peninsulares, donde estaban enterrados los jóvenes de la patria hermana que habían luchado en nuestro bando. Mi esforzado chapurreo del árabe me granjeó cierta fama y «eso, mejor háblelo con el capitán Carvajal» se convirtió en una frase hecha y reconocida.

Pude con todo eso.

Lo que no podía era dejar de pensar en la espalda de la mujer que se sentaba en primera fila en mis clases de árabe.

Se marchaba deprisa, taconeando, ofreciéndome durante un tiempo, como la luna, una sola cara. Para un fantasioso Elías Roca habría sido sencillo abordarla. Pero yo, demasiado «sensato», me volvía tímido. Si no tienes nada que decir, ¿para qué hablar? Me parecía destinado a seguir siempre sus pasos.

Una manifestación de reformistas me brindó un día la oportunidad de alcanzar su mirada. El piquete la había detenido a la entrada de la escuela. Me situé con rapidez a su lado y sonreí. Ante mí, todo aquel hermoso mundo de pómulos y expresiones entre espirales de cabello negro. Fue ver eso y decirme: «Esto no es nada, Angelito, un encuentro más en una vida que discurre sin cesar. Hoy la ves, mañana será un recuerdo.» Entablamos un pequeño diálogo sobre dónde nos dirigíamos cada uno, y me ofrecí a acompañarla durante el camino, aunque los manifestantes (como mis esperanzas) se alejaban. En un momento dado nos despedimos, pero no me pareció que aquello fuese el fin, sino solo un prólogo muy breve.

Al terminar la jornada salía con los compañeros. Estos, a su vez, invitaban a otros. Se formaba un grupo nutrido, como si todos los españoles de Tetuán nos conociéramos. Quedábamos siempre en una esquina concreta, junto a un cine, y dábamos paseos o tomábamos café. Entre las mujeres estaba la amiga de mi hermana que me había recomendado aquella academia de árabe. Y una tarde en que me acercaba vi a otra persona junto a ella. De espaldas.

La reconocí precisamente por eso.

—Ángel —me dijo la amiga de mi hermana al verme—, ¿conoces a Mari Ángeles?

Te volviste hacia mí por segunda vez.

—Cuántos ángeles, Señor —bromeó un amigo—. Esto parece el cielo.

«Es fácil anticipar tragedias —me diría luego un militar a quien respetaba—. Lo difícil es prever los milagros.»

A los dos nos gustaban los paseos. Los fines de semana, junto a una de tus hermanas, íbamos en trolebús hasta la playa de Río Martil, o al cine (invariablemente me quedaba dormido en películas que a ti te emocionaban, como *Casablanca*), o a un café, y te regalaba flores. Libros, no. Los libros solo te los prestaba, pero torcía el gesto si me los devolvías. Te intrigaba eso. Si me molestaba que me los devolvieras, ¿por qué no te los regalaba ya de primeras?, preguntabas.

—Es que te los regalo —replicaba yo—, pero si te lo dijera, ¿qué mérito tendría?

(Te recuerdo diciendo: «No tiene que hacer méritos conmigo, capitán.»)

Pero lo que nos gustaba de verdad era regar de palabras nuestro paso, hablando y viendo sin ver el mundo que se abría ante nosotros. Rozando nuestros dedos, entrelazando las miradas. Supe que tú, como yo, te esforzabas por lo que te importaba. De padre militar fallecido en la guerra y madre con una pensión de viudedad insuficiente para mantener a sus hijos, desde muy joven habías aprendido a abrirte paso. Eras maestra en el Grupo Escolar España, pero habías llegado a trabajar de telegrafista de Morse. Y no me preguntaste qué significaba ser interventor, lo cual te hice notar, agradecido. Por mi parte, yo...

(¿Dónde estás, Ángeles? ¿Leerás alguna vez estas palabras, escritas a la luz de velas que apenas alumbran? ¿Llegará a tus manos mi mensaje?)

(El tiempo se acaba.)

... por mi parte, yo te hablaba de mi trabajo, de Varela, de sus planes para mantener la ayuda a Marruecos en aquella España pobrísima de posguerra. En la guerra había idealizado la rebelión; en la paz, a las víctimas. Creía que podía hacerse algo más que estar sentado en mi poltrona dirigiendo el tráfico burocrático. Haré justicia al resto de mis compañeros: todos queríamos lo mismo. Hasta el cínico de Márquez se emocionaba al visitar escuelas que habíamos ayudado a crear. De nuevo estaba donde me gustaba: junto a unos pocos, convencido de que hacíamos mucho.

Una mañana me presenté en el trabajo y, conforme me acercaba a mi despacho, veía asomar sonrisas por el corredor. La última de todas pertenecía a Rafa Márquez.

—Capitán, ahí le dejo ese paquete. Si quiere lo echamos, eh. Usted decide.

Un hombre de cincuenta y pico parecía llenar mi oficina, sentado frente al escritorio, canoso, barbudo, de rostro con ojos saltones que florecían en su piel morena. Su robustez se cubría con un traje sucio y descosido, seguramente sacado del baúl a toda prisa. Márquez me resumió su historial, el típico. Todo el mundo le había dicho que su petición era imposible pero, con similar tozudez, él había querido vernos a todos.

Faltaba yo.

Indiqué a Márquez que nos dejara solos, pasé al otro lado del escritorio y le tendí la mano.

Capitán Ángel Carvajal, interventor del Protectorado. ¿El señor Habib Rahini?

Un asentimiento, pero me quedé con la mano en el aire.

Por raro que parezca, eso me gustó. No hay nadie más obsequioso que un moro cuando pretende sonsacarte algo: conseguir un empleo o venderte un reloj. Pero existe, por supuesto, otra clase de moros. El señor Rahini se limitó a asentir mirándome sin parpadear con sus grandes órbitas de pez. Yo fingí que los papeles sobre la mesa me interesaban mucho. Luego desafié su mirada. «Es un pobre diablo que tiene una tienda en la medina», había resumido Márquez. No podía pagarse el viaje ni la estancia, y no era un «notable». Los pobres diablos no tienen cabida en los lujosos cielos, pero eso era algo que no había inventado yo, y que no se aplicaba solo al caso del señor Rahini.

—Señor Rahini, vayamos al grano. Tengo constancia de lo que les ha contado a mis compañeros, y créame si le digo que siento mucho la pérdida de su hijo... ¿Dónde le dijeron que está enterrado? ¿En Griñón? ¿En qué batallón peleó? —Ya sabía todo eso: figuraba en las listas que confeccionábamos, pero deseaba abrir aquel pozo sellado con mis preguntas. No lo logré. Suspiré—. El gobierno de España agradece a su hijo su sacrificio, a él y a todos los marroquíes que sirvieron a la patria... Pero nuestros recursos son modestos, no podemos hacernos cargo del viaje de todos los que quieren ver las tumbas de sus hijos en la península... Lo siento. España, sin embargo, le garantiza que su hijo fue enterrado siguiendo los ritos de su religión...

Me detuve. Sus ojos no se apartaban de los míos. No me sentía invadido o presionado por aquella mirada: era la de un guerrero solitario. Concluí que, si tal fuese el caso, podía vivir bajo el escrutinio de los ojos del señor Rahini largo tiempo. Era de sus oídos de los que no me fiaba.

—¿Comprende lo que digo, señor Rahini?

Y, como si hubiese esperado, e incluso deseado, ese momento, movió su cuerpo grande, se levantó y se fue sin decir palabra.

Me quedé allí. Solitario como mi país.

Días después, al salir de la oficina, encaminé mis pasos por las callejuclas de Tetuán. Carecía de un plan definido, o casi. Dejé atrás la Europa de tiendas de brocados, cafés, plazas y cines con cáscaras de pipas en la entrada, esos lugares que nos hacían creer en la ficción de «nuestro» Tetuán, y me adentré en los de «ellos». Llamaba la atención con el uniforme. Bajo velos o chilabas, me rastreaban miradas que hacían honor al vocablo del que procede «Tetuán»: Los Ojos. Los míos se fijaban en el laberinto de la medina. Un cartel en la entrada de una tienda proclamaba, en árabe sentencioso: «Hay sucesos como alfombras que solo se admiran del todo al extenderse.» En otra, un lapidario dictamen: «Así trates, así te tratarán.» Era fácil ver ese antiguo Tetuán con condescendencia, varios peldaños más abajo, pero también era posible observarlo «sobre» nosotros, a un nivel de misterio que nos superaba.

Esa tarde fue la primera de muchas en las que cerré el libro de las comparaciones. El mundo de «ellos» no era más ni menos que el mío: era otro. Un mundo de gentes moldeadas por el vasto, unigénito paisaje del desierto, que creían en otro libro, otras palabras. Los supervivientes de la arena que el gran reloj de Dios ha desgranado, pensaba. Quería escribir sobre eso, sobre la visión de un reloj de arena que contara los siglos y un pueblo que viviese en su inmenso interior... Pero ya había llegado a mi destino. Casi sin proponérmelo, guiado por la dirección anotada en nuestros archivos. El lugar era un tenderete lleno de chilabas y paños. A su lado se sentaba él, sombrío.

Lo saludé en árabe. Me miró.

—¿Me recuerda, señor Rahini? —pregunté en español durante el silencio—. Soy el capitán Ángel Carvajal, interventor del Protectorado. Hace días estuvo en mi oficina para pedirme algo...

—Le recuerdo. —Fuerte acento, pero hablaba español—. Qué quiere.

—Pues, en principio, asegurarme de que no era mudo, o, en su defecto, descortés. ¿Sabe? No me gustó que se marchara sin hablar. —Tomé una chilaba y aspiré el aroma—. Su tienda sí me gusta. Parece abierta a todos, a diferencia de usted.

—Las chilabas están a la venta, capitán —replicó—. Yo no.

—No pretendo comprarle. Habla muy bien español, por cierto.

—Tuve buenos maestros.

—Una lástima que no le enseñaran a confiar en los extraños.

—Ya le dije: tuve buenos maestros.

Percibí de algún modo que a ambos nos satisfacía aquel cruce de espadas. Eso era lo que se suponía que éramos: enemigos. Habib Rahini, a diferencia de tantos de sus compatriotas, no disimulaba su odio bajo un pretendido servilismo. Modificando un proverbio árabe: al perro que te invade se le llama «señor perro».

—Podría cerrarle esto, señor Rahini —dije, optando por otra táctica—. Está usted en el Protectorado del gobierno español, y dudo que cuente con los permisos necesarios. Le resumo, por si sus clases de idiomas no dan para tanto: no se haga el listo conmigo.

Una sonrisa débil licuó un poco la dureza de su rostro.

—Así, capitán —dijo—. Prefiero su desprecio a su falsa cortesía.

Eso avivó mi cólera.

—¿Ha conocido a muchos españoles que finjan cortesía?

—Sí, y todos hablaban demasiado. Somos esclavos de nuestras palabras...

—Y amos de nuestro silencio, ya sé. Me gustan los proverbios de su pueblo, señor Rahini. Otro dice: «Es mejor encender una luz que maldecir la oscuridad.»

—Depende.

—De qué.

—De cuánto queme la luz. Dígame a qué ha venido.

Contemplé la chilaba como si en ella se escondieran mis palabras.

—Supongo que soy minucioso —dije— y no me gusta dejar un trabajo sin terminar.

De pronto pareció fatigado. Se levantó pesarosamente y comenzó a recoger su mercancía con parsimonia.

—Es tarde ya —dijo.

—Vine porque quiero llevarlo a ver la tumba de su hijo —concreté.

Se quedó quieto, alzó la cara. El brillo de sus ojos adquirió nueva intensidad, pero podía ser la emoción rabiosa del musulmán que espera largo tiempo (el cuento del mercader y el genio en *Las Mil y una Noches*, mi favorito), antes que el alivio o el desconcierto. Me gustó que no se apresurara a agradecérmelo.

—Aún no sé cómo lo haré —proseguí—. Hay una feria en Barcelona este verano y estamos organizando un viaje a lo grande con una delegación marroquí. Quizá solicite que me acompañe de intérprete... Aunque, si va usted a seguir siendo «amo de su silencio», de poco servirá para ese trabajo... En todo caso, voy a intentarlo. Créame: siento profundamente lo de su hijo. Fui alférez durante la guerra, comandé un grupo de Regulares, conocí a sus compatriotas, los traté de tú, los vi marcharse y a algunos pude decirles adiós. Lo menos que puedo hacer ahora es llevarlo a decirle adiós a su hijo.

Me enfrenté a su mirada entonces. Y por fin logré verlo de igual a igual. Sin avergonzarme, enfundadas las armas. Esclavos ambos del silencio del otro. Allí estábamos, tan perdidos y hallados como todas las criaturas de Dios en este mundo.

—Le avisaré con alguna antelación para que haga el equipaje —agregué.

Quise comprarle la chilaba. Quiso regalármela. Acepté, pero me fui enseguida.

No me gusta que me devuelvan los libros.

El viaje, al fin, acabó siendo más complicado de lo que había pensado. No pude llevar a Rahini conmigo durante la visita a la Feria de Muestras, así que me las arreglé para que me acompañase en los primeros días del permiso que deseaba tomarme en verano. El Ramadán comenzaba, ese año de 1947, alrededor de mediados de julio, y era conveniente devolver a mi invitado a casa antes de esa fecha. Hablé con Rafa Márquez (que tomaba el permiso conmigo) y, pagando el billete de mi bolsillo, logré incluir a Rahini. Este se limitó a permanecer con los ojos entornados durante todo el trayecto en tren por los campos españoles. Su cuerpo grande se escoraba de un lado a otro, como si él lo hubiese abandonado allí. Márquez lo asumía peor que yo, y a ratos arrojaba miradas de desconfianza ante la fiera dormida. En el cementerio de Griñón lo dejé vagar solo. Sin más que hacer en Madrid, ya que no tuve tiempo de ver a Elías, regresamos a Cádiz esa misma madrugada, donde Rahini tomaría el barco de vuelta mientras Márquez y yo nos quedábamos en la residencia militar de su ciudad natal.

Durante el regreso Rahini despegó los labios una sola vez, en la penumbra del vagón, él frente a nosotros, como juzgándonos.

—Era todavía un niño cuando se alistó en el ejército español. No lo hizo por las ciento cincuenta pesetas mensuales, el azúcar y la lata de aceite, como otros. Tampoco por España, como tanto han proclamado ustedes.

Márquez, súbitamente despierto, lo miraba frotándose los ojos tras sus grandes gafas, como si el hecho de que Rahini hablara su idioma le produjera espanto.

—Lo hizo por mí —dijo el señor Rahini.

Su historia era breve y horrible. Pero lo más horrible fue que (como yo ahora escribiendo esto), nos la echó encima con absoluta calma, sin importarle que fuéramos nosotros quienes la oíamos. Su familia hundía sus raíces en una vieja cabila rifeña. Muchos habían muerto durante la guerra en la que mi abuelo dio su vida. Él sobrevivió, y convivió unos meses (no precisó cuántos) con algunos militares españoles cautivos. Él y otros eran los guardianes de un puñado: se los repartían para que los españoles no pudieran rescatarlos a todos, en caso de una posible heroicidad. Durante esos meses los trataron como a perros. Rahini bajaba todos los días al sótano donde los encerraban solo para escupirles. Los prisioneros le devolvían insultos, pero uno, ya canoso, le hablaba.

—No me tenía miedo —dijo Rahini—. No cerraba los ojos cuando le escupía.

Poco a poco la saliva de sus labios se convirtió en palabras. Chapurreando uno el idioma del otro, se lanzaron mutuamente sus respectivos odios a la cara. Su primer español lo aprendió con aquel militar, ambos separados por barrotes y creencias milenarias, unidos por el desprecio, hasta que llegó el momento de la liberación tras un cuantioso rescate pagado por empresarios españoles. Pero los de su cabila no aceptaron el canje, y los prisioneros fueron sacados de su encierro y tiroteados en la cabeza conforme salían. Rahini pidió ser el ejecutor de aquel hombre con quien había hablado tanto tiempo. Lo hizo —nos dijo— en su cara. Tal como antes le escupía o le lanzaba palabras, usó ahora una bala. Con el desembarco español de Alhucemas y la ayuda francesa, que sentenciarían los planes independentistas de Abd-el Krim, la familia Rahini se disolvió. Él vivió como prófugo en el Protectorado hasta ser encarcelado, y pasó varios años al otro lado de los barrotes con la misma mirada que cuando estaba libre. Sin embargo, nadie conocía su pasado ni su crimen. Eran otros tiempos, y las represalias ya no interesaban. Liberado al fin, montó un simple negocio en Tetuán. Pero el pasado le cobraría la deuda: cuando llegaron las levas, al comienzo de nuestra guerra, fue reconocido como antiguo rebelde. Su hijo mayor aceptó convertirse en soldado del general Franco a cambio de rehabilitar a su padre. Murió en el cerco de Madrid.

Por aquel entonces, Rahini ya sabía nuestro idioma.

—Él pagó por el hombre que maté —dijo—. Estamos en paz. Y ahora yo estoy en paz con mi hijo. Gracias, capitán.

Luego regresó a su silencio como a un hogar.

—El hijoputa del moro —me susurró Márquez—. ¿Esto es lo que nos cuenta después de todo lo que ha hecho usted por él?

—Son gente especial —dije, evasivo.

—¡Y tan especial, me cago en todo! ¡Tiene usted más paciencia que Job! Juro por mi madre que yo también lo habría llevado al cementerio, pero sin billete de vuelta.

El mutismo de Rahini nos contagió. Ya no hubo bromas, no más conversaciones fluidas entre Márquez y yo. Tras llegar a Cádiz dejamos a Rahini en Algeciras, a punto de embarcar. Por un momento se alejó, pero algo le hizo volverse hacia mí entre la muchedumbre que ocupaba el puerto.

Nos miramos.

—Tiene usted *baraka*, capitán —dijo al fin—. Suerte. Siga vivo.

—Pondré todo de mi parte —repliqué, burlón—. Lo mismo le deseo, señor Rahini.

Se dio la vuelta. Era un hombre mayor, abrumado, los filos de su vida romos por la piedra de amolar de un pasado atroz. Cuando desapareció entre el gentío pensé que no iba a volver a verlo.

Ignoraba que era yo quien estaba a punto de enfrentarme a la muerte.

9

Baraka

Las noticias que recibía de Elías desde Madrid eran casi la otra cara de la moneda de mis propias experiencias: parecía estar rodeado de una muchedumbre, pero se quejaba de no hacer nada. Sus cartas me visitaban cada mes, puntualmente, sobres abultados que contenían varias hojas de reflexiones en su apresurada caligrafía, conclusiones válidas solo en el momento, que bien podían cambiar en la carta siguiente. ¿Resumen? Se había decepcionado con su trabajo en el Alto. O al menos así fue al principio. «¡Estoy rodeado de ineptos! —clamaba—. Malillo: España, nuestra España, es el país de la ineptitud, la envidia y la mediocridad.» Esta última expresión —«mediocre»— era su favorita. El general Vigón era de los pocos que salvaba. El propio trabajo de Elías también era calificado por este como «mediocre»: mucho escribir a americanos y británicos, muchos viajes para que volvieran a mirarnos con buenos ojos, pero sin consecuencias. «Eso sí, he reforzado mi inglés... Ya no está de moda reforzar el alemán, y en cuanto al ruso... Mejor no hablar.» Le obsesionaba lo que él llamaba «la farsa». «Desde Marruecos podrás creer que en Madrid lo controlan todo, pero esto, chico, es una farsa. Estamos solos, esa es la única verdad. Todos nos han dado la espalda, no por ética sino por dejadez y conveniencia. Están lavando al mundo, y España es una mancha vergonzosa en la ropa interior de Europa. ¡Qué difícil es avanzar así! Aquí se preguntan si la solución ha de pasar por la restauración de la monarquía, por hablar con los republicanos, por abrir las ventanas del nuevo mundo y que corra el aire, en suma. Yo creo, sinceramente, que nadie, en el Pardo o fuera de él, alcanza a comprender que los enemigos están cambiando... Antes de la guerra, eran ideologías. Ahora son solo obstáculos: pueden creer en lo que tú crees, cantar lo que cantas, luchar por lo que luchas, pero si te entorpecen, son enemigos; si te favorecen, aliados. Solo unos pocos conocen las reglas del juego, Ángel... Y yo estoy intentando que me las expliquen.» Y en una de aquellas cartas metafísicas, una posdata: «Por cierto, si no lo has notado, tengo roto el corazón. Su nombre es Sheila. Pronúnciese "Siiila" (una ayuda, porque tú solo sabes árabe y francés). Prepárate para aguantarme.»

Yo todavía no conocía a Sheila, pero estaba a punto de escribirle que me había prometido a Mari Ángeles Gallardo.

Caminos paralelos.

Mirando hacia atrás me pregunto por qué no escuchábamos el tictac. El reloj imparable. ¿O el vuelo de los grajos? ¿Había algo ominoso, profético, en el ambiente? Elías me contó una vez la extraña teoría de que son los lugares los que producen los sucesos; los hombres, pues, seríamos meros figurantes reaccionando ante el decorado. Yo lo que creo es que no hace falta mucha imaginación para prever tragedias (y vivirlas): lo difícil es prever los milagros.

En Cádiz nos hospedamos en la residencia militar del cuartel de Infantería en San José, cerca de los astilleros. Todo invitaba al descanso: la «Tacita de Plata» parecía de oro, refulgente, límpida. Mi intención era dar el salto a Granada, y de paso que visitaba a los abuelos probar a continuar la carrera de Historia. Pero, una vez en Cádiz, fue como si todo se disolviera entre mar y chillidos de gaviotas. Casi te oía decirme: «¡Necesitas un descanso, soldado!» Y era cierto: los últimos meses y el tenso viaje con Rahini como guinda me habían puesto a prueba.

Pero... ¡descansar! Era como si me hubiesen regalado un artilugio extraño y no supiera usarlo. Me veo sentado en el dormitorio de la residencia militar, mirando a mi alrededor y pensando: «No tengo nada que hacer.» Había traído una buena provisión de libros, pero ni ellos eran útiles todo el día. Me dedicaba a mirar el cielo, a pensar en ti, a dar vueltas a la cabeza a las quejas de Elías. Se me antojaba que estaba siendo un haragán, lo cual me exasperaba. Respondía al pobre Rafa Márquez con monosílabos cuando pretendía rescatarme del marasmo. Un día estallé.

—Mira, Rafa, creo que voy a regresar. He dejado muchas cosas en Tetuán... —Le guiñé un ojo, porque le había contado que tenía novia—. Siento nostalgia.

Márquez, avezado psicólogo, denegó:

—Usted perdone, capitán, pero no le creo. —Insistí, de nuevo, en tutearnos, y esa vez aceptó—. Pues te lo digo de corazón, Ángel: ni nostálgico ni nada. Lo que pasa es que no estás acostumbrado a aburrirte. Así que, ¿por qué no me dejas enseñarte?

Reí. ¿Qué podía perder? Necesitaba divertirme, admití, pero Márquez alzó el mismo dedo admonitorio con que había señalado el vaso de agua el primer día.

—Mi abuelo decía: «Lo que necesitas es trabajar. La diversión debe apetecerte.»

—Gran hombre, tu abuelo.

—Ya te digo. Déjamelo a mí, y ya verás si nos apetece o no.

Tenía razón. A los dos días de charlar, beber y reírme hasta las lágrimas con sus chistes, empecé a comprender lo que significaba «estar de vacaciones». Mi compañero era uno de esos benditos del mundo que gozaban de las cosas sencillas como si fuesen la cima de sus aspiraciones. Un hombre hecho por y para la vida. Yo le servía de contraste amargo. Donde él veía afortunado que en la calle tal o la taberna cual no hubiese «casi nadie», yo veía desgana. Donde él admiraba a las gaditanas «hacendosas» o los críos alegres, yo contemplaba colas de gente en tiendas de productos básicos o niños sin otra cosa que hacer que buscar algo que llevarse la boca. Él se reía de la España de siempre, yo me lamentaba de la España eterna. Como decía Elías: en Marruecos era fácil pensar que éramos el ombligo del mundo, pero aquí, en la península, enfrentados a Europa, comprendí mucho mejor a mi amigo cuando me hablaba de que todo era una «farsa».

Sin embargo, extraía consecuencias distintas de la misma visión.

Elías se deprimía ante aquella inanidad, mientras que a mí me encantaba, quijotescamente hablando. Ser unos pocos, serlo todo. Formar parte de aquella terca familia de aristócratas en la ruina que éramos los españoles, con el resto del mundo cerrándonos la puerta en las narices cuando llamábamos para mendigar: eso me hacía sentirme más español que nunca. Añoraba contárselo a él.

Pero Elías no estaba, estaba Rafa Márquez, que, por aquello de la influencia mutua, empezó a hablar de temas serios: del bloqueo al que nos sometía Europa, o de cómo el sultán Mohammed V, hasta entonces respetuoso, había empezado a adherirse a la causa independentista y nos metía en el mismo saco que a los franceses, a pesar de la blanda política del alto comisario Varela... A Márquez eso no le sorprendía.

—Mi abuelo decía: «Si alguien te odia, Rafa, pregúntate qué favor le has hecho.»

—Me gusta tu abuelo —reconocí—. ¿Vive todavía?

—Murió a los ochenta porque era pesimista.

—¿Porque era pesimista?

—Decía que optimista es quien muere joven.

—Grandioso. Invito a otra ronda por tu abuelo.

—Venga.

Nos disponíamos a regresar a Tetuán esa noche del 18 de agosto, pero, como nos incorporábamos dos días después decidimos pasar la noche en Cádiz. Nostálgicos y achispados, llegó la hora de las confesiones, que, entre hombres, siempre son sobre el mismo tema. La de Rafa era de Huelva, aunque se habían conocido en Cádiz y planeaban casarse ese otoño. Según él, ella era «divina como una procesión». Yo le dije que Ángeles y yo también íbamos a casarnos.

—Solo son planes, eh, no lo digas por ahí. Será para el año próximo o el siguiente.

—Aquí, el que más, el que menos... —apuntó Márquez casi con pena.

—Vaya cara. Ni que fuera trágico casarse.

—Hombre, trágico no. Pero un paso importante sí que es, y yo me pongo nervioso. Lo que ocurre, Ángel, es que tú eres optimista.

—Eso quiere decir que voy a morir joven.

—Dios nos libre. —Se santiguaba Márquez—. Eso quiere decir que eres la excepción que confirma la regla.

Pero ahora sé que no soy ninguna excepción. He muerto a una edad que muchos consideran como «la flor de la vida». Joven y optimista, señor Márquez.

Pero no fue esa noche.

Salimos de la última taberna y nos llenamos los pulmones de aire marino. Estaba como cargado de algo, como un presagio. Avancé erguido como los beodos novatos.

—Tranquilo, que no me pierdo —dije rechazando su ayuda—. Me oriento con el mar, como las gaviotas.

—Muy bien, pero yo volaría a la derecha, que conste.

—Lo iba a hacer.

Nos tambaleamos juntos hasta avistar el muelle, los astilleros, el hospicio a lo lejos. Eran solo las nueve y media, pero para nuestros ojos ya había oscuridad. Me aparté de Márquez y, dejando que el aire salado me peinara, atravesé la amplia avenida hacia el cuartel y apenas vi el monstruo hasta que lo tuve encima. Era un coche enorme, de fuertes guardabarros; factura, quizás, alemana. Como un ataúd de metal con la tapa cerrada pero hambriento de cuerpos. Casi me arrojé sobre el capó cuando frenó. Hice aspavientos al conductor, un tipo con una cara peculiar, espesas cejas, grandes mofletes, como de «perro enfadado» (se me ocurrió esa comparación entonces), que continuó su camino acelerando en la esquina. Márquez, detrás, estaba repentinamente sobrio.

—¡Ha faltado el canto de un duro! ¿Estás bien?

—Herido en mi orgullo. Mira que toparme con el único coche que circula en Cádiz a estas horas...

—¡Coño, culpa del hijoputa del conductor, por no respetar el paso de borrachos!

—Pero no ha sido nada. Tengo *baraka*, como decía el amiguete.

—¿Qué amiguete? —preguntó Márquez.

—Yo me entiendo.

Entramos riéndonos en la residencia militar. Rechacé una última partida de mus en el saloncito porque quería escribir. Últimamente escribía, y escribir me salvaba. Hablaba de mí y de mi vida, de ti y nuestra vida. Me parecía que todo eso ayudaba. Ahora pienso que es así: escribir es el único recurso que le queda al náufrago. El mensaje, la advertencia o la ayuda. Claro que, en aquellos días, rascaba el papel con mi pluma solo para ti. Anotaba pensamientos para que no se disiparan, atrapaba recuerdos. Mientras me sentaba frente a la mesita del dormitorio aquella noche pensé que había estado a punto de ser atropellado. Moriría algún día, pero aún no tocaba. Y cuando la Parca me visitara, pensé, deseé que no tuviera la cara tan extraña, tan llamativa y desagradable de Perro Enfadado. Además, todavía tendría que casarme contigo y tener unos hijos preciosos. Pero algún día, remoto o no, la *baraka* del capitán Carvajal se evaporaría como gotas de agua en ese desierto que tanto amo.

Y eso fue lo que me puse a escribir: «Tengo *baraka*, me lo ha dicho un mor...», cuando la pared que daba a la ventana se hinchó y se desplomó sobre mí.

Bien, bien, no ha pasado nada, recuerdo que pensé, y me levanté entre los escombros como un Lázaro. El silbido de la muerte, ese pitido que le hace al alma como a un perro a través del tímpano roto, me llamaba. Lo primero que hice fue tantear: la mesa yacía del revés bajo una capa de talco y mis manos sangraban. Todo lo veía adornado de telarañas, como si asomarse a mis ojos fuera hacerlo al interior de un mausoleo.

Más allá de la confusión o el miedo yo era militar y había vivido una guerra. Las guerras nunca acaban. Ha sido todo un sueño, me dije. Seguimos peleando, y el paréntesis de interventor fue un espejismo. Estoy en Campanario, oyendo obuses, mareado de paludismo y muerte. He soñado la paz, me dije.

Abrí la puerta tras varias intentonas. Un tobillo y la cadera del mismo lado me lanzaban mordiscos cuando les proponía obedecerme. Algo me había pasado en los ojos, quizá solo malo, quizá peor. El brazo izquierdo era un acerico de esquirlas de cristal. Recordé apenas que me había golpeado al caer al suelo. Pero la casilla de la vida en la lista de víctimas seguía tachada con una equis en mi nombre.

Un pasillo, gente al fondo, algunos en paños menores.

—¡Rafa! —probé a gritar—. ¡Rafa...! ¡Rafa!

Apenas me oí a mí mismo. La gente me rebasaba y movía la boca, heridos o solo confusos. ¿Qué había pasado? ¿Cómo defendernos? ¿Qué hacer? El ejército te enseña que sobrevivir es cuestión de información. Mientras cojeaba por entre paredes desolladas recopilaba datos. Una deflagración, pero no parecía haber sido en la residencia. Ya conocía los efectos que puede producir una onda expansiva. ¿El muelle, quizás? Un bombardeo no era. Fuera lo que fuese, no se repetía. ¿Mi deber? Ayudar.

El saloncito de recreo de oficiales estaba situado al sureste, que era de donde parecía haber venido aquel infierno, y se había convertido en pura ruina. El aire era más denso allí, cargado de polvo, pero no había incendios, gracias a Dios. Más allá, en los muelles, sí: llamas rojas y gualdas, como si el símbolo de España entera ardiese. Escuchaba alaridos remotos, ulular de almas en el purgatorio.

Encontré a Rafa antes de lo que esperaba. Los escombros lo habían marginado, como si la tragedia no lo admitiese como actor principal. Seguía vivo, pero algo parecía haberse roto en su interior, y me miró desesperado con su único ojo sano (las gafas, quién sabía dónde), aunque solo habló sangre.

Me aseguré de que respiraba y latía. Algo muy feo le había ocurrido, pero yo no era médico. Una onda expansiva puede desgarrarte por dentro «como ver a tu novia en brazos de otro», nos decía un viejo instructor en Xauen. Tras varios intentos por incorporarlo comprendí que Márquez era un vaso frágil a rebosar de sangre. Giré su cabeza para impedir que se asfixiara y grité llamando a un médico con gran enfado, como si estos se ocultaran al acecho de las catástrofes y se negaran a aparecer cuando ocurrían. A ratos me inclinaba hacia la sangrienta expresión de Márquez.

—Eres joven y pesimista, no vas a morir todavía —le susurraba.

Los médicos llegaron, o algo que parecía ser lo mismo, con camillas y órdenes. A Rafa solo lo dejé cuando me lo quitaron de los brazos. Fue entonces, al levantarme, cuando me di cuenta.

Todos me miraban. Tan jóvenes, tan asustados. Comprendí que yo era el oficial de mayor rango allí, por puro azar. Esperaban instrucciones para vivir. A la vertiginosa rapidez con que suceden las tragedias yo había sido ascendido a capitán de las víctimas, por consenso general.

—Buscad más heridos. Quitad escombros. Que los

sanitarios atiendan a los más graves. Alguno que se asegure de que no queda nadie en las habitaciones... —Tras el paso de la Parca, esa locomotora frenética, empezaba por fin a escuchar voces humanas.

En algún momento de esa noche eterna llegó un teniente coronel escoltado. Yo me tambaleaba aún en el saloncito y me cuadré al verle.

—Virgen santísima —murmuró—. ¿Qué ha pasado aquí?

—No ha pasado nada, señor —dicen que dije—. Y si pasa no importa.

Allí, en el páramo yermo.

Mujeres enlutadas y niños harapientos con ojos tan abiertos y fijos que ni las moscas les hacían parpadear. Yo alzaba mi fusil apuntando sin saber si disparar o no... Me atenazaba la duda: ¿eran ellas, las brujas? Yo tragaba saliva y me dolía. Apenas podía moverme. El silencio que me rodeaba era horrible. Un silencio como de cosa cerrada y taponada, no la grandiosidad de la paz al aire libre sino la sórdida pequeñez de *[palabra tachada, incomprensible]*.

Dicen que apreciamos de verdad aquello que perdemos: pero yo no te he perdido. Estás conmigo a cada momento, te llevo dentro. Y aunque daría todo lo que tengo en este mundo por volver a verte, sé que ni siquiera tu ausencia me arrebatará aquello que poseo de ti y que tú me regalaste. El disparo de pistola que segó mi vida hace que ahora añore vivir. He despertado hoy, tras todas estas páginas escritas, recordando el horror de Cádiz y el ansia de ver de nuevo el sol y los cielos que experimenté al sentir que todavía no había llegado mi hora. Pero en ningún momento te perdí, y ahora tampoco. Extiendo mi mano y el aire es tu rostro. Sonrío, y la noche se curva con tu sonrisa. No estoy vivo ya, y ansío la vida. Pero en mi muerte sigo teniéndote.

Ya no me das la espalda. Nunca me das la espalda ya.

Desperté con una palabra en la boca —«brujas»— y hallé un rostro extraño.

Poco a poco, como moldeadas por mi conciencia, las facciones que contemplaba se hicieron familiares, perdieron su aspecto grave y enigmático y una repentina sonrisa las hizo reconocibles, y queridas.

—Vaya, el capitán es todo un hombre, sí señor. Buenos días, Malillo.

—¿Qué haces... aquí? —dije.

Elías Roca, pulcro en su uniforme, su calvicie bien peinada y la piel reluciente y morena donde destacaba su recortado bigotito, me miraba divertido.

—Soy el comité de bienvenida pagado por el gobierno para brindarte los primeros agasajos antes de la consabida medallita. ¡No, no te muevas...! Le he hecho la promesa a la señorita Gumersinda de mantenerte aquí, quieto, durante horas. Yo te alcanzo lo que quieras. ¿Agua? ¿Una jarrita de vino? ¿Un puro? ¡Oh, creo que la señorita me ha oído! —añadió, teatral, y retrocedió un paso.

—Voy a pedir que lo echen del hospital, capitán Roca —dijo alegremente una enfermera robusta, magnífica, como si hubiese sido creada por aquel día soleado—. No se le puede dejar solo. Me estropea a los pacientes.

—Señorita Gumersinda Acevedo. —Elías me hizo un guiño—. No hable usted así delante de un héroe nacional.

—¿Cómo se siente? —gorjeaba ella tomándome la temperatura. Yo la miraba con un solo ojo, pero se apresuró a tranquilizarme—. No ha quedado usted tuerto, pero no se toque el vendaje, por favor.

—Yo me he encargado de impedir que lo haga, señorita —dijo con humildad Elías.

—¡Ya puede usted decir que tiene un buen amigo, capitán Carvajal! —reía la enfermera—. ¡Ha estado acompañándole toda la noche!

Las cosas se tornaron serias en cuanto la atención de la enfermera se dirigió a otros. Elías apareció en mi exiguo campo visual con algunos periódicos.

—Vine en cuanto pude, Malillo —dijo casi como si me pidiera perdón por haberlo hecho—. Y no, no estamos en guerra. El mundo exterior sigue ignorándonos concienzudamente. Pero ya no necesitamos una guerra para matarnos entre nosotros.

Por un momento no pude reaccionar al leer la noticia. Un polvorín. Yo sabía que había, en los muelles de Cádiz, un depósito de minas submarinas del ejército, coleccionadas desde la guerra, rusas, italianas, alemanas..., abandonadas como latas viejas en espera de la mano burocrática de nieve que las realojara. Lo peor era que ninguna información era honesta. Mucha «tragedia», mucho titular, pero nada referido al gravísimo error de dejar aquel arsenal allí, descuidado, inerme. Y, no obstante...

—Elías. —Desvié el ojo sano a su rostro—. ¿Pudo haber sido... provocado?

Frunció el ceño como si yo hubiese dicho algo muy extraño.

—Ya quisiera el del Pardo —dijo—. Le gustan las provocaciones. Pero esto es lo que es: dejadez administrativa. Se rumorea que la sal marina pudrió las minas. Eso pudo provocar la explosión. Aunque, claro, todavía se está investigando. —Yo conjuré a varios santos y nombres divinos en una sola blasfemia de la que luego me confesé. Mi ojo de Cíclope se humedeció. ¿Un accidente?, pensaba. Aquel horror, ¿una gotera en el techo? Elías me palmeó el hombro sano—. Eh, eh... Puedes seguir estrujando los periódicos si quieres, Malillo, pero no te levantes... La buena noticia es...

—Al diablo las buenas noticias —repliqué, asqueado.

No había información sobre un número concreto de víctimas, pero yo podía imaginarlo. Nuestro cuartel había quedado destrozado, y ni siquiera estábamos junto al polvorín. Así que no era difícil suponer qué había pasado en los astilleros. Y no solo allí, caí en la cuenta. Había un hospicio. Niños huérfanos. Un sanatorio. Niños y ancianas. Recordé mi sueño y sentí escalofríos. Ignoraba por qué aquel sueño se repetía en momentos decisivos, desde la guerra. ¿Significaba algo? Llegué a pensar que no era sino un espantapájaros fabricado con mimbres de anécdotas (aquel comentario absurdo, hecho como al azar por un compañero falangista, sobre lo que significaban las «brujas» en su tierra), pero nunca comprendí, hasta el final, por qué se había convertido para mí en una obsesión delirante.

—Tu conducta no ha pasado desapercibida en el Alto, te lo aseguro —dijo Elías.

Iba a replicarle algo muy duro sobre el Alto cuando un recuerdo súbito hizo que mi ojo sano, fijo en Elías, parpadeara como unos labios que quisieran hablar.

—¿Y... Rafa Márquez?

Elías me miró un instante. Luego sonrió.

—Esa era la buena noticia, pero no me dejas hablar. Está bien. Y te lo debe a ti. No tenía lesiones internas: la sangre en la boca era por la explosión, que le hizo morderse la lengua. Un buen tajo. Se estaba ahogando en su propia sangre. Y se hallaba tan confuso que si no llegas a hacerle girar la cabeza, Cádiz habría perdido una de sus glorias. Es lo malo que tienen los gaditanos: hablan tanto que la lengua se convierte en un arma mortal. Pero, en serio, no hay bajas en el cuartel, mi capitán, y tú has contribuido a eso. Ahora dime que me largue, si quieres. —Sostenía dos libros de historia de Roma como si se tratara de tentarme con un cebo.

—Lárgate —rezongué.

—Ah, bien, he aquí la gratitud que merezco por traerte la historia de Roma. Porque te guste o no, tendrás que pasar una semanita como mínimo antes de que puedas ser trasladado a Tetuán, donde... Bueno, donde te esperan.

Elías gozaba con mi sorpresa. Fingió no hacerme caso, me dio los libros y se puso a leer mi informe médico a los pies de la cama.

—Ni siquiera eres capaz de sufrir una herida grave, Malillo, qué desastre. Estalla un polvorín y solo se te ocurre inventarte un... «prolapso del iris...». Si tu mirada le gustaba ya, ahora serás irresistible...

—¿Quieres hablar con claridad? —me enfadé.

—Eh, miren cómo se pone el gallo herido. —Elías me miró bonachonamente—. Cuídala, Malillo. Tienes un tesoro.

—Pero ¿ella sabe...?

—La señorita Mari Ángeles Gallardo sabe más que el Papa. No está aquí, no empieces a frotarte las manos. En primer lugar, porque no estás casado todavía. Y en segundo lugar, porque te va a dar fiebre y la enfermera Gumersinda caerá sobre ti con todo el peso de la medicina. Además, no puedes frotarte las dos manos, solo la derecha. Dicho esto, añado que sí, he tenido la oportunidad de charlar por teléfono con tu reina. Y he llegado a una conclusión: como la dejes escapar, voy a ponerte el ojo sano en igual estado que el otro. O peor. Pero en serio: te espera en Tetuán con el segundo comité de bienvenida. Luego te impondrán una medalla, al menos en la mitad de tu cuerpo que ha quedado sana. Y por último... Lo último tiene que decírtelo ella. —Elías se puso serio.

—¿Qué... qué pasa...? —Tragué saliva.

—Ella te dirá.

—¡No te calles ahora! —exclamé angustiado—. ¿Qué ha pasado...?

—Te quiero con locura —dijo Elías.

Por un instante debí poner una cara muy curiosa. Elías soltó la risa.

—¿Por qué me miras así? Te dije que lo último tenía que decírtelo ella. Yo lo hago fatal, ¿no? Pero me has obligado. Pensé que era un mensaje impropio para mis labios. Claro que tu reina ha sido telegrafista de Morse, y se cree que todo puede ser transmitido.

Hubo un torbellino. Los vendajes se deslizaron por mi cuerpo como nieve recién caída, la ropa me cubrió por sí sola, mis cicatrices se alisaron, me deslicé como sobre el agua hacia Tetuán hasta recalar en tus brazos, el perfume de tu cabello, tu voz y tus lágrimas. Un Ulises maltrecho, una Penélope que también era Ítaca. Nuevo hospital, nuevas visitas. Manos que surgen del aire y sujetan la mía felicitándome por mi «heroicidad». Crece una medalla en mi solapa. Mi iris cicatriza, brilla el arcoíris. Todo tan veloz que me parece que una escena persigue a la otra, causa y efecto mezclados, en círculo incesante. Sé que no fue así y que hubo palabras y transcurrir de tiempo, pero es así como lo recuerdo. Yo le decía a todo el mundo lo que creía (y creo) sinceramente: que no había hecho nada realmente heroico. No fui un héroe en aquel momento.

Es ahora, tras conocer la horrible verdad, cuando debería portarme como un héroe. Es ahora cuando sería preciso demostrar valor.

Quizá mi padre tenía razón al afirmar que un héroe debe estar muerto.

10

El extraño club

El sobre me esperaba en la mesa de mi oficina un día de finales de verano de 1948. Madrid, membrete del capitán Elías Roca. Pero no contenía una de sus prolijas cartas sino dos grandes tarjetas. En una se me informaba de que «El Club de Amigos de la Náutica», con sede en Tetuán, tenía el placer de invitarme a la fiesta-cóctel a celebrar en el embarcadero tal, hora cual. No precisaba etiqueta. La otra tarjeta era una de las oficiales de Elías. Había escrito a mano: «Malillo, no faltes. Diversión asegurada. ¡¡Pero solo para hombres!!» Esto último me pareció el colmo del ridículo. Pasé unos minutos rascándome la cabeza y dando vueltas a ambas tarjetas, sin entender nada. Pero no había ningún secreto, en apariencia, ni nada más perverso que la «tacañería» de la que hacían gala los tales Amigos: y esto lo averigüé tras una serie de discretas indagaciones entre los compañeros. Se trataba de una simple sociedad de afortunados de la vida a quienes unía la pasión por navegar. Se reunían, tomaban brandy barato, poco más. Tratándose de Elías, no era tan raro, después de todo. Supuse que quería presentarme a alguien importante, y acepté. El día de la curiosa reunión era laborable, por lo que pedí un permiso y Rafa Márquez, que me adoraba desde lo de Cádiz, ya repuesto del todo de su ordalía, aceptó sustituirme encantado.

Eran tiempos confusos en el Protectorado. La política «amable» de Varela había experimentado un curioso giro hacia la intolerancia. Se clausuró algún partido independentista y se cerraron periódicos del mismo signo. Hubo violencia en alguna manifestación ante esta dureza, y esto fue, a su vez, utilizado por mi gobierno para apretar las tuercas. A nadie pareció mal aquel cambio de actitud en el alto comisario, que, gaditano y con un chalé en San Severiano en Cádiz que también había sufrido daños con la explosión, parecía considerar que el tiempo de los remilgos había terminado, por mucho que el «incidente», como así se le llamaba, hubiese sido solo accidental. Nosotros, los interventores, seguíamos intercediendo, pero la desconfianza mutua era ahora lo usual.

Ese año había comprado a plazos mi primer automóvil, un flamante Renault 4 blanco. Ya lo había estrenado contigo, viajando por la costa, pero esos eran viajes felices. El día de la «fiesta-cóctel» salí de la ciudad con el ánimo por los suelos. Llegué al embarcadero cuando el sol se ponía, y no pude encontrar nada más deprimente. Un grupo de ancianos tomando copas y charlando. Había varios yates y marineros yendo y viniendo, pero no vi a Elías por ninguna parte. Pensé que sería muy capaz de hacerme ir a un evento así mientras él se quedaba en Madrid. A fin de cuentas, no especificaba que fuese a asistir. Algunos me saludaron, yo era una especie de eco de sociedad viviente. Eso me permitió incorporarme a un corro de jubilados que hablaban de pesca. Todo muy divertido. Anocheció entre farolillos de verbena, y yo empezaba a sentirme enemigo de los Amigos de la Náutica cuando un marinero se situó a mi lado. Me acompañó a un yate de moderada eslora con la bandera española que acababa de atracar. Se llamaba *Tigre*. El marinero llamó a una puertecita bajo cubierta y me hizo pasar a un camarote sin ventanas, con olor a humo de puro. A Elías lo acompañaba un hombrecillo de mirada ávida y nariz ganchuda, como una comadreja con uniforme de comandante de la infantería de Marina. Me ofreció uno de los dos sillones de piel.

—Ángel, te presento al comandante Gómez —dijo Elías.

«Comandante Gómez» era como no decir nada. El nombre atravesó mis oídos y salió intacto, como agua entre las manos. Pero, por lo visto, yo era a quien esperaban, porque en ese instante un motor carraspeó, nos balanceamos, nos hicimos a la mar. Acepté café y Elías rellenó una taza. Era malo, como el brandy de los Amigos de la Náutica. Hubo un silencio durante el cual Gómez me hizo una pregunta.

—¿Perdón? —dije.

—Que si tiene ya fecha para la boda, capitán.

Miré a Elías, como si necesitase su consejo en la respuesta.

—Estás entre amigos —dijo—. Relájate.

—Ninguna concreta, comandante —contesté, y tosí—. Quizá dentro de un año.

—Muy bien —aprobó Gómez con un gesto—. En vista de eso, vamos a convidarnos con un puro. ¿Le gustan los habanos, capitán?

Pasó una caja pero denegué. Pareció algo decepcionado, como si hubiese estado calificándome positivamente hasta ese instante. Elías y él se encendieron sendos cigarros. Eran buenos, aromáticos, churchillianos.

—Su actuación en Cádiz fue impecable —dijo Gómez tras un rato de degustación de humo—. Le felicito.

—Gracias.

—Queremos hacerle un regalo de bodas.

Los miré a ambos, de hito en hito: Gómez sentado, fumando; Elías de pie tras él, paladeando una copa. Un retrato firmado de Franco cabeceaba detrás de ambos con los vaivenes marinos, como desaprobando la conversación.

—¿Los Amigos de la Náutica? —pregunté, quizás un poco atrevidamente.

—Sí —dijo Gómez—. Se necesitan amigos más que nunca, ahora que todos somos amigos. Podrá sonar paradójico, oiga, pero son nuevos tiempos. En la década de los treinta, ah, cómo añoro esos años... Elías y usted, falangistas, pueden entenderme. Amigos y enemigos estaban claros. Pero la última guerra ha acabado también con eso. Hitler era nuestro amigo, y hoy no se puede pronunciar su nombre en voz alta. Los americanos no eran nuestros amigos, y hoy buscamos su amistad. Es evidente que la década que se avecina va a dibujar un mundo menos nítido. Y debemos estar prevenidos.

Hablaba con tristeza y un extraño tono profético, pero aquellas ideas no eran muy distintas de las que Elías me comentaba por carta. ¿Qué había estado haciendo mi amigo en Madrid?, me preguntaba.

Hubo un silencio. Gómez suspiraba, fumaba, tamborileaba con los flacos dedos en el sofá, pensaba en voz alta. «Aunque enemigos, sí... Siempre hay», decía. Entonces, como si tuviese una ocurrencia repentina, apuntó hacia mí con el habano.

—Usted es un hombre culto, capitán Carvajal. Le gusta leer, ha estudiado Historia, conoce al pueblo árabe, y es ya veterano de lo que llamamos «Asuntos Indígenas». ¿Diría que el independentismo marroquí es el enemigo?

—Depende de cada hombre, comandante —repuse.

—Cierto.

—Buena respuesta —aprobó Elías.

—Ah, pero es la respuesta nostálgica. —Celebró Gómez y ambos rieron—. Procede de un mundo distinto, algo caduco. Antes era así. En el nuevo tablero, en cambio, sería como pensar que el ajedrez se gana o se pierde dependiendo de la madera de las piezas. A simple vista... —añadió, como insatisfecho con su metáfora—, es decir, a distancia corta, se agrandan las cosas pequeñas y los enemigos crecen. Eso sí depende de cada hombre. Pero, si lo vemos desde arriba, todo adopta otro sentido.

—No sé si le comprendo.

—Se lo explicaré respondiendo a mi propia pregunta: el independentismo marroquí ni siquiera es la madera de la pieza. Es un tablero. Y ni siquiera el tablero. Un tablero —recalcó—. Hay tableros más importantes. Partidas donde juegan Amarillos y Osos. ¿Nosotros? —Por un rato hizo aros de humo evanescente y los contempló—. Nosotros, como Marruecos, jugamos en pequeño. Mírenos. Los Amigos de la Náutica ni siquiera podemos pagarnos combustible para un crucero decente. —Eso hizo reír a Elías, pero Gómez seguía serio—. Al menos, los puros son buenos. Lo cual nos recuerda que también perdimos Cuba. Pero me han puesto al frente de este barquito de papel, y me dedico a ir de puerto en puerto buscando adeptos. «Pescadores de hombres»... —Jugó un instante con la idea—. El capitán Roca, huelga decir, me ha recomendado que cuente con usted. Y para mí todo lo que viene del capitán Roca está bendecido.

—Amén —dijo Elías—. Eso merece un coñac, señor. ¿Te apuntas, Ángel?

—Un poquito.

Mientras Elías nos daba la espalda sirviendo, Gómez se retrepó en el sofá.

—Así pues, le haremos un regalo de bodas, capitán. Mírelo como la clásica vajilla de porcelana. A su modo es también frágil. Llegará a su casa cuando regrese de la luna de miel. Le diré lo que queremos a cambio. —Y su voz formó un eco mientras la barriguda copa de cristal iba acercándose a sus labios—. Queremos que vea, oiga y calle.

—Los tres monos —apoyó Elías.

—Es usted culto, habla árabe, conoce al pueblo.

—Y tiene un par de... —dijo Elías—. No se olvide de eso, señor.

—No me olvido de nada —sentenció Gómez—. Nos consta lo valeroso que es.

Contemplé el fondo de mi copa. De pronto creí saberlo, o intuirlo: estaba rozando lo grande. No sabía qué era, como el ciego que toca el elefante tratando de descifrarlo, pero sí que se trataba de algo mucho más importante que todo lo que había hecho nunca. Ni siquiera hablaban de sueldo. Tampoco había oído en ningún momento que se me permitiera rechazar la oferta.

Ahí estaba, sobre la mesa. Invisible pero gigante. El elefante del ciego.

—Haré todo lo necesario para servir a España, señor —dije.

—Perfecto. Centinela de Occidente. Eso es. Somos el último bastión, etcétera, etcétera... Pero no le hagamos demasiado caso a la religión: ahora estamos colaborando con los protestantes, por ejemplo. —Gómez suspiró y sacudió el puro—. Por supuesto, usted nos informará a nosotros siempre. El general Varela dejará un buen recuerdo, pero está enfermo y tiene ya preparado su sustituto, aunque tampoco este será su superior. Y luego debemos ver cuándo y cómo pelaremos el plátano. —Alzó sus dedos huesudos—. Protectorado y colonia francesa. Empieza la cuenta atrás. El problema no es si se independizan: eso se discutirá en la calle y el Parlamento. Tras las bambalinas, capitán, sabemos que se independizarán, y queremos saber en qué estado está el plátano que aparezca debajo. Si es blanco y bueno o rojo y podrido.

—Nada mejor que tres monos para saber cómo está un plátano —dijo Elías.

Por un momento no dijimos nada. Luego Gómez rio y yo lo imité.

—Es un gran muchacho, este. Un gran muchacho. —Gómez palmeó a Elías.

Hubo una pausa en la que aproveché para intervenir.

—¿Tengo tiempo para pensarme todo esto, comandante?

—Cinco minutos, hasta que lleguemos a puerto. Los Amigos de la Náutica no podemos permitirnos trayectos largos. Ni decisiones prolongadas.

—De todas formas, España no hará ninguna jugada hasta que te cases —dijo Elías—. Así que de tu boda depende la seguridad nacional, Malillo.

—¿Cómo le has llamado? —preguntó Gómez, sorprendido por primera vez.

Llevé a Elías a Tetuán en mi coche. Entre lo que habían servido de aperitivo en el embarcadero y lo que habíamos bebido, ninguno de los dos queríamos cenar.

Nos concentrábamos en la carretera como si ambos condujéramos. Al cabo de un rato Elías se puso a hablar. Me dijo que todo aquello era una creación de la Tercera Sección del Alto Mando. Él había contribuido. Gómez lo había captado para tender redes en África.

—Es un trabajo que hay que hacer, pero del que no se puede hablar. Menos aún por carta. Así que, si estás enfadado porque no te he contado nada...

—No digas tonterías —me quejé—. Pero me gustaría saber mis responsabilidades.

—Digamos que ayudar a organizarlo todo... El del Pardo solo sabe levantar tropas, y ni en eso es bueno. La única ventaja de ese hombre es que delega bien, una humildad simplona que le faltó a Hitler. Pero los que le rodean, uf... Salvo escasas excepciones, vaya panda de inútiles. Se comportan como cabareteras, guiñando un ojo a Occidente, poniendo el culo hacia Oriente, intentando convencer a todos de lo atractivos que somos. ¿Qué tienes contra la pobre y honrada España? Me hacen pensar en una de esas furcias de Hamburgo o Dresde, complacientes con la cruz gamada y frotándose frenéticas contra barras y estrellas. Quedamos unos pocos que amamos este país tal como es. Tal como es. —Quedó un momento en silencio—. Aunque ni siquiera sé cómo es. Yo amo el mundo —declaró—. Y una cosa está clara: o somos parte del mundo o no nos dejarán respirar. Tenemos que ocupar un lugar, y solo podremos ocuparlo si estamos informados. Eso es lo que importa ahora. Y tú eres una de mis principales bazas.

Pensé que si tragedias como la de Cádiz podían evitarse con información, entonces admitía que Elías no se equivocaba.

—¿Es este trapicheo lo que has estado haciendo en Madrid? —Bromeé.

—Madrid —repitió con desprecio—. ¿Te refieres a esa ciudad a la que Serrano Súñer quiere quitar la capitalidad? Apenas he estado en Madrid. He viajado mucho. Necesitamos ayuda y no podemos hallarla encerrados en Madrid oyenzo zarzuela. ¿Sabes lo bueno que ha tenido esta guerra? Que los poderosos se han percatado de que hay que unirse. Más allá de fronteras, idiomas, creencias. Hay... Te sorprendería saber todas las cosas que se están haciendo, en Inglaterra, en Estados Unidos, Ángel, lo ambicioso de sus metas... Créeme si te digo esto: Hitler pasará a la historia como el último estúpido que confió en las guerras para controlar el mundo. La guerra, en singular, se ha acabado ya, para siempre. A partir de ahora solo habrá batallas.

Le miré. Sus ojos brillaban.

—Supongo que todo tiene que ver con tus viajes y con «Siiiila». Pronúnciese así.

Pensé que iba a reírse pero guardó un grave silencio.

—¿Cómo sabes...?

—Mira tú, el informador. —Fui yo quien reí entonces—. Me lo escribiste, atontado.

Entonces pareció tranquilizarse, como avergonzado de su propio olvido. Estuvo un rato hablando desde las sombras. Se habían conocido en un baile de buenas relaciones entre británicos y españoles en Londres, uno de esos encuentros que tendíamos a fomentar con diplomáticos de posguerra, y en el que «hasta los camareros son espías, pero sin mala idea».

—Ella está en las alturas, Malillo —peroraba, acodado en la ventanilla—. Entiéndeme, no te llamará la atención cuando la veas. No es muy... muy llamativa. No de mi estilo, al menos. —Nos reímos a la vez—. Al decir «las alturas» me refiero a que su familia la ha educado en la creencia de que todo lo que no es británico es inferior. Tu primera impresión no será buena, pero cuando la trates, verás que... ¿Por qué pones esa cara?

—¿Qué cara? Estoy concentrado en conducir.

—Desembucha —murmuró.

—Nunca te he oído hablar así de una mujer —dije—. Y las has tenido a pares.

—Sheila es distinta.

—Ah, como tu trabajo.

—Y el tuyo a partir de que te cases. Por cierto, Malillo: huelga decirlo, pero Mari Ángeles no debería saber nada.

—Ya quieres que la engañe antes de casarme...

Me miró enarcando una ceja, luego soltó la risa.

—Tienes un humor tan ácido... —valoró—. Nadie lo diría con tu ascético aspecto. Eso es lo que nos gusta a Gómez y a mí de ti: que engañas, en efecto. Escucha bien esto, porque solo lo diré una vez: vas a llevar una doble vida, y solo en una serás tú mismo. Es lo más difícil de... de todo este trabajo, te lo digo por experiencia... —Estuvo buscando un símil y añadió—: Como si te miraras al espejo y vieras a otra persona.

11

Espía en Casablanca y Fez

Aquí, en mi muerte, no hay espejos.

Los espejos no existen si los eludimos: no tienen otro propósito que devolvernos lo que les pedimos. Ya muerto, no pido nada a nadie.

Pero en aquellos meses, tras la fiesta de los Amigos de la Náutica, solía frecuentarlos. Bien lo recordarás, lo presumido que me volví. Te burlabas cuando me veías ajustando una y otra vez el nudo de la corbata. Es cierto que había presunción. Tal como Sonia Masomenos me profetizó, me volví «importante», aunque ¿de qué sirve esa importancia cuando a nadie importa? Ahora me arrepiento mil veces de aquel sentimiento de necio atildado, aquella figura escuálida de rostro afilado y tez morena, bigotito bien recortado y raya recta en el pelo como el camino de los justos.

Me sentía orgulloso de ocultar una parte de mí mismo. De *no ser yo mismo*. De haber sido elegido por especial designio para servir a mi país con aquella doblez.

Los primeros tiempos, claro, todo fue confusión. Cuando me sobrevenía un recuerdo de los Amigos de la Náutica estando a tu lado, y me preguntabas qué pensaba, tenía que buscar una excusa y desviar el tema. Tan simple como una mentira infantil. Ni siquiera me sentía culpable. ¿Qué decir sobre lo que no se puede decir? Hasta yo empecé a dudar de que hubiese sucedido: el embarcadero, el *Tigre*, el comandante «Gómez» y sus enormes puros... ¿Fue todo tal como lo recordaba? Mi única ancla era Elías, pero pasaba el tiempo y este, en sus usuales cartas desde Madrid, no mencionaba mi presunto cambio de empleo. Solo en ocasiones, bajo su firma, añadía cínicamente la caricatura de un mono. Su broma secreta, supongo.

Es curioso cómo, cuando todo está dirigido a un fin, el mundo a tu alrededor se estrecha. Aquellos días de principios de los 50 se convirtieron, para mí, en un túnel cuyo único objetivo era atravesarlo. Los innumerables requisitos de la boda, la visita a familiares, las compras, la elección de piso..., todo convergiendo en una luminosa salida de lluvia de arroz y flashes con sonido de campanas. Veo a Elías con un clavel en la solapa firmando como uno de los testigos; a Rafa Márquez y su ovetense esposa (se habían casado el año anterior), cogidos del brazo y llorando; a mi madre mirándome con el dolor de la felicidad y la alegría de la pérdida; a mi hermana, tan hermosa de madrina. Y la ausencia presente de mi abuela de Granada, cuya frágil salud (tras la muerte de mi querido abuelo) no estaba para trotes. Un fulgurante trayecto por Ceuta, Cádiz y Madrid desembocando en una abertura rectangular con forma de sobre. Me lo entregó, puntualmente, un mensajero nativo el día que regresamos a Tetuán. Membrete del Ministerio de Asuntos Exteriores. Cuando te leí el mensaje, nos miramos confusos sin acertar a comprender. ¿Qué significa esto?, nos preguntábamos.

(Mi otro «yo mismo» lo sabía, pero delante de ti vivía solo una vida.)

—Pues será mejor que no deshaga las maletas, señor vicecónsul —dijiste.

Aquel nuevo túnel lo cambió todo. Ropa de civil hecha a medida, coche, sueldo en consonancia, una ciudad como Casablanca (vicecónsul, nada menos), la más cosmopolita de todas las grandes urbes norteafricanas, casa de techo alto (alquilada, pero mejor que lo que habíamos conocido nunca), servicio doméstico: tales cosas me divirtieron al principio, como si se tratara de asistir a un baile de disfraces. Envuelto en mi nuevo traje fui trasladado a mi nuevo despacho al día siguiente de llegar. Allí me esperaba un jovenzuelo. Parecía más joven de lo que era, pero lo era. Pelo castaño cortado a cepillo, semblante sin marcas discernibles, como sin estrenar, ojos de miel relumbrante, aspecto de querubín. Llevaba, como yo, traje a medida, y, como yo, se notaba incómodo bajo él.

—Capitán Carvajal, bienvenido a Casablanca, señor. Soy el cabo Eduardo Hidalgo, de la Guardia Civil. Todos me llaman «Hidalguito».

—Qué bien, así podré ahorrarme llamarte «Hidalgo», que es muy largo. —Se azoró sin mostrar que percibía mi ironía. Su rostro se le encendía con frecuencia—. Por cierto, tengo entendido que no estoy aquí como militar, no sé si me equivoco. Y confieso que todavía no sé por qué estoy aquí. —Hice un gesto abarcando el solemne despacho con ventanas encortinadas—. ¿Qué es lo que se hace aquí?

—Usted, no mucho, señor —dijo Hidalguito—. Es vicecónsul.

—Desde luego, sinceridad no te falta. —Me eché a reír.

—Lo que quiero decir es que aquí no somos militares —aclaró—. Eso solo entre nosotros. Usted me tiene para lo que quiera, me pide lo que quiera, a la hora que quiera. Soy su «hombre de confianza» —añadió, dotando a la expresión de un matiz secreto.

—Vaya, pues entonces tendremos que empezar a confiar.

Mis réplicas lo confundían un poco. Pronto descubrí que no era ninguna pose. Era un chaval. La guerra lo había sorprendido de niño y le había dejado los ojos abiertos y pasmados. Creía en España, en el Caudillo, en nuestro inalienable destino, y, recién elegido para aquel delicado puesto, sabía que tendría que creer en mí.

Me llevó al despacho del cónsul, que ya era otra historia. Maduro, canoso, me estrechó la mano con cortesía, pero sin sonrisas fáciles. No se le escapaba qué era yo y para qué estaba allí, aunque en ningún momento se dirigió a mí como «capitán». Me resultó evidente que no le gustaban las jerarquías militares en el consulado, ni siquiera de incógnito. Solía advertir: «Esto es diplomacia, no un elefante en una tienda de porcelana», y había que estar ciego y sordo para no percibir lo que quería decirme con eso. Tuve que demostrarle que también existen militares que no gritan, que no echan abajo puertas con arietes, que saben ser sutiles y discretos. No elefantes sino monos.

Mi nuevo trabajo pronto se volvió una rutina: acompañaba al señor cónsul en las entrevistas con altos cargos, jugaba con el señor cónsul al tenis, asistía con el señor cónsul a las recepciones, visitaba con el señor cónsul escuelas, hospitales, mansiones. El señor cónsul hacía, como hubiese dicho Elías, «de cabaretera», vendiendo un poco a España aquí y allí. Yo, su sombra pertinaz, lo veía y anotaba todo, sondeando a quién podía entrevistar luego. Acabados los trámites, salía con Hidalguito, digamos, por la puerta trasera. Mi joven cabo de la Guardia Civil, que ejercía las veces de chofer, ayudante, consejero, brazo derecho, guardaespaldas y «hombre de confianza», se aseguraba de que el vehículo al que nos dirigíamos (sin distintivos, negro como la concha de un mejillón) se hallara «limpio» y accesible, subíamos a él y, por lo común, dentro me esperaban mis informadores: durante mis primeros tiempos en Casablanca solía ser un militar francés llamado Marchand que hablaba muy bien el castellano.

—Coronel Marchand —le saludaba.

—Capitán Carvajal.

Hidalguito se sentaba al volante y dábamos un paseo. En nuestra conversación dejábamos a un lado las fronteras patrias —que eran el interés del señor cónsul y sus interlocutores en las entrevistas diplomáticas— y atendíamos intereses comunes. El interés común eran «los Osos», como llamábamos a los soviéticos. Mi trabajo consistía en obtener información a cambio de «algo». Ese «algo» era, a veces, dinero, pero la mayoría de ocasiones España no tenía con qué pagar, y optábamos por devolver el favor con más información. Para que fuese rentable, la información entregada tenía que ser inferior a la recibida, aunque dotada de un brillo de relumbrón. Por supuesto, aquellos con los que negociábamos opinaban lo mismo sobre lo suyo. Cada información valía, pues, un poco, ninguna demasiado, pero tanto Marchand como yo creíamos que salíamos ganando. Con lo cual, todo quedaba reducido a unas cuantas verdades banales con las que Madrid tomaba decisiones mediocres. Marchand solía pasarme listas de nombres mecanografiados de miembros de partidos independentistas afines a los Osos, y yo le ofrecía mis listas de miembros de partidos independentistas. Marchand se fijaba en los que tenían vínculos con sus compatriotas, yo en los que se relacionaban con el comunismo español en el exilio. Hidalguito se detenía en una esquina, donde a su vez aguardaba el «Hidalguito» de Marchand, nos separábamos y regresábamos a nuestras respectivas fronteras. Con todo ello yo elaboraba un resumen cuyo destino era Argel, donde Elías, «asesor de la Comisión de Estudios», se encargaba de seleccionar lo mejor y enviarlo a Madrid en valija diplomática. Confieso, sin embargo, que durante parte de aquel primer año en Casablanca el verdadero propósito de todo lo que hacía se me escapaba. Por momentos me sentía ridículo o culpable, situado en tan buena posición, responsable solo de ser una sombra. Mi actividad se me antojaba tan absurda como la réplica que te di cuando, al saber que viviríamos en aquella ciudad, me recordaste que yo siempre me dormía en la película *Casablanca*: «Es porque era de espías», te respondí, y hasta yo mismo me eché a reír ante aquella ironía trivial.

Y así me sentía: un «espía» irónico y aburrido, justo hasta que recibí esa llamada tuya, tras tu visita al médico, confirmando lo que ya sospechábamos con callada alegría.

Recuerdo que estaba en mi despacho. Hidalguito copiaba una carta al dictado, pero se interrumpió y me miró con sus grandes, melosos ojos. Yo estaba tan conmocionado que apenas podía hablar.

—¿Qué ha pasado, capitán? —dijo, asustado—. ¿Malas noticias?

—Voy... —murmuré—. Coño, voy a...

Hidalguito tragó saliva, como si la paternidad fuese cosa suya. Se nos humedecieron los ojos a ambos. Creo que en ese instante gané un amigo.

Y de repente supe por qué hacía todo aquello.

Lo hacía por ti, Carlos, hijo mío (por vosotros, Luis y Ana, que vinisteis luego): en aquel momento eras solo un proyecto en nuestra vida, pero ya tenías dentro toda la fuerza del futuro. Y supe, de repente, que no quería que, en ese futuro, alguien te hiciese una foto donde miraras seriamente a los adultos junto a tus compañeros de escuela. No quería entregarte un futuro tan atroz como el pasado que nos había tocado vivir a todos nosotros. Si leéis esto alguna vez, Carlos, Luis, Ana, no lo dudéis: luché (luchamos) por que heredarais un mundo sin guerras ni extremos como el que habría querido mi padre que yo disfrutase. Luchamos por legaros la paz. Y tuve la seguridad de que era así cuando, meses después, tras los cigarrillos de rigor en el hospital de Tetuán, pude al fin abrazarte, apretarte contra mí, hijo mío, ver tus ojos.

Lo hice por miradas como la tuya, desvalidas pero potentes; por que esa mirada pudiese posarse en mí un día sin reproches. Quise que Carlos Carvajal no encontrase el juguete del futuro roto por adultos descuidados.

A partir de entonces ya no volví a pensar en mi trabajo como algo estúpido o malintencionado. Me lo tomé tan en serio como a mi propia familia.

A fines de 1952 volví a ser invitado a una fiesta de los Amigos de la Náutica. Por entonces, varias cosas habían sucedido: ahora era vicecónsul en la mágica ciudad de Fez, Carlos cumplía su primer año de vida, tú estabas embarazada de Luis, Hidalguito tenía una novia llamada Teresa y Elías... Bueno, Elías seguía soltero, aunque, por lo que yo sabía, le iba muy bien. Pronto iba a comprobar hasta qué punto.

El largo trayecto hasta el embarcadero de Tetuán lo hice con Hidalguito, que esperó fuera, junto al coche, mientras yo abordaba el yate una vez más, que ahora ya no era *Tigre* sino *Pescador.* Gómez tenía más canas, estaba algo más gordo y llevaba traje de civil, pero el habano era igual o mayor. Me hizo sentar en el sillón de piel, que me soportó con un crujido (yo también había engordado), y de nuevo volví a declinar el puro y acepté una copa. Elías se sumó a la reunión fastuoso, magnífico, en su traje de solapas anchas, como el protagonista de una obra de teatro que hubiera comenzado sin él, pero en su expresión advertí cierta tensión. No obstante, teníamos cosas que celebrar, como las elecciones norteamericanas.

—Que haya ganado Eisenhower es importantísimo —dijo Gómez—. Y, no lo duden, una muy buena noticia para nuestro país, porque no es un burócrata de trajes a medida sino un gran militar. Aquí gusta eso. Ahora todas las miradas están puestas en que logremos algún acuerdo con ellos. —Se dirigía a Elías, como si de él dependiera el acuerdo—. Nos aguarda un duro, largo camino. No será fácil, eh, Elías... pero este triunfo nos da cierta ventaja.

—Indudable, señor —aprobó mi amigo.

—Elías está en perenne contacto con los peces gordos —dijo Gómez—. Bueno, con los gordísimos. Con los gordos estoy yo. —Cuando acabaron las risas se estiró la raya del pantalón—. Pero, en serio, si conseguimos algo pronto será gracias a este muchacho... —Y extinguió la falsa modestia de Elías con un gesto—. ¿Qué tal la familia, Carvajal? ¿Se acostumbra su mujer a Fez? Tengo entendido que su hijo pronto tendrá compañía...

—Sí, señor. Estamos esperándolo de un momento a otro.

—Bueno, bueno, no cambiaremos nada por ahora y así le ayudaremos a adaptarse a esa nueva criatura. —No entendí qué pensaba cambiar Gómez, y mi mirada iba de este a Elías, dubitativo. Gómez, sin embargo, desvió el tema—. Va a haber borrasca. Ya sabíamos que la posibilidad de independencia no iba a gustar a cierto sector. A mí, particularmente, no me gusta nada, pero todos los padres sabemos que es necesario dejar que los hijos se marchen alguna vez, ¿verdad, Carvajal?

—¿Se refiere al Protectado, señor? —pregunté.

—En realidad me refiero al mundo. El colonialismo está cada vez peor visto. Hombre, no esperamos muchos problemas aquí, pero en las colonias de los vecinos...

—Los galos se las apañarán bien —declaró Elías.

—En todo caso no podemos dejar que se las apañen ellos solos. Y, sinceramente, Elías, tampoco veo razón para tu optimismo. Francia está hecha un desastre. Y una lección que no podemos olvidar: en todo desastre actual los Osos meten la cabeza. El gobierno francés lleva coqueteando con el radicalismo desde que terminó la guerra. Por suerte, eso es lo que más temen los americanos.

—Por eso soy optimista, señor.

—Sí, pero todo puede pasar. No digo que los Osos comiencen por Francia, digo que podrían empezar en Argelia. Hay mucho independentista allí que flirtea con los Osos, y lo sabes, Elías. El *Protectorat* será otra cosa, pero aun así... Hay descontentos incluso entre los nuestros. Empresarios y militares se van a quedar en la calle cuando cerremos la tienda. Y no les gusta la idea.

—Son una minoría.

—Elías, Elías... —Gómez suspiró—. Una minoría poderosa es más fuerte que una mayoría de débiles. Es como los países. No me canso de repetirlo: no hay países pequeños, todo depende de su valor en el mercado. Un país estratégicamente importante, por pequeño que sea, es grande.

—Antes las cosas eran peores: el poder estaba concentrado en una o dos personas.

—¿Sabes? —Gómez le apuntó con el cigarro—. No sé si tienes razón. Yo provengo de un mundo en el que definías claramente todo. No importaba que el enemigo de hoy fuese el amigo de ayer, sabías identificarlos. Pero ahora ¿quiénes son? ¿Quiénes ponen a Ike en el Despacho Oval? —Citó a otros presidentes. Elías sonrió cortésmente.

—También podríamos preguntar para quiénes trabajamos nosotros, señor.

—Cierto, cierto. —Gómez asentía—. ¡Sería apropiado preguntarlo! Me consta que no compartes mi pesimismo. Elías es optimista por naturaleza —agregó mirándome por encima de las gafas—. Y quién sabe, quizá todo sea mejor de lo que pienso. Me pagan por pensar mal. Lo mismo estoy pasado de moda. —Nos apresuramos a desmentirle pero se encogió de hombros—. Me da igual. Lo que quiero decir es: hay gente poderosa, mucho más poderosa que los presidentes y políticos de turno que hoy son un visto y no visto. Es a lo que me refiero. Esta guerra ha cambiado el mundo de una forma que no podíamos imaginar. La anterior acabó con el poder de las últimas monarquías, esta ha sentenciado a los presidentes. A partir de ahora, habrá grupos. Queramos o no.

—Ese es el punto —señaló Elías—. Gente poderosa en la sombra ha habido siempre, señor. Ángel, a ti te gusta la historia, dime si me equivoco.

—Desde luego, grupos influyentes... desde tiempos egipcios —apoyé.

—Pero nunca han contado con tanto poder y tantas posibilidades —se encrespó Gómez—. Oídme los dos, coño. Americanos y Osos prueban bombas atómicas. Los ingleses se han lanzado a obtenerlas. Hoy día las decisiones de un presidente pueden provocar una catástrofe. Pero si hay grupos que deciden por los presidentes, entonces esto es más que un totalitarismo, y tú estás de acuerdo, Elías... Se trata de un cambio. Un cambio peligroso, debido a que estaría oculto. Nadie sabría que las cosas han cambiado.

—¿Y qué podemos hacer nosotros? —dijo Elías—. Dar una bofetada a un fantasma tiene el riesgo de golpear el aire, o peor, a nosotros mismos.

Yo valoré en silencio aquella curiosa metáfora. Gómez, sin embargo, exorcizó los espectros con cierta terquedad.

—No son fantasmas. Son personas de carne y hueso. Mercaderes ricos, llámalos. Jugadores de ajedrez de alto nivel. Se están preparando para reunirse, incluso de cara al público. ¿Qué es toda esa fantochada de la Comunidad Europea del Carbón y el Acero, si no? De aquí a unos años habrá un nuevo sistema de cosas...

—Nuestros enemigos, y los de Europa, son los rojos. Eso no ha cambiado.

—No es a ellos a quienes más temo.

Elías contuvo una risita.

—Perdón, señor, pero nunca creí que viviría para oír a un militar español decir que los comunistas no son lo que más teme.

Gómez recibió la burla con la costumbre de una vieja amistad.

—Elías, si todo fuera cosa de ideologías, nos iría mejor. Nuestro problema no son aquellos que creen en algo sino los que no creen en nada. Es difícil perjudicar a quien carece de ideales. Los comunistas, al nivel del que hablo, son como capitalistas: quieren poder y emplean todos los medios para conseguirlo. Y no sé qué podemos hacer nosotros, pero somos un servicio de información. Si acepté este maldito puesto, maldito entre malditos, es para saber, no para ser ignorante. No puedo evitar querer saber. Es mi deber con España. Quizá trabajo para los mandarines sin saberlo, pero si es así, quiero saberlo. Quiero ver los hilos. Todos los hilos. A eso nos dedicamos: a ver lo que la mayoría no ve. Así que ha llegado el momento de unir a dos grandes amigos. —Me miró por encima de las gafas—. Todo este preámbulo es para decirle, Carvajal, que trabajará con Elías en Argel. Si hay algún lugar que ahora mismo nos preocupe es Francia. Y sus puntos más débiles son las colonias. Si estuviera en Asia lo enviaría a Indochina.

Aunque asentí de inmediato, algo en mi expresión debió de preocupar a Elías, que carraspeó hacia mí como diciéndome: «Deja que yo arregle esto» y se dirigió a Gómez. Como un hijo hablando con el anciano y caprichoso padre.

—Con su permiso, señor. El tema argelino quizá no sea tan determinante ahora. Como usted mismo dice, es un sitio complicado, y Ángel va a ser padre... —Protesté, pero Elías siguió hablando—. Creo que lo que importa ahora son las firmas con los americanos. Es una situación delicada... Somos el punto de mira yanqui hasta que se llegue a esos acuerdos. Y los necesitamos, Dios lo sabe, en España se pasa hambre.

—Esos acuerdos son parte del interés de aquellos a los que nada importa el hambre, Elías —dijo Gómez.

—Pero, señor...

—Sí, claro que me interesan. ¡Soy el primero al que le interesan! Lo que te digo es que... ¡Bah, da igual! —Nos miró enfadado—. Los quiero a los dos en Argel. Quiero información sobre los sectores en pro y en contra de la independencia. Quiero saber cómo afectan a nuestros intereses. Quiero conocer las reuniones de todos aquellos que lleven trajes a medida. Me importa un rábano si afirman que son reuniones «de negocios». Quiero conocer esos negocios.

—Será complicado —anticipó Elías—. La gente importante es discreta.

—Pregúntales a los pobres —zanjó Gómez—. Lo saben todo sobre los ricos, y lo que no saben lo averiguan. La envidia humana es un empleado minucioso. ¿Qué te pasa, Elías? —Lo provocó Gómez, y vi a Elías enrojecer—. Quieres soltar algo, suéltalo ya.

—Estaba pensando que tengo el mejor jefe del mundo —dijo Elías.

Gómez celebró la coba dando palmas.

—Es un cabrón, este amigo suyo, Carvajal. Por eso le están yendo tan bien las cosas: Madrid lo está preparando para ser el jefazo supremo de todo esto...

—Enhorabuena, jefe —me apresuré a decir.

—El jefe es él. —Elías cabeceó hacia Gómez.

—Mañana lo serás tú de mí —replicó este—. Y no

me importa, coño. ¿Te crees que me importa que seas jefe de esto? En España es como ser jefe de la nada. Ya ve, Carvajal, aquí el amigo Roca cree que soy pesimista. Pero suele decirse. —Y añadió, inclinándose hacia mí—: Es fácil anticipar tragedias y difícil prever los milagros.

—Para nuestro querido Gómez, todo lo desconocido es enemigo —comentó Elías luego—. Si yo creyera en eso, no tendría amigos.

—¿Ni siquiera yo? —dije. Por un instante mi broma fue como una piedra en un estanque: sonrisas tersas desplegadas como ondas en puro silencio.

—Lo que te quiero decir es que Gómez me ha decepcionado. Le llaman el Pequeño del Alto, ¿lo sabías? —Reímos—. En serio, creo que es buen mote. Se está quedando reducido a la nada, con sus eternas sospechas sobre conspiraciones...

—A mí me cae bien —confesé—, pero en todo caso, quizá te beneficie que él pierda influencias... Parece que te estás haciendo imprescindible con tus contactos con los yanquis y británicos.

Suspiró satisfecho aunque, como siempre, su tono fue el de sufrida víctima.

—Chico, voy en hombros de gigantes.

—No: lo que consigues es porque te esfuerzas. Desde el principio supiste que la clave de todo era negociar. Lo de Eisenhower solo ha sido un golpe de suerte.

Me miró un instante en silencio.

—No quiero quitarme mérito, pero me han ayudado, en serio. Tras la guerra, ¿quién iba a escucharnos, oh, Señor? *De profundis clamavi.* Te juro que de haber ido yo con mi santa cara no me habrían dejado pasar del felpudo. Pero tengo amigos que tienen amigos. Y amigas. —Mi expresión le hizo reír—. ¿Qué he dicho?

—Así que, Sheila...

—Su familia tiene socios poderosos, sí. Y esa es otra ventaja de vivir en Argel: la conocerás. —Bajó la voz como si ella fuese el verdadero secreto.

—Dios bendito. —Bufé—. Si yo creía que a Sheila te la habías inventado...

—Ya me gustaría. Si fuera ficticia podría controlarla.

La carta oficial la recibí al día siguiente. Mi cargo en el nuevo país tenía efecto inmediato. Hidalguito, frente al cual leí el comunicado, titubeó. Su piel, ya pálida de por sí, se tornó cérea. Con cualquier otra persona habría llamado a un médico, pero ya estaba acostumbrado a sus exageraciones.

—Dime, hombre, ¿qué pasa?

—Yo... Quería preguntar... y perdone... —Sabía que necesitaba tiempo. Era un hombre valiente para cualquier cosa que no fuesen sus sentimientos: allí se agazapaba como un niño perdido—. ¿Cuándo vamos a irnos a Argel, capitán? Es que... Perdone que le hable de algo personal...

—Hidalguito, muchacho: dime lo que pasa.

—Teresa me ha dicho que sí —soltó, tragando saliva.

—Ah. —Al pronto no entendí—. Pero ya os ibais a casar, ¿no? O eso me dijiste.

—Así es, señor, pero es que le propuse retrasar la fecha... Y lo ha... Lo ha aceptado. Vamos a casarnos a primeros de año, luego nos iremos de luna de miel.

—Caramba, pues estupendo. Lo peor sería que la

adelantaras —bromeé—. Pero atrasarla, hasta el señor obispo te dirá que no es por motivos inconfesables.

—Qué va, no, para nada. —Se azoró—. La atrasamos porque mi abuela falleció...

—Oh, lo siento. —La familia de Hidalguito era de Jaén. A varios los habían fusilado los rojos, pero su abuela paterna había sobrevivido. Hay cierta edad en la que la pérdida de un abuelo es más trágica que cualquier otra—. ¿Por qué no te tomas unos días?

—No, gracias, capitán. —La voz se le quebraba—. El viaje a la península, todo eso... Ya iré en fin de semana. Usted me necesita aquí. Pero es que he hecho mis cuentas. Si usted se va dentro de un par de meses fuera de Marruecos... Bueno, coincidirá con la boda. Tendría que volver a retrasarla, porque...

—Hidalguito. Hidalgo...

—... porque yo, a usted, no voy a dejarlo empezar en Argel solo... Eso no, capitán. Estoy para ayudarle, soy su hombre de confianza.

—Escúchame, «hombre de confianza» —fingí irritación—. No vamos a trasladarnos enseguida. Es otro país, llevará tiempo. Seguro que no será hasta mediados de año. Y si nos vamos un poco antes, pues te debes a Teresa y a tu felicidad, ¿me has oído?

—Pero...

—Sin peros —corté.

—Sí, señor.

—Y ahora, quiero que te tomes unos días y te vayas con la familia.

—Puedo quedarme hasta el fin de...

—Hidalgo.

—¿Capitán?

—Es una orden: vete.

Me miró, erguido, y sonrió.

—Tiene que venir a la boda, capitán. A Teresa le hará mucha ilusión conocerle...

—Claro que iré —dije, pensando que ya tenía pendiente conocer a otra chica más, aparte de Sheila—. Ahora, vete. Aquí nos defenderemos. —Elegí aquella palabra adrede.

Hidalguito se cuadró, en su afán militar, y salió apresuradamente.

12

Sheila

A veces me descubro preguntándome por qué debo continuar. He llegado al límite, me digo, y nada de lo que escribo te alcanzará, ni a ti ni a nadie.

Mi voz ha sido silenciada, mi vida ha finalizado, no sé por qué mis dedos aún golpean las teclas de esta máquina. Dirás —si al fin lees esto— que esta renuncia me es impropia, que siempre he sido un luchador. Y aún quedan cosas por decir, bien lo sabe Dios, y no las más agradables. Pero no es el miedo lo que me hace dudar de lo que hago. Debo confesarlo: en mis peores momentos me asalta la convicción de que nada importa ya. Las cosas son definitivas. La batalla, si la ha habido, se ha saldado como todas, con victorias y derrotas. Solo queda contar los muertos en el campo.

¿Por qué prosigo, pues? Creo saberlo: hay una oscuridad en mí.

Mis dedos son mecanismos que golpean palabras, sin cesar, en esta penumbra, no debido a que me impulse llegar a un final luminoso. Recibo el aliento de algo oscuro que se ha desarrollado en mi interior. No sé darle nombre, perdóname. Sé que es algo que no nació conmigo pero que conocí y adquirí, y ahora, en mi muerte, me obliga a narrar mis recuerdos.

No ansío llegar a un final: estoy en el fin. Pero he comprobado que el final no es un instante. Hay una fuerza, un poder en marcha en ese final, que ceba mi caldera.

Estoy en el fin, pero el fin no termina.

Es como si volviera a vivir la boda de Hidalguito.

Teresa, la novia, exultante, rubiasca, espléndida, mostraba al sonreír dientes separados, lo cual le daba cierto aspecto conejil a sus mejillas rojizas. Me envolvió en su fuerte estampa, sus besos me dejaron parpadeando.

—¡Capitán...! ¡Cuánto... quería...! ¡Ay Dios, ya tenía ganas de conocerle! —Sin resuello—. ¡Dicen que es usted un héroe!

Se suponía que mi pertenencia a la jerarquía militar era «confidencial», pero claro que eso solo ocurría en las películas de espías. Allí, en la boda ceutí de Hidalguito, entre sus parientes jienenses y los de su novia, mis «hazañas bélicas» fueron lo segundo más comentado después del chorizo de pueblo que habían embarcado como polizón en Algeciras. Aunque el chorizo era más clandestino que yo. Los flashes se abatieron sobre mí sin piedad, sufrí el acoso benigno de tíos, sobrinos, suegras y cuñados, pero solo me sentí incómodo al comienzo, porque la alegría descorchada, pura, de aquellas gentes acabó por contagiarme. Comprendí que llevaba demasiado tiempo entre cónsules, clubes de tenis, reuniones de alto nivel y demás exquisiteces. Necesitaba un chorro de algarabía, y acabé coreando canciones picantes. Te eché mucho de menos, pero tú, Luisito, acababas de sumartc a la familia Carvajal Gallardo, y mamá necesitaba reposo.

Poco después inicié los preparativos para tenderos la alfombra en Argel.

Mis pronósticos se cumplieron. El traslado se enlenteció con la burocracia francesa y el nacimiento de nuestro segundo hijo. Cuando al fin nos mudamos, lo hicimos con mentalidad «de Marruecos», pero pronto comprobamos que aquello era muy distinto. La ciudad, grande, moderna, hirviente de actividad, parecía un inmenso cuartel patrullado por el ejército francés, donde policías apostados en las esquinas pedían la documentación al azar. España podía ser considerada cariñosa en comparación a la forma en que los galos sometían a su colonia. Los argelinos afrancesados, quc pronto empezarían a llamarse «*pieds-noirs*», ofrecían el falso aspecto de un pueblo occidental más, pero no bastaban para acallar el grito de los autóctonos, una muchedumbre ahíta de vejaciones, tensa, a punto de estallar. La jaula para nosotros, sin embargo, era de oro. Una villa que podía ser descrita como «lujosa» nos esperaba en la Avenue du Marechal Folch, y un despacho alfombrado, de puertas de madera noble, me recibió en el consulado. En él, en posición de firme, mi «hombre de confianza» miraba a la lejanía.

—Pero, muchacho, ¿qué haces aquí? —protesté, asombrado—. ¡Te quedan días de luna de miel! ¿Estás loco?

—Un cambio es un cambio, capitán. Yo a usted no lo dejo solo, ya le dije. Y total, solo me quedaban dos o tres días. —Se había cortado el pelo y lucía una tez más bronceada, seguramente consecuencia de sus días de permiso. Hasta parecía haber ganado algo de peso, como si el matrimonio tuviese aquel efecto instantáneo.

Lo miré: lo veo ahora.

Tan firme, tan militar, tan abandonado a la vida, como todo principiante, creyendo que la vida nos debe algo y acabará pagándolo. Tan indefenso con su uniforme, su arma reglamentaria, su pecho henchido de orgullo y abnegación. En un mundo justo, Hidalguito habría sido el modo apropiado de ser.

Sabía que era de la clase de hombres a quienes molesta que se acentúen sus sacrificios, así que opté por no discutir.

—No tienes remedio. —Una sonrisilla de suficiencia cruzó sus labios cerrados—. De acuerdo. Pues venga, hay trabajo que hacer.

Ese mismo día, u otro posterior, tras presentarme ante el cónsul (una mano tendida, floja, mucho más indiferente a mi presencia que la de Casablanca), Hidalguito me llevó a un restaurante cercano. En un reservado me aguardaba Elías. Mi ayudante lo saludó con afecto y se aseguró de que nos quedábamos a gusto, luego ocupó una mesa junto a la entrada y le hincó el diente al menú.

Me regaló una sonrisa destellante.

—Ángel, qué buen aspecto. ¡Cómo te cuida tu mujer!

—Mira quién fue a hablar.

Un error común es creer que los de nuestro oficio llevábamos necesariamente una vida gris: lo conspicuo, a veces, es otra forma de ocultar. Elías figuraba en Argel como empresario español de éxito con relaciones internacionales: empresas de importación, Bolsa, industria. Esa apariencia, que se relacionaba típicamente con «el occidental poderoso», le facilitaba esa clase de vida tan útil en su trabajo encubierto. Cuando lo vi sentado a la mesa del reservado pensé de inmediato que había llegado al perfecto equilibrio entre fondo y forma: traje caro, alfiler de corbata, sortija, gemelos. Había adelgazado y emanaba aires de persona a tener en cuenta, de los que no necesitan subirse a las sillas para ser vistos. Era tan tópico que la gente lo miraba sin verlo. Nadie se oculta mejor que quien se muestra a todos los ojos.

Pero, puesto que aquí debo (y quiero) contar la verdad, confesaré algo: sentado allí, a la mesa, con él, me sentí un miembro más del grupo afortunado. Me gustaba ser «selecto» como Elías. En España la gente moría de hambre, pero era fácil olvidar esa tragedia siendo una «pieza clave» a nivel público y privado. Un par de viejos socios de los Amigos de la Náutica. A fin de cuentas (me dije mientras catábamos el vino del postre), nos sacrificábamos por una España mejor.

Creo recordar que hablamos de todo menos de lo que realmente nos había hecho reunirnos en Argel. Los reservados nunca lo eran lo bastante. Como remate, el dueño del restaurante obsequió a mi amigo con una musiquilla desde un fonógrafo: *Lili*. Elías se puso soñador.

—Parece que fue ayer cuando oíamos esta canción en Larache, ¿eh? —dijo.

—Ha llovido mucho desde entonces.

—Tiempos oscuros, aquellos.

Reunía migas de pan en la mesa y por un instante pareció concentrado en esa labor, como si no fuera eso lo que estuviera haciendo. Sonreía mirando aquel grupito de insignificancias bajo su gran mano morena.

—Hemos sido afortunados en la vida, sí —admití.

—Ya lo creo. A veces sueño con poder llevarle todo esto, todo lo que he conseguido, a mi padre. ¿Te conté alguna vez que ese gran héroe del Alcázar me despreciaba? —Debí de mostrar sorpresa, porque reaccionó con una carcajada—. ¡Bueno, «despreciar» quizá no sea la palabra! Nos... queríamos. Supongo. Pero un padre como el mío siempre desprecia un poco al hijo que no lo supera, eso no es malo ni bueno, es la naturaleza. Según él, yo no servía para pelear sino para dirigir cosas tras un escritorio. «Lo tuyo son los despachos», decía. Como si los despachos fuesen los establos de Augías, y yo tuviera que limpiarlos. Ojalá pudiese verme ahora. Le diría: «Padre, en los despachos se ganan más guerras que en tus batallas.»

—Estoy de acuerdo. —Pero yo pensaba en otra cosa, mirándolo—. Es curioso. Nunca me has contado eso.

—¿De veras? Será que nunca hemos sacado el tema.

—O será que finges muy bien.

—Como tú. —Me devolvió la ironía—. Es nuestro trabajo.

Durante todo aquel discurso no había perdido la sonrisa, lo cual me hizo pensar que, fuera lo que fuese lo que le incordiaba, no le quitaba el sueño. Me palmeó el brazo.

—Cuánto me alegro de que estés aquí, en serio.

No hablamos mucho más. Ahogamos la melancolía en el licor y los cigarros, y pusimos fecha a la visita oficial a su casa. Cuando nos calamos los sombreros en la calle unos policías arremetían a palos contra un par de moros.

No fue ese fin de semana sino el siguiente, o quizás el siguiente a ese.

No recibimos ninguna cartulina oficial con membrete esta vez, ningún mensajero vino a anunciarlo con una reverencia. Fue una frase dejada caer como por azar durante un encuentro en el consulado. ¿Estáis libres este fin de semana? Te consulté y aceptaste. ¿Recuerdas ese sábado? Nos acicalamos minuciosamente y salimos a la mañana argelina, día bello y feo a la par, lo cual no es infrecuente en esa zona norte del continente, de cielo caluroso pero sellado de nubes bajas y grises. Ni tú ni yo mencionábamos a Sheila. Era como si solo esperásemos encontrar a Elías. Tanto tiempo marginada en nuestras habladurías, ella adquiría carácter de leyenda. A los dos nos alentaba la idea de verla pero, de igual modo, estábamos seguros de que no aparecería. A fin de cuentas, no estaban casados, era solo una amiga de nuestro amigo, y, por lo visto, Elías no deseaba modificar aquella situación. Las amigas no se presentan oficialmente en visitas con esposas. Habríamos apostado que no la conoceríamos, pero queríamos equivocarnos.

La casa de Elías en Argel daba a la bahía. Dos plantas, un porche de columnas y escalinatas, un jardín pequeño. Pero no salió ningún mayordomo de guante blanco a recibirnos en la cancela sino el propio Elías. Pronto comprendí que había mucha apariencia en todo aquello pero no tanta fortuna como podría pensar alguien que lo viera desde el exterior, con un jardín mínimamente atendido para una visita, un porche barrido a última hora, ningún empleado doméstico a la vista. Elías había dado pábulo a sus negocios, pero le pagaban lo que le pagaban para limpiar la fachada. Fumamos en el jardín, y, en un momento dado, sin relación con nada (creo que Elías hablaba de lo mal que dormía en Argel), se acercó una niña por entre los árboles.

No tendría más de trece o catorce años, flacucha, bajita, de pelo muy negro, rostro sin maquillar, un simple vestido blanco que dejaba al aire brazos y pantorrillas de porcelana, babuchas árabes. Traía unas tijeras de podar, guantes de jardinero y un haz de ramas que soltó en un cubo al pie de la escalera. Creí estar viendo un fantasma.

Sonia Masomenos, eso pensé, aunque no lo dije.

Solo al acercarse te percatabas de que era una mujer de treinta, hasta cuarenta años. Los ojos, azul pálido como cielos de invierno la envejecían más. Pero volví a recordar a Sonia cuando me estrechó la mano quitándose los guantes. Una extremidad pequeña y fría. Acento inglés, aunque buen castellano, sin adornos.

—Ángel... Elías me habla tanto de tú.

—«De ti» —Corrigió él. El contraste no podía ser más acusado: el hombretón moreno, calvo y elegante y la chiquilla desaliñada.

—Y a mí de ti —contesté.

—Y tú eres...

—Mari Ángeles. Ángeles.

—Ángeles —dijo Sheila saboreando los nombres.

Os caísteis mutuamente mal. Comprendí enseguida por qué, y creo que Elías también. No había ningún secreto en eso: a ti te gustaban las mujeres que podían compartir cosas contigo. Eso de «hablar entre vosotras», que con Sheila parecía vedado. Porque a Sheila no le gustaba hablar con nadie.

—¿Y qué tal por Argel? —preguntabas casi a solas en medio de extrañas estatuas animadas en un salón anónimo—. ¿Ya te has acostumbrado a la ciudad?

Y ella te miraba desde su enorme (en comparación con su cuerpo) sofá, niña sonriente y muda, como si no entendiera. Elías contribuía cual intérprete. Pero no se lo traducía al inglés sino a un idioma que solo parecían hablar ellos.

—Ángeles te pregunta que qué te parece Argel.

—Bien. —Encogía los pequeños hombros—. Ruidosa... ¿Ruidosa? —Dudaba hacia Elías, que, complaciente maestro, confirmaba o corregía.

Todos nos mirábamos entre las grandes extensiones de silencio. A Sheila no parecía importarle. Era como si el silencio fuese su mundo y el lenguaje una sospechosa excepción. No estoy seguro de por qué me sentí tan defraudado. Había esperado ver a la «gran mujer detrás del gran hombre», pero allí estaba aquella británica maleducada y desgarbada. Ofrecíamos tú y yo un efecto discordante ante ella. Aquello había que concedérselo: parecíamos nosotros, y no ella, los mal preparados para la ocasión.

—Sí, muy ruidosa, en comparación con Fez, por ejemplo... —decías tú, insistente.

—Mucha... Mucha gente... Demasiada. —Arrugaba la nariz—. Y miseria. Miseria, mucha... Creo que Francia tendría que hacer...

La mirábamos sin comprender, y saltaba el apuntador.

—¿Hacer qué, cariño? ¿Fusilar a los miserables? —Sheila no celebró la broma—. Quieres decir que tendrían que controlar al populacho. Estoy de acuerdo.

—Sí. En la India, británicos no lo hicieron y...

—Así es —asentía Elías, complaciente. En la familia de Sheila había varios antepasados militares que pelearon en la India, explicó. Eso, al parecer, le había enseñado la inolvidable lección de que, si un gobierno quiere gobernar, debe tomar las riendas. Argelia se desmoronaba y era el gobierno francés el que tendría que impedirlo. Ni pensar en posibles independencias. Era la cháchara de cualquier británico colonialista.

Comimos. Y resultó que sí había un empleado doméstico después de todo. Un moro esbelto, de uniforme.

Me pareció que se trataba de una especie de espectáculo. Desde la «vichyssoise estilo Gouffer», hasta el cordero con cuscús, desde los grandes butacones que hablaban de antigua nobleza hasta las cajas arrinconadas de objetos frágiles (quizá porcelanas que ella habría traído de Inglaterra aún sin desembalar), que delataban más bien falta de espacio o de interés. Desde los sinuosos gestos del criado hasta las explosiones inapropiadas de Elías, como queriendo decir: «Todo es natural aquí, no seguimos ninguna regla, somos especiales, estamos a otra altura.» Los demás asentíamos, añadíamos comentarios entre cucharadas o sorbos de vino blanco, o simplemente mirábamos con afabilidad o sin ella. Sheila no miraba a nadie en particular, aunque resultaba difícil saberlo porque ciertos ojos humanos, bien por demasiado oscuros o —como el caso— tan cristalinos como peceras vacías, disimulaban sus miradas. Los de Sheila parecían un líquido transparente, sin calidez, un cielo invernal sin astros. En un momento dado los volvió hacia mí, durante ese misterioso ritmo de sus temas de conversación.

—Elías dice... Te gustan moros... Hablas árabe.

—Bueno, no es que me gusten ni me dejen de gustar. Pero sí, hablo árabe.

—¿Por qué?

La pregunta me dejó sorprendido.

—Hombre, estoy en un país donde se habla árabe. Y quiero entender a los nativos. Así resulta más fácil.

Sheila miraba con inane expresión.

—Creo que a ella no le gusta que la entiendan —saltó Elías.

«Si es así, lo ha conseguido», pensé de inmediato.

—¿A ti no te agradan los moros? —le pregunté, y el cambio de «gustan» por «agradan» (que me parecía más elegante) la confundió. Elías tradujo.

—Son diferentes —sentenció.

—Desde luego que lo son —aprobó mi amigo.

Elías era como el presentador de una futura estrella debutante: la miraba y luego se volvía hacia mí, esperando aprobación. Pensé que quizá la necesitase, que juntos formasen algo superior a sus propias individualidades. Lo que me resultaba obvio era que él la amaba, y ya solo por eso la desabrida británica merecía mi respeto y cariño.

Todo podría haber sido más incómodo de no ser por ti. Nadie mejor que una mujer para averiguar cosas sobre otra. Aunque la mayoría de tus preguntas dirigidas a la interrogada bajita las contestó Elías, algo pudimos saber. La familia de Sheila vivía en Oxford, su padre estaba bien relacionado (esto ya lo sabía yo). Se habían conocido en una fiesta de embajada. Ella tenía casa en Argel, o así quería Elías que tú lo entendieses, no vivía con él, por supuesto que no. Era una chica de mundo.

Cruzaron algunas frases en inglés al llegar a este punto, como para dejar claro que el mundo al que él se refería hablaba solo ese idioma.

A la hora del tabaco y las copas, Elías puso un disco en su tocadiscos de importación, que incluía radio, y abrió los brazos. Sheila se le unió, despacio, como renuente. Más que bailar, él la transportó de un lado a otro como una muñeca de trapo. La expresión de felicidad de Elías era genuina, y eso me hizo, al final, golpear mi ventruda copa con la cucharita.

—Amigos...

—¡Va a hablar el vicecónsul! —se burlaba Elías—. ¡Silencio todos!

Me mirabais. Yo me sentía bien. Razones: me hallaba casado con la mejor mujer del mundo, tenía los mejores hijos que un padre puede desear y me encontraba en casa de mi mejor amigo, principal responsable, además, de mi actual y próspera posición. Alcé mi copa como la alzan los ganadores tras una competición salvaje.

—No diré que Elías y yo somos amigos desde hace tiempo —comencé—, porque luego me dice que le estoy llamando viejo. Pero diré que gracias a él tengo hoy todas las felicidades que disfruto. Llega un momento en cualquier amistad en que debes hacer cuentas: y el resultado a mi favor es tal que... no sé cómo podré devolverlo. Gracias.

Hay instantes como fotos: la cámara apunta, hay toses, sonrisas, expectación...

Guardo en mi memoria aquella última fotografía de una vida feliz.

13

El rostro de la tragedia

Esto que escribo está repleto de todo lo que no olvidaré jamás. Pero distinguir el día que me propongo contar de los anteriores requiere decir algo diferente.

No solo lo recordaré siempre: lo veo ante mí. Continuamente.

Es una de esas imágenes que se repiten en un ciclo inalterable incluso cuando no pongo mi memoria a trabajar. Mi memoria, ese perro demasiado fiel que siempre regresa trayendo aquello que le he arrojado, aun cuando haya querido perderlo del todo.

Tengo que hablar de lo que vi aquel día en Argel cuando regresaba de una de mis citas con Elías. El día que hablamos de mi confidente desaparecido.

Ah, sí, los confidentes.

Retrocedo a esos años y me veo haciendo entrevistas. Más o menos ocultas, pero siempre eso. Reuniones a distintos niveles, distinta visibilidad. Buscábamos lo que quería Gómez: soplos, indicios aunque fuesen leves, de organizaciones, reuniones en Argel o Marruecos con europeos, americanos o rusos distinguidos. Elías y su «Comisión de Estudios» escogieron a los confidentes. A mí me tocaron dos y, por mi parte, conseguí al tercero. Eran encuentros mensuales, pero también se disponía de una clave para que el confidente solicitara una entrevista cuando lo considerase oportuno: consistía en llamar al consulado y preguntar por mí, dando entonces un número de teléfono. Mis informadores acababan la cifra con uno, dos o tres, según el dígito que tuviesen asignado. Entonces salía del consulado en compañía de Hidalguito hacia uno de los tres automóviles estacionados en callejuelas alejadas entre sí —coches que mi hombre de confianza se encargaba de alquilar y reponer con cierta frecuencia— y mi joven ayudante fingía que reparaba el vehículo para tenderse en el suelo y buscar posibles sorpresas (de esa clase que estallan en una traca final). Si decidía que todo estaba en orden, yo me sentaba al volante, y esa era la señal para que apareciese mi confidente y entrara por el otro lado.

Charlábamos sin mover el coche, aunque a veces dábamos un paseo, y entonces Hidalguito conducía.

Dos de mis habituales soplones eran, como ya he dicho, escogidos por Elías. Uno, maduro, inteligente o más bien astuto, lo apodábamos Hassan y era periodista en un diario argelino. Usaba dos tipos de gafas, y tenía dos mujeres, aunque, durante el tiempo que lo traté, dobló esa cifra, de la misma forma que él esperaba que el contenido de los sobres que yo le entregaba fuese haciendo lo propio. Cierta afición a los proverbios le hacía aburrido, y muchas de sus noticias no tenían gran significado.

—¿Cómo va, Hassan?

—*Salam aleikun,* capitán. Los acuerdos con Marruecos serán pronto. Los de Argelia se han cancelado. Hay mucho opositor, no solo *pieds-noirs.* Como dicen los ancianos: «Si muerdes mucho una manzana, topas con el corazón.»

—¿Algo sobre el grupo? —preguntaba.

Llamábamos así al FLN, el «*Front de Libération Nationale*», que se convirtió pronto en líder de los atentados contra intereses franceses: bombas, tiroteos, secuestros. En España no nos sentíamos cómodos con él. Su oposición a la dominación gala era bien acogida, no así su coqueteo con la izquierda radical. Necesitábamos saber qué se proponían exactamente, o, como diría Gómez, de qué color sería aquel plátano, y para ello precisábamos oídos en el entorno de la organización.

Lo cual no era, ni podía ser, Hassan.

—No, capitán. Muchos rumores, nada concreto. —Hablaba con la cabeza inclinada observando el contenido del sobre.

«No podemos presionarles —solía decir Gómez—. Sería como obtener confesiones de Inquisición.» Confesiones estas últimas que Gómez había practicado, y mucho, pero para eso también tenía defensa: «Comete errores para saber qué son», decía. Gómez era partidario de darles la mitad del caramelo insinuando que habría más a cambio de más. El truco tenía cierto éxito con ambiciosos como Hassan.

—Pero hay reuniones. De las que a usted le interesan, capitán. Grandes.

—¿Cómo sabes eso?

—«En los aullidos del desierto muchos oyen a los chacales, pocos los ven.»

—Aclárate, que no tenemos todo el día.

—Un amigo en la sección de visados me lo ha dicho. Recientemente han venido algunos europeos de negocios. No rusos. Hoteles de lujo. Le llamó la atención que todos viniesen en las mismas fechas, aunque por separado.

—¿Dónde se reunirán? —Era un error adelantarme a la sabiduría de Hassan. Mientras se encogía de hombros sus ojos brillaban como si contemplase oro—. No nos consta lo que cuentas —añadí en tono decepcionado.

—Porque nadie lo sabe —replicó Hassan, algo dolido—. No son tan importantes como esos judíos ricos del norte. —Y otorgó a la palabra «ricos», en su francés espeso, un aire nauseabundo.

Se refería a la reunión del Bilderberg, esa clase de selecta asociación de gente influyente que tanto interesaba a Gómez. Había sido fundada en una reunión multitudinaria meses antes en Europa. Pero eso ya lo sabíamos. «No son ellos —aseguraba Gómez—, pero son como ellos. La cáscara es similar pero hablan de aquello que el Bilderberg no se atreve: sobre quién debe seguir en el trono y quién no, a quién hay que abrir como un melón maduro y a quién cultivar como semillas de melocotonero.» A Elías le divertía que lo que él llamaba «la obsesión del Pequeño» se tradujera siempre en símiles frutales: «Tenemos un huerto entero de secretos ya —me contaba—. Plátanos, melones, melocotones...» Una vez lo provocó con leyendas ocultistas pero Gómez hizo una mueca. «No, no escupen al crucifijo ni invocan al diablo, Elías. Pero lo harían si diera resultados.»

En todo caso, aquel soplo era útil. Decidí contrastarlo días después con mi segundo confidente, Abdul, el peluquero. En la barbería de Abdul solo se cortaba el pelo a franceses y se presumía de llevar a Argel toda la sabiduría de los mejores peluqueros parisinos. Corpulento y moreno, con bigote de gran chef, Abdul no soportaba a los españoles, en apariencia, y adoraba, en cambio, a los colonos. Tal fachada le ayudaba a la hora de charlar con algunos de sus clientes galos. Para seguir con el teatro, a mí me había cortado el pelo algunas veces: siempre nos veíamos en el automóvil cuando cerraba la tienda. Sus noticias no eran muy aprovechables, ya que provenían del lado francés (que conocíamos bastante bien a esas alturas), pero servían para contrastar la información desde fuentes aparentemente «fiables». Y su trato con algunas familias *chorfa* marroquíes y argelinas (nobles presuntamente descendientes del Profeta) era una baza para conocer la reacción a nuestros avances.

No obstante, casi siempre nuestra breve charla concluía en decepción.

—Todo eso ya lo conocíamos, Abdul —decía yo, y sus ojos, grandes y nublados, parecían ir a caer de los párpados como pelotitas de goma.

—Pero le corto muy bien el pelo, capitán.

—Me sale muy caro. —Y le pasaba el sobre—. Espabila más la próxima. —Y cuando ya rebullía su enorme corpachón para salir—: Escucha, me interesa saber otra cosa. He oído de empresarios ricos reuniéndose en la ciudad. ¿Te han llegado rumores? ¿Alguna agrupación de caballeros de pelo bien cortado?

—Ninguna de clientes de *chez* Abdul. —Sus ojos me miraban vidriosos—. Pero hay movimientos, eso sí he oído.

Recuerdo aquel día. Luminoso. El parabrisas destellaba y ambos mirábamos hacia él como a un cinematógrafo mientras Abdul jugaba con su ignorancia. Pensé: «Así que la información de Hassan parece cierta.»

—Te daré más si averiguas algo sobre esos movimientos. Algo demostrable.

—Si Abdul puede saber, Abdul sabrá por usted.

—No seas adulador y cuéntamelo todo.

—No sé nada más. Gente que viene y va. —Movió las manos, que eran grandes pero hábiles, en círculo—. Nada importante. Vida, tan solo. —Olía a una loción inclasificable. Oyéndole y viendo sus gestos de manazas curtidas abiertas hacia la ciudad, parecía que, en efecto, lo que decía era lo que estaba sucediendo.

—Si te enteras de algo...

—Si me entero de algo, se lo diré, incluso gratis.

—Tu trabajo es cortar el pelo, no tomármelo.

—Capitán... Por mi familia y la salud de los míos... No sé nada más y me desvivo por ayudarle, créame. Quiero a España. Viva Franco. Todo lo que Abdul sepa, Abdul lo dirá sin esperar recompensa. Añadiré una oferta por el corte sin raya, muy refrescante para el calor. Se lleva, le quedaría bien.

Cuando se iba la luz crecía, como si Abdul fuese un eclipse.

De modo que solo me quedaba mi tercer confidente, que era quien más me gustaba de los tres, por motivos obvios. Se llamaba Ghalil, pero yo lo apodaba «Aladino». No tenía más de dieciséis años. A Elías no le agradaba porque no pertenecía al círculo de sus informadores. De hecho, a Aladino lo había pescado y entrenado yo.

Todo ojos, como si tuviese hambre de la realidad, el esmirriado pero ágil Ghalil mendigaba y robaba en los mercadillos. Un día quiso birlarme la cartera. Hidalguito por poco no lo atrapa, pero al final lo placó. Una comida caliente, trato amable y una charla en árabe y francés lo ganaron para la causa. Su innumerable familia, que vivía hacinada como nadie ni nada que yo hubiese visto en la pobre España, tenía remota relación con el independentismo argelino, y algunos conocían a miembros del FLN.

—Es arriesgado, Malillo —me dijo Elías en una de nuestras reuniones habituales—. ¿Crees que podemos fiarnos de un rapazuelo?

—De Aladino, sí.

Elías me miró asintiendo despacio.

—Te lo dejo a ti.

Lo cual significaba: la responsabilidad es mía, y eso duplica la tuya. Yo podía llevar solo cuatro años en el oficio pero conocía bien los riesgos gravísimos de una información conscientemente falsa. Como comprar alimento envenenado a tu proveedor de confianza. Pero no puedes trabajar en esto sin intentar conocer un poco a las personas. No es que Aladino supiera otra cosa que lo que se comentaba en familia. A diferencia de mis otros dos informadores, me brindaba noticias que, en un noventa por ciento, no tenían nada que ver con mi interés: casamientos, fallecidos, chismorreos. Pero eso era precisamente lo que me interesaba.

Me parecía que Abdul y Hassan representaban ante mí el papel que se esperaba de ellos, con chivatazos de valor variable pero dirigidos al «tema» que teníamos entre manos. Sus «platos» ofrecían el aspecto apropiado. En cambio, el jovencito Ghalil me traía de todo. En aquel revoltijo de cosas inclasificables, pensaba yo, podía esconderse algo bueno y novedoso si uno rastreaba lo suficiente.

Mis recompensas también eran de otra especie. A Ghalil no le interesaban los billetes, y tampoco hubiera sabido qué hacer con ellos (su padre lo habría molido a palos si hubiese aparecido con gran cantidad de dinero de dudosa procedencia), pero agradecía las monedas sueltas, los productos occidentales y hasta las simples botellas de leche, que entregaba a su hermana pequeña, a quien adoraba, enferma de algo que pensé que podía ser tuberculosis. Además, tenía el don de pasar desapercibido.

Otro detalle me hacía pensar que era trigo limpio: nunca me decía nada que pudiese ser utilizado contra su familia. Su información se refería siempre al amigo de un amigo. Pero nadie de su clan estaba directamente implicado nunca. Pensaba que así ayudaba a proteger a los que de verdad quería.

Tras el encuentro con Abdul me reuní con Aladino. Venía muy serio. Me contó, con absoluta calma, que la policía había entrado en su casa para interrogar a su padre por un tiroteo ocurrido la semana anterior frente a una *gendarmerie,* evento comentado en los diarios. El destacamento estaba dirigido por un sargento francés cuyo nombre yo conocía, un sádico llamado Gasson, que solía dividir en dos grupos a las familias interrogadas: hombres y mujeres, sin importar la edad. A los hombres los machacaba con las porras y, si no hablaba nadie, comenzaba entonces con las mujeres. Era metódico, ordenado, chillón. Aladino había sufrido sus visitas más de una vez pero en esa ocasión Gasson había amenazado a su hermana enferma, y Ghalil presumía de haberlo disuadido de acercarse a la pequeña. Yo lo creía: era valiente, el chaval. De resultas de ello, lucía ahora, como medallas, dos grandes cardenales en las costillas.

De todo eso me habló sin soltar una lágrima, como llorando hacia dentro.

—Tú ya sabías que dispararían contra la *gendarmerie,* ¿eh? —dije en árabe, que era el idioma que usábamos para la sinceridad. Con el francés solo nos comunicábamos.

Me miró de una forma que, de inmediato, me hizo comprender su punto débil y su gran ventaja: no sabía engañar. Apuntado con todos los focos, Aladino se delataba sobre el escenario. Eso se me antojaba que jugaba a nuestro favor.

—Algo había oído, *monsieur* —dijo titubeante—. Pero no estaba seguro.

—No te preocupes. ¿A quién le oíste comentar eso?

—A mi tío.

Tenía innumerables tíos. Siempre creí que llamaba así a todo hombre que visitaba su casa. Ghalil oía muchas cosas a lo largo de un solo día.

Sonreí sin exagerar: con chicos como él tenías que ser tan cauteloso en los reproches como en las recompensas. La vida les había enseñado a desconfiar de ambos.

—Entiendo por qué lo ocultaste. Ghalil, no quiero perjudicar a nadie de tu familia. De hecho, en mí puedes confiar para protegerlos. Pero nunca me mientas, ¿de acuerdo?

—Sí, señor.

—¿Cómo está tu hermana?

—Mucho enferma —contestaba en su francés defectuoso—. Pero el aire fresco es bueno. En casa dicen que peor.

—Debes llevarla a un hospital.

—Sí, *monsieur.*

—Me interesa otra información, Ghalil.

Asentía muy rápido, como si quisiera obedecerme antes de saber la orden.

—Hay nueva gente de visita en Argel. Occidentales ricos. Tienes amigos entre los chicos de los hoteles. Los que se llevan propinas por equipajes, cosas así. Quiero saber si se reúnen en algún hotel concreto. Si salen o entran a horas raras, de noche, al amanecer. Quiero saber lo que desayunan.

—¿Lo que...?

—Todo. —Sonreí, resumiendo—. Puedo pagar a tus amigos.

—Sí, *monsieur*.

—Intentaré que Gasson no vuelva a molestaros. —Le revolví el pelo y me devolvió una sonrisa—. Te quiero dentro de dos semanas en los sitios de costumbre. —Le pasé la bolsa con «chucherías» y otro pequeño sobre con monedas.

Pedí ayuda a Elías para zancadillear al entusiasta Gasson (discutimos, porque Elías no quería, o no sabía, interferir en las decisiones de la autoridad colonial), pero Gasson fue destituido antes de que diéramos un paso. Recuerdo que pensé que eso era bueno y malo: Aladino y su gente lo celebrarían pero también indicaba que Francia se movía sobre carbones ardiendo y no necesitaba que nadie avivara las ascuas.

Al mes siguiente, los ojos de Hassan brillaban con una noticia. Esperé.

—Ningún grupo —dijo sin embargo, en tono aburrido—. Ninguno que yo sepa, capitán. Nadie sospechoso. Empresarios, conversaciones de gobierno francés. Nada.

—¿Cómo puedes estar tan seguro? —Lo provoqué para que soltara ya lo que tenía.

—«Delante de un ciego todo el mundo se muestra» —citó y jugó con las esquinas del sobre mientras miraba de reojo el pago—. Ya sabe que tengo mis fuentes. Pero también se dice que las autoridades francesas están indagando.

—¿En qué? —pregunté.

—En usted.

Fue entonces, dos días después, cuando pedí aquella cita urgente con Elías.

Mi amigo llevaba una muñeca vendada por un accidente de tenis, pero lo soportaba con gusto. Se hallaba hablador, casi juguetón. Siempre escogíamos para nuestras citas un lugar distinto: cafés, plaza, costa, mercado árabe. Dejábamos que nos contemplase la muchedumbre. Ese día dimos un paseo por las zonas pobres del centro de la ciudad, y Elías me tranquilizó sobre lo ocurrido. Reconoció que era esperable.

—Que tu cobertura se disipara entraba dentro de los cálculos —dijo—. Argelia va a convertirse en un campo de batalla. Y está claro que sobramos. Así que es comprensible que hayan rastreado entre los asesores consulares y se dediquen a expulsar a los espías. ¿Sabes qué? Me alegraré, Dios es testigo, de largarme de aquí en cuanto me digan. Estoy harto de esto. A mis cuarenta, y ya quiero jubilarme. Vaya mierda de empleo.

Paseábamos bajo nubes plomizas. A ratos Elías daba limosna a los lisiados casi como si le molestase llevar monedas.

—No te ha ido mal hasta ahora —protesté, pero Elías hizo un ademán.

—A veces tengo la impresión —dijo bajando la voz— de que no controlamos nada. Todo es agua que intentamos coger con la mano. Las cosas siguen su propio camino, tienen su propia vida. ¿Qué quedará de todo esto en el futuro? ¿De nosotros?

—Quizás alguien lo escriba —repliqué vagamente.

—¿Y por qué iba nadie a escribir sobre esto? ¿Sobre nuestras vidas de aburridos representantes de España? No me siento ya tan responsable de las cosas como antes. Quizá Gómez tenga razón y haya conspiraciones en la sombra, pero... creo que tengo... Tenemos derecho a exigir dejar huella por nosotros mismos.

—Tú la dejarás, eres el niño mimado de Muñoz Grandes —comenté, burlón—. Todo el mundo dice que los acuerdos con los americanos se han firmado por tu influencia. Sea como sea, te mereces el ascenso. —Me había enterado al solicitar aquella reunión, como si la noticia fuera también, a su modo, urgente: Elías era ya el jefe supremo de las redes del Norte de África. Como todo hombre importante, le restaba importancia.

—Agua de borrajas. Hoy estoy aquí, mañana allí. En España todos tenemos la impresión de que somos naipes en las manos de un mago. La metáfora no es mía, aunque tampoco me la dijeron textualmente. «Las cartas de un mago», eso era. Hoy ases, mañana sotas. —Pensé que la metáfora podía ser de Gómez, no pregunté—. Eso me vale, de veras, círculos en el agua, todo eso. La poesía española está llena de ejemplos de vida transitoria y de «mueros porque no mueros», pero te juro que a veces me gustaría sentir que hago algo perdurable. ¿Influencia en las firmas con los yanquis? —Hizo un gesto con la mano vendada—. La familia de Sheila. Ellos sí tienen influencias. Aunque el padre es un poco inepto y dado a contemporizar con la izquierda.

—No hables así de tu futuro suegro. —Reímos—. Además, a Sheila la encontraste tú.

Clavó los dientes en el labio bajo el bien cortado bigotito. Lo recordé en su casa abrazando a aquel frasquito de esencias inodoras disfrazada de jardinero y me reproché, pero volvió hacia mí el espejo oscuro de sus gafas de sol.

—Dices bien. La encontré. Pero te juro... Te juro que no la he utilizado jamás.

—No he dicho eso. Me consta...

—No, no, no te preocupes, de verdad. —Palmeó mi hombro—. El tema de mi relación interesada con Sheila se comenta en el ministerio. ¿Por qué no me caso? Es evidente: la he utilizado. ¿Por qué no tengo hijos? Es evidente: la he utilizado. Quería llegar a su familia, y lo logré. Pero no es así. Los demás que piensen lo que quieran. A ti te digo: soy un honesto católico de derechas, y lo sabes. El honor ante todo. La familia. Pero es ella la que no quiere concretar nada. Coño, es una mujercilla indiferente. Si la he utilizado alguna vez, me ha devuelto el favor. —Me disculpé de nuevo. Tenía la sensación de haber puesto la mano en un horno creyendo que era una ventana—. Te repito que es lo que todo el mundo piensa, Malillo. Lo creen en el Pardo, pero me lo permiten, porque según se dice tengo fama de meterme a la gente adecuada en el bolsillo. Te aseguro que... si logro desmontar el Protectorado, ya me daré por contento. Todo esto, todos los supuestos ascensos, los honores... Es como una charla en el patio con los vecinos. Lo que importa, me harto de decir... Lo que importa es mirar a lo lejos. —Pero tras la ola de aquel tema retornó a mirar de cerca—. Podríamos formar una buena pareja, ella y yo... Podríamos... Ya la conocisteis...

—Desde luego —dije.

—¿Y qué te parece? Dímelo ahora, con el corazón en la mano.

—Pues... —Eludí su rostro—. No la veo contigo.

Su repentina seriedad me apenó.

—¿Por qué? —preguntó sin casi mover los labios, las puntas del bigotito caídas.

—Porque... No es como tú. Creo que no es como tú.

—¿Y cómo soy yo? ¿Eh?

Tragué saliva. Por un instante no lo conocí. Por un momento (¿no pasa eso a veces, no ha pasado siempre?) no hubo forma de que yo supiera a quién pertenecía el rostro que tenía delante, ensombrecido por un sombrero y unas gafas de sol, el hombre que se detuvo en la calle ante mí. Pero entonces parpadeé con el aliento de su gran risotada.

—Malillo, Malillo... ¿Por qué te llamo así, si eres más bueno que el pan con jamón y la Virgen de los Dolores juntos? —Me dio un abrazo—. Hijo de puta. Me has emocionado. Ella... Ella no es como yo, en efecto, pero desea lo mismo que yo. —Se quitó las gafas para guiñarme un ojo—. Te has casado con la mejor persona del mundo, Malillo. Eres el marido y padre más feliz sobre la Tierra, y te juro que yo estoy aquí para que sigas siéndolo. Pero lo de Sheila y yo... No puedes entenderlo. Es otra forma de amor. Que conste que quiero sentar la cabeza. Pero el problema es que es demasiado tarde.

—¿Para sentar la cabeza?

—Sí, porque me estoy encoñando en el sentido clásico. ¡Y me acusan de aprovecharme! En fin... El caso es que, querido amigo, te han pillado, no te preocupes. Vete a casa, abraza a Ángeles y dile que tienes aumento de sueldo con la condición de marcharte de Argelia. Hoy hacéis otro retoño, te lo juro.

Elías tenía la virtud de derretir en risas todo lo que parecía yermo y congelado.

—¿Y tú adónde irás? —pregunté.

—Creo que a Rabat, no lo sé. El caso es que antes de cerrar el negocio Gómez quiere que indaguemos más sobre esos caballeros y sus oscuras reuniones.

—Hubo rumores —dije con las manos en la espalda ahora, como si me preguntase el profesor—. Pero ya no hay nada.

Elías se examinaba el vendaje de la mano.

—¿Qué te dice el chaval?

—Se ha esfumado. —Era cierto, y me sentía culpable. Aladino no había venido a su última cita, tras dos años de lealtad, ni había dado señales de vida en la cita de sustitución, siempre tres días después de la primera, por si esta fracasaba. Al principio pensé que se trataba de nuevo de la policía, pero mis informadores galos no sabían nada de arrestos en la zona. Pensé que mis pequeñas recompensas ya no le atraían tanto.

—El chico ha crecido, ¿eh? —dijo Elías con sorna—. Bueno, era de esperar. Después de todo, quizá le debamos que hayas sido descubierto... —Yo negué aquella posibilidad, pero no estaba tan seguro. ¿Qué sabía realmente de Ghalil?—. Dejémoslo. Y no te lo tomes a mal: esto es un mundo de traiciones. —Me cogió del brazo y cambió de tono—. Oye, se me ocurre... Este fin de semana nos vamos Sheila y yo a explorar Marruecos para celebrar mi nuevo cargo... Sé que es apresurado, pero ¿os venís?

—Quedé con Hidalguito en jugar al tenis el domingo —dije, pero ahora fue mi turno de mirarlo asombrado—. Y creo que ese viaje debéis aprovecharlo para vosotros.

—Verás. No estaba pensando en una orgía, Malillo. Pero a mi testaruda inglesita le gusta siempre hacer las cosas en solitario. No acepta mi mundo, mi sociedad, mi religión, mis amigos. Bueno... a vosotros, sí. Y quiero llevarla al redil, te lo juro.

—¿Qué piensas?

Se había quedado absorto. Me miró bajo la visera de su sombrero.

—Hidalguito... Pensaba que hasta Hidalguito tiene hijos, ¿no?

Nos reímos, aunque me dolió aquella risa a costa de alguien como Hidalguito.

—No es tan joven como crees. Y tiene una preciosa niña de tres años, muy lista, llamada Teresa.

—Sheila no quiere hijos —dijo Elías, contrariado—. Es otra de las cosas que no acepta. Empleo con ella todas mis artimañas.

—El viaje para explorar Marruecos.

—Ya veremos.

—Tanto más absurdo que me invites.

—Ahí está la astucia —dijo él (otra nueva risa), y se caló las gafas de nuevo.

Hidalguito me esperaba en la esquina convenida. De regreso al consulado ese mediodía tuve la sensación de que toda la conversación con Elías había sido una especie de sueño. Creo que fue eso: volver a verle en brumas, su imagen como si fuese tinta simpática de la usada en nuestro oficio, desleída como una marca de billete, mientras abría los ojos en el hospital de Cádiz, años atrás. Creo que recordé esa escena porque aquella vez, al despertar y verle, su rostro también me había parecido distinto.

Fue ese súbito recuerdo lo que predispuso mi mente, ahora creo. Arropé ese pensamiento con mi memoria y lo dejé en soledad. Y, mientras me dedicaba a pensar en el pobre Elías y su «encoñamiento», hice como acostumbraba desde que las autoridades galas me habían «pillado»: me bajé un par de calles antes y fui caminando y mirando vehículos y gentes, por ver si había quienes depositaban la misma curiosidad en mí.

Ese día era una precaución inútil, porque ya tenía la confirmación de que el gobierno francés me «invitaría» cordialmente a marcharme de Argelia (se lo había comunicado a Hidalguito, que, como padre feliz, se limitó a encogerse de hombros: «Otra mudanza», había dicho, y luego habíamos charlado sobre tenis), pero me apetecía caminar, me servía, como quien se entrega al trabajo en sus ratos de ocio para relajarse.

Estaba llegando al consulado cuando me fijé en el automóvil negro.

Nada raro parecía haber en él, y mientras arrancaba y reanudaba su marcha avenida abajo observé que era un típico Citroën Traction Avant, de los que se habían puesto de moda en las ciudades francesas, color negro. Eso no me había atraído.

Pero el hombre que se sentaba al volante tenía cara de perro enfadado.

14

La llamada que no debí contestar

La sensación se había deslizado por mi cuerpo, tan solo, sin alcanzar las regiones del cerebro que tan importantes nos parecen, tan luminosas, pero que, en lo que a intuición se refiere, siempre están sumidas en oscuridad. Y lo peor: no logré relacionarlo con nada. Como esas respuestas a preguntas de cultura general que te parece tener en la punta de la lengua, pero que se evaden como peces cuando quieres atraparlas. Entré en ese estado en las oficinas y, al ir a abrir la puerta de mi despacho, me miré las manos temblorosas. Mi despacho estaba cerrado con llave, como solía dejarlo cuando me ausentaba, y la atmósfera en su interior se hallaba clausurada, con las persianas bajas y las cortinas corridas. Pero nada más pisar su interior sufrí otra sacudida. Más incierta aún, menos lógica, y por ello acaso más potente.

Los cuerpos dejan rastros. Las simples presencias tardan en desvanecerse cuando aquello que las produce se aleja. Lo que hice fue sentarme a mi escritorio, cerrar los ojos y abrirlos. Teléfono, carpetas, plumines, pisapapeles, cenicero. Todo como antes. Abrí el primer cajón, a mi izquierda. Luego el de la derecha. Realicé la misma operación con los inferiores, donde guardo mis citas, mis apuntes personales. Nada fuera de lugar, nada descuidado. Todo bien, salvo mi estómago sobrecogido. Y la imagen de aquel rostro tras el parabrisas de un Citroën negro que se marchaba del consulado.

Recuerdo haberme movido como en trance.

Una obra de teatro en la que cada gesto mío contuviera mensajes que yo mismo no comprendía.

Voy hacia la recepción del consulado, tras darle una banal instrucción a Hidalguito para que se aleje. Hallo a Pablo, el conserje, bebiendo té moruno. Le pido revisar los nombres de mis visitas esa semana y, mientras levanta polvo colocando el libro de registros abierto ante mí, echo un vistazo, en primer lugar, a las visitas del cónsul ese mismo día. Hay una a la hora en que yo estaba con Elías. Tomo apuntes banales, le doy las gracias a Pablo, me dirijo a la secretaria del cónsul, Mercedes. Su figura es oscura desde que enviudara. Líneas como surcos de un disco de fonógrafo rodean sus labios entecos, sin rastros de carmín. En su pequeña habitación, que da al pasillo de la mía, por un lado, y al despacho del cónsul por otro, huelo a tabaco de una marca fuerte y desconocida. Eso me otorga la excusa necesaria.

—Merche, antes quería ver al señor cónsul pero estaba ocupado con una visita.

Y me lanzó una mirada de tristeza y desesperación, como si le sobraran tales sentimientos y no tuviera problema en compartirlos.

—Sí, acaban de irse, don Ángel. ¿Quiere que avise al señor cónsul?

Le dije que no era preciso. Ya lo vería más tarde. Y moví las manos como despejando el aire.

—Acaban de irse, pero no del todo —comenté—. Vaya cigarrillos.

Y me miró con seriedad, lo que en ella era sonreír. Sí, eso que olía era lo que fumaba uno de ellos, admitió, que, por la descripción superficial que le sonsaqué, no era otro que «perro enfadado». Por suerte, el fumador había pedido permiso para salir un momento mientras los otros seguían con el cónsul. Deletreó el nombre de la visita: «señor Ribeira». No todos eran hispanos, según ella. Nada de eso me decía nada, pero eran piezas del rompecabezas y, más tarde, el cónsul me ofreció las últimas. La figura final no parecía interesante: empresarios europeos que deseaban invertir en Argelia y buscaban la opinión oficial de la representación española sobre la seguridad del país. El señor Ribeira fue quien habló, y presentó a los demás como británicos y escandinavos. «Perro enfadado», que era quien fumaba, era el conductor o un ayudante.

Casi lo vi: una imagen mental del hombre con su cigarrillo situándose en la bifurcación de la entrada a la secretaría del cónsul y mi propio despacho cerrado.

En mi despacho no había olido a tabaco, pero sí había percibido algo. «Perro enfadado» habría apagado su cigarrillo en un cenicero y aguardado un rato antes de entrar. «Pero ¿dónde consiguió una copia de la llave?» Además, incluso en el improbable caso de que todo se hubiera desarrollado así, cabía preguntarse qué buscaba y qué podía haber obtenido. ¿Era yo el objetivo de aquella visita? ¿Y por qué sabían que no estaría en mi despacho aquella mañana? La cita con Elías solo la conocíamos Elías y yo. Reflexioné: «Me vigilan, claro.» Dediqué el resto de la mañana a verme como desde fuera de mí mismo. ¿Qué necesitaban saber de mí? La deducción obvia —la que Elías me diría, la de Gómez, la de cualquiera del negocio a quien le contase lo sucedido— era que se trataba de franceses. Rizando el rizo, hasta Osos. Yo estaba expuesto. Me habían descubierto en el infinito juego del escondite de nuestro oficio, y me había convertido en una fuente de información, sobre todo para quien se movía con rapidez. Alguien como nosotros vale para los Aliados en la medida en que permanece en la sombra. Bajo las luces de la revelación, empezamos a resultar valiosos para el enemigo.

Pero no entendía por qué una operación tan elaborada para registrar mi despacho. Todo lo valioso lo pasábamos a Elías como si fuesen carbones ardiendo, y este lo hacía llegar a Madrid. En mi agenda, una libreta de tapas de piel en el cajón de la derecha, no había ningún diario privado sino solo anotaciones de citas. Usaba claves para las citas con confidentes, pero a nadie le interesaría tal información, según pensé, porque solo los anotaba cuando la cita se había producido. De modo que, en parte, aquella absurda operación —si mis sospechas eran ciertas y había tenido lugar— carecía de verdadera importancia. La comunicaría, le darían un tirón de orejas al ingenuo del cónsul desde Madrid, y me obligarían a hacer las maletas cuanto antes.

Lo sucedido era comprensible. Salvo por un detalle.

Las palabras.

Fui a casa pensándolo. Lo de «perro enfadado» se me había ocurrido al observar aquellas facciones tras el volante: las cejas espesas, el ceño fruncido, los mofletes...

Tenía la impresión de que no era la primera vez que usaba esa metáfora.

Pasé el resto del día inquieto, sin concentrarme en nada. Y esa noche abrí los ojos en la oscuridad. Tú respirabas a mi lado, una isla de luz. Yo sentía el sudor como si con mi cuerpo hubiesen hecho un molde húmedo. El sueño que acababa de tener se desprendía a trozos como cal vieja: recordaba unas ruinas, ancianas y niños, víctimas que eran verdugos y me acusaban implacablemente. Brujas. Aquella noche los vi con más claridad: eran moros, todos ellos. Me miraban. Era el mismo sueño del hospital de Cádiz, y de la guerra, con la misma palabra —«brujas»— retumbando como un trueno. El tictac obediente del reloj me hizo mirarlo: apenas las cuatro y media de la madrugada. Me levanté, confuso, y anduve de puntillas para no despertar a los niños. La noche era fría y húmeda y nuestra casa estaba ya ocupada con las cajas de la mudanza que se avecinaba. Me preparé un café y entré en el cuarto de la emisora clandestina, una habitación destinada a desván por el anterior propietario, que ahora albergaba un aparato de grandes dimensiones con el que me comunicaba con Tetuán o Madrid. Elías disponía de otro. Pero aquella noche mi intención era, tan solo, comunicarme conmigo mismo. La habitación de la emisora era el Cuarto de Barbazul para los niños, único sitio donde sabía que nadie me molestaría.

Encendí la pequeña lámpara de escritorio y hojeé el cuaderno de notas que había bajo ella. Los grandes diales de la emisora me reflejaban como un rostro extraño, circular. Reflexionaba mientras daba sorbos al café.

Era imposible, pensaba. Habían pasado ocho años, estaba casi seguro de que me equivocaba. Sin embargo, algo —quizá la pesadilla que acababa de tener, que había arrojado el recuerdo de aquel rostro a mi conciencia como una ola devuelve los pecios de un naufragio a la orilla— me decía que se trataba de la misma persona que había visto en Cádiz, poco antes de la explosión. El conductor del vehículo que casi me atropella cuando regresaba con Rafa Márquez a la residencia militar, poco antes de que el infierno abriera sus puertas. ¿Tenía algún sentido eso?

Saqué un pitillo. Las horas pasaron entre perezosos alambres de humo y café que se enfriaba. Hice esquemas, taché. Dibujé como quien está pendiente de una conversación telefónica. Acabé sin llegar a ninguna conclusión, dudando de todo, como un loco que percibiera lo exagerado de sus delirios. ¿Qué tenía? ¿La impresión de una cara y la impresión de un presunto registro?

No, nadie había registrado mi despacho, concluí. Aquel rostro no era el de ocho años antes, solo parecido. Y no, no habría ninguna explosión como la de Cádiz en Argel. Todo era producto de mis nervios. Me habían descubierto, tan solo. Nos marcharíamos de Argelia y mis sospechas se esfumarían como el humo de...

Me encontraste allí por la mañana, ¿recuerdas? Dormido en el asiento y rodeado de papeles arrugados y colillas apagadas. Era sábado. Tras el desayuno me sentí mejor. Investigaría al «señor Ribeira» y sus amigos, desde luego, pero con calma, sin el añadido de las brumas de una pesadilla. En cuanto a la rara coincidencia de aquel rostro, eran unas facciones flotando en el vacío, sin relación con nada salvo con mi propia memoria.

Avanzó el sábado a su ritmo, y, rodeado de mi familia y dedicado a ella, me calmé. Comentaría con Elías la visita de aquellos tipos en cuanto este regresara de su viaje romántico marroquí, pero, por el momento, necesitaba relajarme. Una conversación telefónica con Hidalguito aquella tarde, en la que se zanjó la hora de nuestro encuentro de tenis del domingo, acabó por ponerme de buen humor.

La mañana del domingo mi única preocupación era el cielo de nubes oscuras, que no presagiaban nada bueno para mi campeonato con Hidalguito. Pese a todo, me vestí con ropa deportiva, cogí la bolsa de la raqueta y me marché camino del club. Tenía extrañas sensaciones. Más de una vez miré a un lado y a otro, a los escasos vehículos de la mañana, los policías franceses apostados en las esquinas, infundiendo cualquier cosa menos seguridad. Mi padre me contaba una anécdota de sus tiempos militares de juventud, destinado a guardar la frontera con Francia. Me decía que observó esos breves metros, esa tierra entre las barreras, igual a ambos lados pero, por convención, diferente, la tierra por la que damos la sangre debido a una distancia de diez o quince pasos, parecía la misma, sin límites. Y sin embargo, algo me parecía evidente ahora, caminando por las aceras bajo nubes pesadas: *ellos* estaban en su casa antes que nosotros. Mujeres veladas y hombres con turbante o fez. Ni españoles ni franceses: argelinos. ¿A quién intentábamos conquistar? ¿A quién «permitir» la independencia? Nada había que repartir entre nosotros. Eran ellos, solo ellos, los herederos de sí mismos. Las fronteras, como los hogares, empezaban a existir cuando irrumpía gente ajena.

Podía llegar caminando al club, pero me detuve antes en el consulado, como siempre hacía, incluso en los días festivos, para ver si había mensajes copiados a última hora por las secretarias. De la portería emergía la cabeza de huevo de Adolfo, el hijo más joven del conserje, encargado de las llamadas de urgencia de los pobres hispanos perdidos por esas tierras. Adolfo era buena persona pero todo el mundo lo tildaba de afeminado quizá debido a su aire intelectual y su vocecilla inocua. Me saludó con una reverencia solícita y cambiamos banalidades sobre el día. Como si tuviera la escena ante mis ojos, así la vuelvo a vivir. Adolfo sonriendo, los ecos del vestíbulo fresco, la escalera. La oficina estaba vacía y a oscuras, con cierto olor a papeles, tinta y madera. Mientras revisaba notas en mi escritorio un repiqueteo en la ventana me hizo saber que nuestra competición había naufragado. Adolfo había vaticinado: «Vaya, vaya, vamos a tener lluvia, don Ángel.»

—Vaya —dije en voz alta.

En ese momento sonó el teléfono.

No pensé en nada mientras salía mecánicamente del despacho. La lluvia arreció, y oía su tamborileo en el consulado vacío mientras descolgaba. No podía ser nada importante, pues esas llamadas se dirigían al teléfono del conserje los domingos. Me acerqué el auricular sin siquiera responder oficialmente, preparado, acaso, para decir «aló», pero ni siquiera me fue preciso hablar antes de escuchar las palabras.

—*Cinq, quatre... huit, deux, deux, trois* —dijo una voz juvenil, temblorosa.

Me quedé mirando el aparato, después de decir, como era de rigor, que se habían equivocado.

De repente la lluvia era silenciosa. Yo miraba a mi alrededor en aquella nueva habitación, extraña, oscura, de ruidos amortiguados. Ghalil. Mi joven confidente perdido, la oveja descarriada, el hijo pródigo que ahora parecía regresar arrepentido. Había dado la contraseña terminada en «tres» para una cita de emergencia.

Entonces caí en la cuenta: ¿qué podían buscar en un supuesto registro de mi despacho días antes, durante mi cita con Elías?

Indicios de alguna cita con Ghalil, me respondí.

Pero ¿a quién podía importarle lo que me contara aquel pobre chico sobre los tejemanejes familiares? ¿Y cómo era que había llamado ahora, justo ahora, conmigo como único habitante de la caverna?

Me dirigí a una de las ventanas, tras los escritorios de visados.

Vigilaba, pensé. Aladino había estado esperando frente a la lámpara maravillosa.

Esperando en la calle a que llegara el lunes para hacer la llamada, y bendecido por la fortuna de verme aparecer por el consulado un día antes.

No lo pensé más. Me calé la gorra y me dirigí a la puerta. Entonces me detuve, di media vuelta. En mi despacho, usé la llave para acceder a una de las gavetas y saqué una pequeña pero manejable Astra Firecat que nunca usaba, pero que me parecía del tamaño conveniente para llevar sin funda. La dejaba siempre cargada. La revisé y la encajé entre la cintura y el pantalón cerrando la chaqueta.

—Vaya tiempecito, don Ángel —dijo Adolfo—. Hoy me parece que el tenis no...

—Desde luego —admití, cortándolo—. ¿Ha llamado alguien al consulado hoy?

No, me decía su cabeza antes que sus labios. Nadie había llamado para nada. Aquello era muy aburrido. Adolfo me miraba con envidia, de esa clase que en España reservamos para quien descansa mientras trabajamos, y que luego se invierte cuando la situación también lo hace. No le di importancia a mi propia pregunta, dejé atrás al conserje, gato silencioso y vigilante, y salí a lo que me pareció una lucha del cielo para perforar la tierra. No llueve en Argel salvo cuando lo hace, y entonces diluvia.

No veía a ningún Aladino, claro. Si no me engañaba, ya estaría aguardando cerca del coche de la cita. Caminé apresurado bajo las cornisas, con la visera de mi gorra deportiva derramando agua, hasta llegar a la callejuela donde teníamos estacionado el coche. El trayecto era empinado y el lodo bajaba por la acera como una riada por las calles desiertas. Unas manos oscuras quitaban a toda prisa ropa tendida de un alféizar.

El coche era un pequeño Renault del año anterior, en un color blanco que ahora relumbraba como nieve. No era ni nuevo ni viejo, no queríamos llamar la atención. Era, a su modo, el espía perfecto: callado, inquebrantable, mezclado con la multitud. La moto de un pobre diablo estaba aparcada delante con el asiento hecho trizas. Detrás, una camioneta oxidada no me intrigó: nadie tendería una trampa en aquella especie de casa con ruedas. La callejuela enlodada junto al coche se hallaba vacía, igual que la calle principal que proseguía cuesta arriba. Demoré en encontrar la llave correcta en el bolsillo, abrí la portezuela del conductor y me dejé caer, empapado, en el asiento. Los parabrisas me mostraban la imagen oceánica que podría contemplar un suicida hundiéndose con su coche en las profundidades. Olía a algo mohoso, desagradable.

Esperé sin que sucediera otra cosa. De pronto, una forma se incorporó en el asiento trasero. Una figura sin rostro.

Llevé la mano a la pistola, pero entonces vi los ojos, enormes, entre aquella especie de harapos.

—¡Ghalil! —susurré—. ¡Coño, qué susto...! ¿Qué haces aquí? ¿Cómo has entrado?

La respuesta a la última pregunta era obvia. Chicos como él vivían en las calles y forzaban puertas de coches antes de aprender a hablar. Sin embargo, esa no era la norma en nuestras citas y mi confidente lo sabía. Cuando entreabrió un poco más los bordes de la manta vi su rostro moreno, ya de muchacho mayor —dieciocho años entonces—, devuelto de nuevo bruscamente a edades de terror infantil, primitivo. Yo no recordaba haber visto una expresión de espanto igual en un hombre desde la guerra.

—¿Qué pasa, Ghalil, qué ha ocurrido...? —le pregunté en árabe—. Tranquilízate, soy yo, estás a salvo... Dime qué ha pasado.

Me apresó la mano con dedos helados. Los dientes le castañeteaban. Ahora comprobaba que el olor procedía de él. ¿Cuántos días habría vivido a la intemperie? ¿Quizá semanas, desde que no asistía a las citas? Su rodilla derecha, revelada de repente, era un nido de heridas. Como si hubiese estado corriendo y cayéndose todo aquel tiempo.

—¿Estás herido? Déjame ver... —Pero me rechazó como si fuese un áspid. Nunca olvidaré la angustia de aquellos pobres ojos, no lloraban, no cuajaban en lágrimas, pero tenían ante sí el espectáculo del gran terror del mundo, el guiñol del espanto, y eran mudos testigos—. ¿Ha sido Gasson otra vez? ¿Quieres que te lleve a algún...? —Había sacado la llave de contacto del coche, pero Ghalil me aferró del brazo.

—Brujas —dijo.

Sentí agua helada cayendo sobre mi cuello.

—¿Qué?

—Brujaaaas.

Una sombra se movió delante del parabrisas. Cuando giré hacia ella apenas distinguí sus contornos tras la cortina de lluvia, pero algo en sus gestos hizo que me arrojara al suelo del coche tirando del brazo de Aladino.

Entonces, aquel ruido horrible, de vida rota en pedazos.

Mi móvil zumba en ese instante. Créanlo o no.

En medio de la tensión de la lectura. El móvil.

Son las dos y cuarto de la madrugada, y sé quién es antes de contestar.

Llamar por el móvil a esas horas no es tan perverso como parece. La mayoría de la humanidad lo desconecta. Del resto, muchos esperan llamadas y no se enfadan si las reciben. Queda un grupo variable que sí se enfadan, pese a que ellos mismos olvidaron apagarlo (y quizás hasta lo colocaron junto a la oreja en el dormitorio), pero casi todos terminan por reflexionar y siguen amando al prójimo. Por último, existe una sociedad de insomnes para quienes tales posiciones de las manecillas del reloj (dos, tres, cuatro de la madrugada) no varían mucho de las que se producen doce horas antes o después. Mi amigo el librero y yo pertenecemos a esta última categoría, y no nos mosqueamos al contestar. Tampoco lo pensamos dos veces antes de lanzar al otro un wasap perdido o, como ahora, una llamada.

—Me faltarán unas treinta o cuarenta páginas —le advierto—. No me cuentes nada.

—Vale, amigo —dice bonachón—. No te cuento nada. Te está gustando.

Es más bien una afirmación, no una pregunta, y no tengo problema en aceptarla.

—Sigo leyendo, sí. —Y oigo su risa ronca en la distancia próxima.

Me encuentro tumbado en el tresillo del salón, la cabeza apoyada en un reposabrazos —el que da a la luz de la lámpara de lectura— y los pies en el opuesto, y solo ahora, con esta bocanada de realidad que entra por mi oído, me percato del caos de fotocopias a mis pies y del grupo aún ordenado que me queda por leer. Es lo único que he hecho tras llegar a casa, incluso he tomado una cena fría mientras pasaba las páginas. Mi mujer y mis hijos no están. Hace tiempo que no están, y no me interesa hablar de ello ahora. Estoy solo, con las fotocopias. A estas horas no se oye un ruido, acaso algún avión remoto, algún perro. Hace un instante tenía frente a mí la imagen de Ángel Carvajal en ese coche junto a su pobre confidente y la última frase del capítulo: «Entonces, aquel ruido horrible, de vida rota en pedazos.»

Ahora es mi amigo el librero, muy real, quien toma forma con sus palabras.

—Muy bien, amigo —dice—. Muy bien.

No le complazco en replicar, ni en hacerle preguntas obvias. No sé de quién ha heredado ese carácter mi amigo el librero, no diré que sea una costumbre marroquí, pero es de esas personas que retroceden si avanzas hacia ellas. Si quieres soltarles la lengua debes mostrar cierta indiferencia. Callarte y esperar turno. Vive en un mundo lento, mi amigo el librero, de gran calma y grandes silencios, como ese Norte de África que tanto gustaba a Ángel Carvajal. Yo no lo apremio. Tiene, sin duda, sus razones para llamarme a esas horas, algo más ha ocurrido, o ha averiguado, pero no va a servir de nada que le pregunte. Sostengo el auricular y espero.

—Bueno —digo.

Al fin se decide. Solitario y casi herido por mi aparente indiferencia.

—¿Ya has hecho tus deberes, amigo? ¿Has pedido ayuda al gran sabio Google?

—Iba a hacerlo. —Y no miento, pero quiero terminar de leer. Es obvio que a mi amigo eso no le importa—. Supongo que Ángel y Elías son personajes reales.

—Sí. Te adelanto: de él no viene casi nada. El otro es un caso aparte.

«Él» y «el otro» son curiosas formas de llamarlos. Como si mi amigo el librero los tuviera en la cabeza con mucha claridad y ni se preocupara de mencionar sus nombres. Especulo con lo que puede significar que Elías Roca sea «un caso aparte». Mi táctica de esperar da frutos.

—Hay un libro —dice—. ¿Lo sabías?

—¿Un libro?

—Sobre Roca. Ah, amigo, no dices nada. Que te falten palabras a ti, que eres escritor... Te he sorprendido. Bueno, yo ya lo sabía desde que comencé a leer esas fotocopias ayer. Soy librero, ¿no? A ti no te sonará, no lees esas cosas.

A él sí le sonó, explica. Cuando vio el nombre de Elías Roca en las fotocopias casi oyó la campanilla en la cabeza. No es un libro reciente: se publicó hace un año y pasó por las borrascosas mesas de librerías sin pena ni gloria. Le hago repetir el título: *Elías Roca, el espía antifascista de Franco.* Escrito por alguien a quien llamaré APN, periodista bien conocido, afecto a las biografías noveladas, los títulos impostados y las demandas judiciales. De esos de quienes nunca lees nada y, sin embargo, tienes la sensación de haberlo leído todo. Mi amigo el librero acudió raudo a su fondo y le quedaba un ejemplar en casa que, en su día, hojeó sin excesivo interés, porque de lo que menos se habla en el libro, dice, es de Marruecos. Ha pasado el día bebiéndolo. Y claro, me llama porque lo ha terminado.

—Y tiene sorpresa, amigo.

Mi entusiasmo casi hilarante me habría llevado a bromear. Le habría llamado «gordo moro aprovechado», «baboso vendedor de alfombras», cualquier cosa a fin de desahogar mis nervios, pero no lo hago porque tanta confianza no tengo, y porque la susceptibilidad de mi amigo el librero está en su punto álgido últimamente con la crisis de las estudiantes secuestradas de Ceuta. Le pregunto, sin esperanzas.

—No, no te la voy a decir —declara, ampuloso—. Vienes mañana y lo compras.

—O sea, me has llamado para venderme un libro.

—O para que escribas el tuyo. No podía ser menos, amigo. También lo puedes descargar en kindle —añade, como para disculparse.

—Sabes que no uso esos artefactos demoníacos.

—Amigo, tú eres como yo. Creemos en palabras escritas en papel.

Irónicamente, mientras lo escucho voy a mi despacho a por el portátil.

—Sí, pero no le veo la gracia a escribir sobre algo que ya ha sido contado.

—Eso lo dirás tú.

—¿Es que el libro sobre Roca ofrece otra versión de la historia de Carvajal?

No responde. Es inútil mendigarle pistas. Me las apaño para abrir el portátil en la mesa del salón y encenderlo sin despegar el móvil de la oreja.

—Tú termina de leer, amigo —dice—. Esas fotocopias son oro.

Eso me recuerda algo más y decido interrogarle sin tapujos.

—Oye, estos subrayados a rotulador... No habrás sido tú, ¿verdad?

—Me ofendes, amigo.

—¿Y por qué habrán subrayado esto? —He dejado aparte las páginas con subrayados y se las comento sin profundizar. En esta segunda parte hay varias frases resaltadas en el capítulo dedicado a Habib Rahini: *«¿Llegará a tus manos mi mensaje?»*, *«El tiempo se acaba»*, *«Hay sucesos como alfombras que solo se admiran del todo al extenderse»*, *«Así trates, así te tratarán»*. En el de «Baraka»: *«El único recurso que le queda al náufrago»* y *«El mensaje, la advertencia o la ayuda»*. Luego ningún subrayado hasta el capítulo catorce, el que acabé cuando llamó mi amigo, y aquí solo dos palabras que dicen, precisamente: *«Las palabras»*—. ¿Por qué han subrayado esto?

—Ah —dice mi amigo el librero—. Tú sigue leyendo.

—Eso pretendía cuando llamaste —replico, con fingida irritación.

—Eres lento.

—Es un tema sobre el que no sé nada. —Pienso en una comparación bíblica que a mi amigo el librero quizá le gustara: si pretende que yo sea Aarón él debe ser Moisés—. De modo que tenemos la historia de un tal Ángel Carvajal, colaborador en las redes de espionaje franquistas del Norte de África, y un libro sobre su jefe y amigo, Elías Roca.

—Sí, más o menos —contesta. Y se calla.

En ese silencio noto tensión, como el de quien ha preparado una fiesta sorpresa de cumpleaños y está a punto de hacer pasar al festejado.

Busco sus nombres mientras sostengo el móvil entre el hombro y la oreja.

—Hay un Ángel Carvajal Ortiz en Wikipedia. —Resumo—. Nacido en 1917, Alicante, muerto en 1957, Ceuta... Joder, en el mismo año que dice en su narración...

—Sí —confirma lacónico mi amigo.

—«Alférez provisional durante la guerra civil, capitán, vicecónsul en Casablanca, Fez y Argel, destacado en el Centro de Información de la Tercera Sección del Alto Estado Mayor...» Todo encaja. Su muerte: dado de baja por enfermedad, «se quitó la vida en octubre de 1957»... ¡Se suicidó!

—Es él.

Esa es toda la tumba informática que obtengo sobre el héroe.

—No se mencionan cónyuge o hijos —digo.

—Apenas hay nada, ya te conté.

Busco imágenes. Decepcionantes: pocas pertenecen al Carvajal correcto, y, entre estas últimas asoma una cabeza borrosa sobre un uniforme. Me esfuerzo en perfilar los contornos de esa mancha gris, adusta, de piel morena y fino bigote bajo la visera.

De acuerdo con el dictamen inapelable de la posteridad, el protagonista de la narración que estoy leyendo careció de importancia.

En cambio, cuando tecleo el nombre de Elías Roca la pantalla se alegra.

Ramilletes de flores pixeladas en las imágenes, probablemente ilustraciones del libro de APN. Declaraciones de este último en entrevistas con motivo de la publicación de la biografía: «Elías Roca, el héroe desconocido», «Según APN: "Elías Roca no ha tenido el tributo que se merece"», «El injusto olvido del militar Elías Roca, el espía antifascista»... La portada del libro en Amazon es una foto antigua retocada. El rostro de Roca aureolado de una neblina soñadora. Maquillaje de *photoshop*. Hombre de unos cuarenta y pico, casi calvo (de los que hoy se raparían al cero), piel tostada por África y bigotito extendido en una sonrisa satisfecha. Sonrisa llena de experiencia, como la de quien piensa que cada rosa tiene espinas, pero si no te dejas herir no aspirarás el aroma.

Me sobreviene un raro mal humor viendo esa portada. Y casi enseguida una miserable compasión. Por todos los que vivieron, por los que creyeron que sus vidas eran el eje del mundo. Por todos ellos.

Pregunto a mi amigo por qué «Elías Roca, *antifascista*». Acepta responder.

—APN lo pinta como un liberal moderado que consiguió los acuerdos con los americanos tranquilizando a ambas partes —explica—. Dice que ese talante contrario a la dictadura fue lo que le llevó a renunciar a su jefatura de redes del Norte de África en 1957 y retirarse sin indemnización. Vivió de incógnito en Francia hasta su muerte, viejecito, hace dos años. APN dice que quiere hacer «justicia» con él...

—Y ¿qué cuenta Roca sobre Ángel Carvajal? —pregunto.

Casi antes de que me responda intuyo que he dado con el tesoro.

—¿No se menciona a Carvajal? —insisto, incrédulo.

—Ni una palabra —dice mi amigo el librero—. En el libro sobre Roca se habla de los agentes a cargo de Roca en Marruecos y Argelia sin mencionar a nadie en concreto.

—¡Pero eran amigos íntimos!

—Ya lo sé, suena absurdo. Y esa es la explicación de esas frases subrayadas, amigo —añade—: «*Así trates, así te tratarán*»... Alguien está muy enfadado con la ausencia de Carvajal en la biografía de Elías Roca y quiere devolverle el golpe publicando eso.

—¿Y qué crees tú? ¿APN ha suprimido la mención? ¿Archivo clasificado?

—O ambas cosas —reconoce mi amigo el librero, oigo un campanilleo, puede que una cucharilla—. Tú termina de leer y haz tus cálculos, amigo.

Tanto enigma me enfada.

—Oye, mira, si tienes alguna teoría, dime. Es tarde ya. Estoy cansado.

—No te alteres. Aquí estoy, sentado en mi butaca preferida, frente a la televisión, con un té bien caliente y preparado para contestar tus dudas y ser tu oráculo cuando acabes de leer. Pero sé que necesito estimularte, servirte de inspiración, picarte si no te estás rascando y rascarte si te pica. Los escritores necesitáis musas. Pero quiero que saques tus propias conclusiones, sin influencia. ¿Dónde estás tú? No será en la cama.

—Estoy más o menos como tú, pero sin té ni televisión.

Parece satisfecho, pero no cuelga. Podría pagarme un mes de sueldo por que le haga más preguntas. Mi amigo el librero vive para ser consultado, como los médicos.

—El libro es un truño —prosigue—. Tiene un capítulo titulado «Roca no es *solo* un retrete». Parece que era una frase que se repetía a sí mismo Roca cuando quiso abrirse paso como jefe de la inteligencia española norteafricana. Buen humor.

Risa estruendosa que modera de repente: quizá sus nietos pequeños estén durmiendo en casa. A veces convierte la casa en una guardería inmensa, bajo su sombra protectora. Yo ya había visto ese título. Estoy revisando los capítulos del libro en el índice que ofrece la página virtual: «Roca firme en la tormenta», «Roca no es solo un retrete» *[sic]*, «Espía y cortesano», «Redes diplomáticas», «Memorias de África», «Retiro sin retiro». Los típicos títulos de una biografía parcial, romántica. Puedo casi imaginar el texto. APN es aficionado a escribir sobre personajes de cierto caché. En España, donde las mentiras se venden bien siempre que se mienta diciendo que son verdad, autores como APN logran colocar sus obras en listas con títulos que captan de inmediato la atención. Su penúltima hazaña antes de la biografía sobre Roca, *El escándalo Urdangarín,* todavía colea en algunos grandes almacenes.

En el interior del libro virtual no puedo encontrar más. Tendría que comprarlo y ahora no me interesa.

La voz de bajo de mi amigo el librero desovilla una historia.

—¿Sabes? Es como una gran obra de teatro. Escenario: el mundo tras la Segunda Gran Guerra... Estados Unidos y Rusia prueban bombas que podrían acabar con naciones... ¿Te haces idea, amigo? Ya no hay gobernantes, solo poder. Las jugadas se harán a lo grande. Grupos ocultos manejarán los hilos. Y solo visionarios como Elías Roca destacan en el fondo gris. Supo con quién aliarse. El manuscrito de Carvajal no lo menciona, pero ella era una Wetstone. —Como me quedo igual, mi amigo el librero aprovecha para mostrar su sabiduría—. ¿No te suena? Miembros del Parlamento, amigos de los Rothschild, los Rockefeller... Un Wetstone estuvo en Yalta acompañando a Churchill cuando los Aliados se repartieron el pastel... APN la menciona de pasada. «Relacionado durante algún tiempo», creo que dice, «con la heredera de los Wetstone».

—«Durante algún tiempo»... Así que no llegaron a casarse.

—Yo diría que no. Hay una foto suya, por cierto.

—¿De ella?

En Internet vienen ilustraciones interiores del libro de APN entresacadas para la bendita promoción. La encuentro enseguida. La fotografía es al aire libre, con fondo marino, en blanco y negro, por supuesto. Incluye a un diplomático francés y fue tomada en Tánger en 1956. Me fijo en la mujer. Rasgos muy acusados, pómulos marcados, mentón pequeño, rostro enmarcado en un pelo oscuro y no muy largo bajo un pañuelo. Esa clase de facciones de personas voluntariosas. Caras que se fijan en la memoria. Me parece casi haberla conocido. Tal como la describe Carvajal, es una niña venida a más, pero algo en sus tenues ojos hace pensar que es mayor. No sonríe: muestra los dientes.

—¿Sigues ahí, amigo? —Interrumpe mi amigo el librero y, por el sonido de fondo, parece haber subido el volumen del televisor—. Termina de leer. Ya hablamos mañana...

—¿Qué ha pasado? —pregunto, pero su voz ha perdido todo rastro de humor y del ánimo con que me azuzaba antes.

—Grupos islamófobos, por lo de Ceuta... —Suspira—. Luego hablamos, amigo.

Jóvenes borrachos y rabiosos, averiguo enseguida. En un pueblo no demasiado pequeño de una provincia no demasiado grande. Uno de los musulmanes heridos está en el hospital. Los atacantes, detenidos. Por lo que leo, ninguno de los agredidos estaba vinculado con las secuestradas de Ceuta. Emplean esa expresión. Se ha hecho horriblemente popular, como «las niñas de Alcácer». Dos semanas de secuestro y todavía sin noticias. No puedo hacerme ni la más ligera idea de la atrocidad que debe de ser para unos padres. Por un momento llego a comprender que los energúmenos pierdan los estribos. Solo por un momento: lo cierto es que es injustificable. Mi último pensamiento al respecto es para mi amigo el librero, pero también para Ángel Carvajal: gente racional en un mundo caótico.

Es tarde. Casi las tres de la madrugada. Pero ahora ya no puedo dejarlo.

Además —o eso me digo mientras cierro el ordenador y tomo el grupo de fotocopias— tengo la extraña impresión de que es importante que continúe. Como si estas palabras en letras golpeadas por pequeñas piezas manchadas de tinta fuesen un conjuro y, a través de ellas, de mi lectura, Ángel Carvajal, mucho más injustamente olvidado que Elías Roca, reanudara su existencia. Como si todo ello fuese decisivo para nosotros, los injustamente recordados seres del ahora.

Apoyo la nuca sobre el reposabrazos del tresillo, los folios en alto, iluminados.

«Aladino y la palabra mágica», es el epígrafe. Leo: «Al mover la cabeza...»

El mundo desaparece a mi alrededor.

El hombre gira, de pie en el porche, mientras habla por el móvil. Lo vemos mejor ahora. Complexión media, pelo ralo, moreno, polo color burdeos, pantalones caqui. El vello tapiza sus brazos y una sombra de barba pugnaz destaca en su rostro. A ratos vuelve la cabeza y mira hacia la puerta de la casa por la que acaba de salir, como si no supiera si regresar de nuevo.

La casa no permanece silenciosa durante ese tiempo. Los sollozos han cesado, pero, bajo el runruneo del aire acondicionado, pueden escucharse voces. Las palabras no se distinguen, aunque el tono de una parece interrogativo, y es como si la otra respondiera.

El hombre del porche gesticula.

Comment...? Vous êtes fou ! C'est vous qui l'avez dit...

El semblante del hombre muda. Ahora tiene los ojos fijos en la casa.

Habla en un tono más bajo, resignado. Qué de cosas hay que hacer en esta vida: es como si pensara eso. Qué sinfín de cosas.

Vuelve a girar dando la espalda y zanja la conversación abruptamente.

Cuando abre la puerta un silencio mortal emerge como aire clausurado.

Les plans ont changé.

La puerta se cierra.

15

Aladino y la palabra mágica

Al mover la cabeza una catarata de vidrio se desprendió de mi rostro. Quería volverme y asegurarme de que Ghalil estaba bien, pero los asientos eran muy estrechos para esa osada maniobra. Lo único que veía era el parabrisas hecho añicos sobre cuyos bordes repiqueteaba la lluvia.

Hubo como un intervalo, una especie de brecha abierta en la realidad. Como si esta contuviera el aliento antes de proseguir.

Por mi cabeza pasó el día, años atrás en Granada, en que otra ráfaga de metralla me arrojó bajo el asiento de otro coche, durante las revueltas políticas.

No era mi día de morir. Hoy, en cambio, casado y con hijos, como Sonia Masomenos había predicho, quizá ya me tocaba.

Estaba tendido bajo el asiento, nevado de cristales, húmedo de lluvia. A Ghalil, detrás de mí, no lo percibía. Pero otras muchas cosas me resultaban patentes: las gotas de agua contra la carrocería, el olor a piel húmeda, crepitar de vidrios. La vida, siempre tan enorme cuando la muerte la acosa.

Y los pasos en la calle, aproximándose. Supe que aquellos pasos eran la muerte.

La inmovilidad era mi única ventaja. Calculaba que había por lo menos dos. Habían usado metralletas para regalar una primera ráfaga al coche. Aquel correteo por el asfalto (y voces indescifrables) solo podía significar que se estaban acercando. Necesitaban asegurarse, porque un buen trabajo se zanja con certidumbres. En poco tiempo me verían, y apuntarían mejor, sin que pudiese esquivarlos. El coche en que me encontraba era una trampa, un cepo que había cerrado sus dientes sobre mí, y pronto se convertiría en mi tumba. El menor movimiento sería mortal; seguir inmóvil, también.

—No te muevas, Aladino —susurré con esfuerzo.

Aparté más cristales con la mano derecha y la deslicé hacia mi pistola, enterrada en la cintura. ¿Qué se piensa en tales momentos? ¿Desfila tu vida frente a ti? Yo pensé en frío metal, gatillos, destreza. Llevarme a uno por delante sin suplicar. Rezar.

Pero se me agotó el tiempo.

Recuerdo el rostro de mi verdugo. No era Perro Enfadado, era moro. Se hallaba al revés. La lluvia parecía caer sobre él desde el suelo. Cabello negro pegado a la frente, piel aceitunada, barba tupida. La boca era un cañón —que me pareció una MAT 49 del ejército francés— alzado sobre el rostro, como a punto de gritar.

Me invadió una idea absurda: aquello era un teatro. Una representación escénica de mi muerte. La metralleta sonaría *baraka-baraka-baraka* durante su breve y definitivo discurso, y mi cuerpo quedaría allí perforado y sangrante bajo la mortaja de vidrios, contemplado sardónicamente por una cabeza invertida con una mueca de tristeza que no sería sino la sonrisa de aquel mundo inverso. La sensación teatral se acentuó cuando cañón y cabeza se apartaron de la escena a la vez, entre gritos y nuevos disparos, esta vez de pistola. El idioma árabe se desvaneció a mi derecha mientras mi propio idioma avanzaba por la izquierda.

Surgió entonces un rostro familiar, aunque deformado por la angustia y la palidez de fantasma, el pelo empapado hasta las cejas.

—¡Capitán...! ¿Está bien? ¡Ha visto a esos hijos de...! ¡Han huido! ¡Cabrones!

Aferré los brazos de Hidalguito para incorporarme y, como si el torniquete que apretaba la vida se aflojara de repente, volví a sentir el pulso, la sangre de los acontecimientos que fluía. Mi «hombre de confianza» vestía de paisano dominguero como yo y estaba calado hasta los huesos. Sostenía su pistola reglamentaria mientras tiraba de mí, exclamando cosas como «¡Madre mía!», y haciéndome preguntas que yo no podía responder. Ignoré su empeño en sacarme del coche, así como los arañazos de las astillas de cristal que aún me cubrían. Todo mi interés se centraba en mirar atrás. Supe que Hidalguito también miraba cuando su voz enmudeció.

Bajo los harapos no había movimiento.

No sé por qué, mientras apartaba la manta destrozada por las balas, mantenía la firme creencia de que Ghalil resistiría. Arrodillado entre los asientos delanteros, una rodilla en cada uno, me incliné hacia su cuerpo.

Parecía un cristo. Eso era: Jesús de mi vida, Jesús de mi dolor. Por entre sus costillas, que el hambre y la pesadumbre habían afilado, manaba la sangre. Sin embargo, aferré su mano, y podría jurar que aún temblaba. Ahora pienso que quizá se trataba de mi propio temblor: se lo contagiaba a lo que no era ya sino un muñeco. Pero hasta hoy, Dios lo sabe, sigo creyendo que sus ojos me veían y sus labios hilvanaban algo. Era un chico de dieciocho años comido por los piojos del hambre y el terror. El resultado de mis decisiones. Mutado de ladronzuelo de Bagdad a cuerpo cosido a balazos.

No soy bueno llorando. No presumiré de no haberlo hecho nunca, pero siempre que lloro una parte de mi cerebro se cruza de brazos diciéndome con frialdad que esa muestra de espasmos es inútil, que el esfuerzo desperdiciado en ella puede usarse para cosas más prácticas.

Junto a Ghalil desperdicié mucho tiempo.

Le pedí perdón, gimiendo entre balbuceos, mi mano aún cerrada sobre la suya.

Ahora te veo entre las sombras, Ghalil, reprochándome con tu mirada quieta. Te digo: nunca te habría soltado, me habría quedado para siempre junto a ti, apretando las cinco lápidas de tus dedos. Pero sucedió algo que me hizo romper ese último vínculo contigo, no espero que lo comprendas: en medio de mi llanto escuché otro.

Hidalguito sollozaba a mi lado. Había dejado de pedirme que lo acompañase y te miraba también, y por su rostro enrojecido corrían lágrimas.

Como si el llanto fuese un peso compartido, dejé de llorar y me retiré.

Allí quedó tu mano abierta, Aladino, entre los asientos. Un pájaro de alas ensangrentadas.

—Así que eran árabes —insistió Elías.

—Hablaban árabe —recalqué—. Advertencias. Órdenes... No sé.

—¿Oíste tu nombre?

—No.

—Calma, Ángel, nadie te está interrogando. Solo quiero que te calmes.

—Vale.

Elías se mesaba la barbilla sombreada por un afeitado apresurado mientras meneaba la cabeza.

La habitación era mi despacho en el consulado, y aunque no recuerdo otra cara que la de mi amigo lo cierto era que el lugar se hallaba atestado. Todos eran hombres de Elías. Uno tomaba notas, otro se las había entendido en francés con las autoridades argelinas, otro al teléfono hablaba con el comandante Gómez y una secretaria de facciones asustadas aporreaba una máquina en una esquina. Por no mencionar los que entraban y salían trayendo esparadrapos, algodón, alcohol (del de curar y del otro). El cónsul, buen hombre, había venido apresuradamente y hasta me había alcanzado un vaso de agua.

Elías, sentado ante mí, parecía como desprendido de un sitio que nada tenía que ver con coches ametrallados por árabes: traje crema, pañuelo al cuello, agotado por un regreso imprevisto de su viaje de «exploración de Marruecos». De improviso se levantó y empezó a hacer mímica, como en un ensayo.

—Así que... raaaaaaatata... Unos disparos de aviso y...

—Tiraban a matar, nada de aviso —aseguré—. A Ghalil le dieron en esa ráfaga. Querían matarnos.

—Se acercan, entonces. —Dio dos saltos de pato hacia mí—. Te apuntan para rematarte. ¿Es así? —Asentí—. Todo el mundo lo miraba ahora. La pantomima era rara—. No querían dejarte como testigo, pero iban a por él sobre todo.

—No —repuse—. No sé. No lo creo.

—¿Qué era, entonces? ¿Una trampa? ¿Te tendieron una trampa con el chico?

—No. Querían matarnos a los dos. ¡Ya lo he dicho!

Al ver a Elías inclinarse hacia mí se me ocurrió el divertido pensamiento de que iban a torturarme para que confesara algo.

—Ángel: sé lo que estás pasando. Créeme... Aquí todos lo sabemos: perder a un confidente a quien has entrenado... A mí me ha ocurrido también. Pero lo siguieron hasta ese coche. No te buscaban a ti sino a él. Adelante. —Esto último lo había dicho hacia los golpecitos en la puerta, que se abrió a mi espalda—. Sargento Hidalgo, bienvenido.

—Gracias, señor. Venía a ver, con su permiso, qué tal estaba el capitán.

Le dije que bien y se lo agradecí. Mi guardaespaldas no se había cambiado de ropa, aunque estaba peinado. Sonreía con devoción.

—Le debes la vida, Ángel —dijo Elías—. Tiene toda mi gratitud, sargento.

—Por Dios, señor, es mi deber. Hoy el capitán y yo hemos vuelto a nacer.

—¿Podría contarnos de nuevo lo ocurrido?

Hidalguito ya había hecho un resumen de los acontecimientos, pero era evidente que aún gozaba de ser el héroe del día y volvió a ofrecer su versión, entusiasmado.

—Nos ayudó la Virgen, eso desde luego, porque todo fueron casualidades. Yo había ido al consulado, la señora del capitán me dijo que el capitán andaría por allí. Me acercaba cuando lo vi salir, pero no llevaba la bolsa deportiva. Lo llamé pero el capitán no me oyó, llovía a cántaros. Y entonces me fijo que toma la calle de uno de nuestros coches de confidentes... Lo seguí y, cuando voy subiendo la cuesta, oigo los disparos... No me he llevado un susto igual en mi vida.

—Otra cosa que hay que agradecerle es que vaya usted siempre armado —apuntó Elías, con sorna inocente. El rubor de Hidalguito casi hizo ruido.

—Eso siempre. Más cuando quedo con el capitán. Soy su hombre de confianza.

—Justo lo que debe hacer un hombre de confianza. Eran dos, ¿no?

—Sí, señor, la cara descubierta. Árabes.

—¿No hirió a ninguno?

—No sabía bien con quién me las veía, y al pronto solo disparé al aire. Eso les hizo correr como ratas.

—O quizá corrieron porque no iban tras el capitán en concreto —matizó mi amigo.

—No sabría decirle. Se disponían a disparar de nuevo al interior del coche.

Elías, encantado con la claridad de Hidalguito, asentía.

—Las armas eran francesas, Elías —dije—. Una al menos, una MAT 49.

Elías descartó ese dato, con razón.

—El Frente usa toda clase de armas.

—La familia de Ghalil Yussef ha desaparecido —anunció el hombre del teléfono colgando en ese momento, y hasta la mecanografía enmudeció—. Los vecinos aseguran que se marcharon hace días de viaje.

Eso me hizo saltar.

—¿Se marcharon? ¿Cómo que «se marcharon»? ¿De vacaciones? ¡Eran lo menos siete, y eso cuando no los visitaban parientes lejanos! ¡Y la hermana pequeña está enferma! ¿Qué coño singifica «se marcharon...»?

—Todo a su tiempo, Ángel. —Elías hacía gestos apaciguadores.

—¿Alguien ha entrado en su casa? —Me encrespé—. Solo pregunto... ¿Alguien ha entrado en casa de los Yussef? ¡Hablad con los franceses! ¿La habéis registrado?

—Ángel. —La voz de Elías se había endurecido—. Todo a su tiempo. Vas a preocupar al señor cónsul...

—No, si más de lo que ya estoy... —dijo el cónsul, pero Elías lo interrumpió.

—Te recuerdo que esto no es el Protectorado, Ángel. Aquí estamos sentados sobre dinamita. Una traca que explota en Argelia se vuelve una bomba en los pasillos diplomáticos. Bastante tiene el señor cónsul con tapar el agujero ante las autoridades de...

—¿El agujero en que váis a enterrar a ese niño? —estallé.

—Sí, a tu confidente. Al chico que entrenaste tú y metiste en esto.

Tras aquellas palabras el silencio se ahondó. Como si ambos lo hubiésemos excavado con nuestra voz. Nos quedamos mirándonos y nos arrepentimos, creo, al mismo tiempo. Pero no fuimos nosotros quienes quebramos la pausa.

—Caballeros —dijo el cónsul—, les dejo. Bastante trabajo nos queda.

—Gracias por todo, señor. —Elías mostró la sonrisa que encandilaba a la España militar y no poca de la civil—. Ha sido muy amable al venir. Lamentamos este incidente. Señores, gracias a ustedes también. Un domingo difícil para todos. Os veo enseguida, gracias. —Palmeó a Hidalguito en el hombro—. Este acto de valor será recordado, sargento, no lo dude. Gracias.

—De nada, señor —dijo Hidalguito—. Lo importante es que el capitán está bien.

Cuando dejaron de resonar los zapatos en el parquet

y hasta el frufrú del vestido de la única mujer presente, Elías volvió a sentarse y se acodó sobre las rodillas, el rostro oculto entre las manos como si temiese que fuera a caérsele en algún momento. Tras una pausa me miró. Había amistad en sus ojos.

—Vaya lío, pero lo que importa, como dice Hidalguito, es que estás bien. Anda, toma. —Me ofreció cigarrillos. Acepté al fin. Fumamos. Recordé una noche similar, años antes de la guerra, sentados los dos en un café falangista, yo repasado por los puños de Saldaña. La noche en que nuestra amistad había cuajado—. Estos moros son crueles. A los que menos perdonan son a sus propios traidores. Sabes tan bien como yo que ese chico era un soplón. Pueden haber matado a toda su familia. Él escapó y... lo siguieron.

—Tenía información, Elías —dije—. Me llamó porque tenía información que darme.

—¿Cómo lo sabes? —Me miró con calma—. No te dijo nada, es lo que has contado. ¿Te pasó un papel? ¿Hizo Morse con los dedos? ¿Lenguaje de sordomudos? Hidalguito te vio meterte en el coche y casi enseguida oyó disparos. ¿Qué información te dio?

—Ninguna realmente —dije. Estaba siendo sincero. De hecho, ya no me parecía que Ghalil me hubiese dicho lo que creía haber oído. Pensé que, aturdido por su estampa de cadáver insepulto, había trocado sus balbuceos incoherentes por «mi» palabra de las pesadillas. Tenía que ser eso. No había modo de que fuese de otra forma. Azares así solo existieron cuando Sonia Masomenos me leyó la mano, pero cesaron con ella.

Sin embargo, algo me hacía sentir incómodo. Un extraño jirón. Una escena. Un instante particular, yo sentado tras el volante mirando a Aladino, que, envuelto en harapos, temblaba de terror. Un detalle. Pero no conseguía saber qué era.

El brazo de Elías se apoyaba en mis hombros de tal manera que me hacía dudar sobre si me daba ánimos o se sostenía sobre mí.

—Entonces, ¿por qué estás tan seguro de que quería darte información y no pedirte ayuda, tan solo?

—No estoy seguro de nada.

Descarté contarle el presunto registro de mi despacho. Me hallaba demasiado nervioso y no tenía prueba alguna. Por supuesto, tampoco la tenía del rostro de Perro Enfadado. Eran azares de contornos borrosos. La simple teoría de Elías podía ser cierta.

—Son los gajes del oficio, Malillo —dijo Elías—. Hiciste bien con ese chico. Sabías a lo que te arriesgabas, y él también. Buscaremos a la familia de Ghalil hasta debajo de las piedras, te lo juro. Nos enteraremos de lo ocurrido, antes o después. Déjalo en mis manos. Tú vete a casa ahora y descansa. Le das un beso a Mari Ángeles. O dos, otro por mí. Hacéis las maletas y a Ceuta. Hemos barajado varias excusas, y por el aspecto que tienes, con ese chichón y los arañazos... Bueno, lo de «leve accidente de tráfico» es la mejor. La pelea con tu amante también sirve, pero le gustaría menos...

Lo empujé. Conseguimos reírnos juntos.

—Es una mujer muy lista, Malillo —dijo—, lo sabes. Tienes que hablar con ella.

—No puedo contarle la verdad.

—Por eso tienes que hablar con ella.

Recuerdo un gesto: dejar mi cuerpo caer sobre ti, como atraído por la gravedad de tus brazos. En cambio, no recuerdo lo que nos dijimos aquella noche porque en realidad no importa. El «leve accidente de tráfico» significaba, tan solo, que yo me encontraba a salvo. Las explicaciones, como las heridas, eran superficiales.

No recuerdo nuestras palabras, pero sí tus ojos y, en ellos, una versión oscura y redonda de mi rostro arañado. También una perspectiva: un fondo de pasillo en la casa de Argel con Carlitos en pijama, más asustado que su madre. Mirándome como si vieras un fantasma, Carlos. Creo que te desperté al llegar. ¿O quizá lo estabas ya, inquieto por mi extraña ausencia? Veo tus ojos como dos llamas en ese corredor, iluminándolo todo. Creo que mamá te dijo que me había dado «un golpe», pero creí conveniente matizar: «Varios, aunque todos pequeñitos.» Te cogí en brazos, y simplemente tu olor a pijama y cama infantil me emocionó. Cuando cerraste los ojos volví con mamá.

No quería cenar, no tenía apetito. Tu mano sobre la mía, en la mesa, cinco cálidas posibilidades. Durante todo el tiempo quise convencerme a mí mismo de que aquello era superable. Traté de creer que no te veía, Ghalil. Simulé que no estabas sentado con nosotros, acribillado el pecho por varias muertes, «aunque todas pequeñitas». Hablamos de cosas banales. Tú, Ángeles, no preguntaste nada, porque, en efecto, eres una mujer muy lista, y además me amas.

Y amar nunca es preguntar.

De esa noche guardo un recuerdo más: tu sombra en la oscuridad del sudor. Y la luz de la mesilla de noche cegándome como un pequeño sol que amaneciera a mi lado, junto a la almohada, tú y yo mirándonos entre jadeos.

—Hablabas en sueños.

—¿Qué?

—Una pesadilla. Mi pobre Ángel. Hablabas en sueños...

En ese momento lo supe: había tenido «mi» pesadilla. No me parecía especialmente extraño que se hubiese repetido aquella noche. Ancianas y niños moros, harapientos, de ojos acusadores.

—Me asustaste —dijiste—. Repetías algo...

Eludí explicar, le resté importancia, te calmé, apagamos la luz y la curiosidad, sin hacernos más preguntas. Porque amar nunca es preguntar.

Te dormiste pronto. Yo no.

Una luz distinta se había encendido en mi cabeza.

El detalle que había olvidado. ¿No hay un cuento en el que una carta se oculta porque está a la vista de todos? A mí me había ocurrido algo parecido.

Fue cuando repetiste lo que yo murmuraba en mi pesadilla. La revelación me hizo retroceder en el tiempo. Dejé de estar en nuestro dormitorio, recibiendo tu mirada ansiosa, y me trasladé al interior del coche aquella mañana, junto al pobre Ghalil.

La memoria es la maga del engaño. Ahora lo sabía: yo pensaba que había entendido mal, no le concedía crédito a lo que mi joven confidente había dicho, por una sola razón. Porque nunca hasta entonces había oído a Ghalil hablar en ese idioma, salvo algún que otro saludo, como deferencia hacia mí.

Pero había hablado en español. Mal pronunciado, torpemente, pero indudable. Y habías dicho exactamente lo que yo recordaba.

«Brujas.»

Mi palabra.

16

La ciudad que no huele a mar

Ceuta.

Habíamos estado muchas veces en ella, pero al llegar aquel invierno para empezar a vivir me pareció nueva. La ciudad del mar que no huele a mar, la ciudad que semeja un disfraz de las aguas, con murallas sin castillos, playas por sorpresa, bosques como vecindarios, montes como explosiones de tierra. Puede que fuera mi estado de ánimo, pero se me antojó que nos mudábamos a un escenario donde nada real sucedía. Tras aquellos muros de cartón piedra estarían los bastidores del inmenso teatro. Quizá la impresión se debiera, también, a la premura del traslado. Nuestras pertenencias, simples, llenan un desván en mi memoria: un reloj de cuco, una vajilla de porcelana orlada de parras color vino, mis libros de historia en el rompecabezas de las cajas de embalar, los vestidos como pequeños recuerdos bien doblados. Hasta la divertida forma que tuvimos de camuflar, al fin, la emisora clandestina para sacarla de Argelia: bajo una jaula con dos pichones solitarios hallados en la terraza, en los que nuestra compasión se solazaba. La familia Carvajal otra vez de viaje, palomas incluidas. Aquel trajín me hacía sonreír. Y, al hacerlo, no tensaba ninguna herida seca.

Todos mis arañazos habían cicatrizado. Los visibles, por supuesto.

Alquilamos al principio un piso muy estrecho en una de las angostas calles céntricas. Las ventanas con balcón daban a la calle y en los cielos ya no habitaban palomas sino gaviotas. Hidalguito llegó a comienzos de año —1956—, padre flamante de otro niño —un varón—, y nos ayudó mucho en los quehaceres de acomodarnos al lugar. Lejos de los pasillos políticos de Madrid, me enteraba a través de Elías que la apertura del que sería el nuevo Centro de Inteligencia de nuestro país en la zona era motivo de discusión entre el Pequeño y el Grande —Gómez y Muñoz Grandes, como los llamaban en el argot del Alto—, enfrentados como David y Goliat. Ganó, igual que en el relato bíblico, Gómez, que impuso su idea de modernizar todo lo que se pudiera. Se me indicó alquilar un pequeño edificio muy cerca de donde vivíamos (aunque en Ceuta eso no era decir nada) con dos pisos y una azotea. La Comisión de Estudios contaría con un cuarto para emisoras, un par de despachos para Hidalguito y para mí con teléfonos con secráfonos acoplados, otras dos habitaciones para una secretaria y un archivero y un cuarto de revelado fotográfico que instalamos en la azotea, pequeña y desmañada. Al cuidado de este último, por aquello de ser guardianes fieles, pusimos a dos pastores alemanes, a quienes alimentaba todos los días un cabo de la Guardia Civil de espeso mostacho y humor avinagrado llamado Bayo. Los perros eran los únicos, probablemente, que no sabrían que espiábamos a los demás. Porque en Ceuta mi trabajo iba a ser claramente oscuro. Es decir: todos sabíamos que todos lo sabrían. Había que ser muy estúpido o muy ingenuo para dejarse engañar por un centro de espionaje tan obvio como una sucursal bancaria. Pero eso entraba en la nueva vida que Gómez y Elías propugnaban: el arte de la alta política, mentir con sinceridad, falsear con verdades.

En marzo las radios exaltaban en ambos lados, francés y español, la bendita independencia marroquí. Francia se retiraba de inmediato. En el caso de España, las discusiones serían más, la parsimonia también. Había muchos temas burocráticos que resolver, pero el éxodo comenzaría aquel mismo otoño.

Recuerdo bien el día en que se proclamó la independencia. Lo recuerdo por la forma en que me miraste al llegar a casa, Ángeles. Al sonreír, tu sonrojo me iluminaba.

Ana, mi pequeña: tu madre me contó que ya habías sido concebida, aunque aún fueras tan diminuta como el punto del signo de interrogación que era mi vida entonces.

Con la sede aún no oficialmente inaugurada (pero ¿cómo inaugurar «oficialmente» una sede de espionaje?), mi trabajo consistió durante gran parte del año en recopilar los informes que se habían elaborado en los distintos puntos de lo que ya era «antiguo Protectorado» y centralizarlos en Ceuta. Era una labor ingrata, tediosa, de rastreo minucioso de papeles con datos que, en muchas ocasiones, se remontaban a los tiempos del Annual, pero me lo tomé en serio. Nuestro archivero, un hombre anciano y viudo cuya felicidad eran los documentos, adquirió el hábito de esperarme cada día con una docena de informes y un café. Le veo trayendo carpetas color trigo, de hojas dobladas en los extremos, con olor a tiempo y polvo.

—¡Excelente cosecha hoy, don Ángel! —mientras abandonaba su carga frente a mí.

Excelente cosecha, sí. Había fechas y nombres en clave. «Beltrán, Retal, Cuervo.» Operaciones, apodos de informadores, nombres de barcos o aviones, de fincas y pueblos que, a su vez, recibían otros apodos... «Bruma»: me detenía en una palabra así y la revisaba obsesivamente, como deseando que estuviese mal escrita.

Entraba Hidalguito con otra taza de café a mediodía. Se empeñaba en servírmelo personalmente, como si no se fiara de nadie, y mis ojos, borrachos de palabras, la aceptaban con mirada aprobatoria. Y sonreía, claro.

Pero cuando todos se marchaban y se cerraba la puerta, cuando solo quedabais los niños y tú en retratos blanquinegros, inclinado sobre el brillante plato de leche que era la luz de mi lámpara, me despojaba de la sonrisa como si la dejara sobre la mesa, junto a la taza.

Allí quedaba: una semiluna blanca.

Y seguía leyendo: ese acto tan crucial.

No buscaba nada sobrenatural. Pero me hacía esta reflexión: quizá la vida tenía cosas extrañas por sí misma que ignorábamos. Recordaba a Sonia Masomenos, la niña de Toledo, mi pequeña profetisa. ¿Por qué aquellos vaticinios exactos que me entregó? ¿Fue magia o la intuición de ese cauce, ese transcurrir relacionado de las cosas? ¿Y por qué en la guerra y tras el horrible incidente de Cádiz había tenido aquellos sueños? De nuevo el telar de las coincidencias, como volver a ver un rostro que relacionaba mi vida actual con los tiempos pasados, el horror de Cádiz y el de Ghalil, de algún modo unidos.

Buscaba datos que lo vincularan todo. Pero, en particular, buscaba aquella palabra.

El nombre de algo, un informe, una expresión. Podía ser, pensaba, que lo que creemos que es vida, esta vida, tu vida real, lector, la mía, fuese como un collar de perlas donde, cada cierto tramo, una misma cuenta vuelve a brillar en el discurrir del hilo. Y ahora que sé la verdad, ahora que por fin sé, escribo esto poseído de la certidumbre. Porque ya no albergo dudas: las palabras son algo más que meros símbolos en un papel. Estoy fabricando, lector, un collar de perlas que unirá mi pasado a tu presente, y ruego por que, cuando tú lo leas, sepas reconocer en estas cuentas el destello de esas tan brillantes y repetidas de tu propia vida. Esas palabras que, quién sabe, pueden ser decisivas para las vidas de otros como lo serían para la mía.

Me dormía con palabras como con una dosis de opio, y soñaba con un mundo distinto al mío donde no era preciso pertenecer a los extremos para ser feliz, ni engañar para ser leal, ni reclutar a chavales como Ghalil para vencer en una guerra sin soldados.

Buscar mi palabra me evitaba soñar con ella.

En Ceuta recuerdo pájaros. No gaviotas, pájaros menudos, cantores, primaverales. No necesitabas subir a los montes, coros de pájaros te narraban las historias de la mañana desde el balcón. Por azar, llamábamos así a los confidentes, «pájaros». Igual de frágiles, de efímeros. Ya no se reunían en coches (a Elías y Gómez les parecía peligroso desde el «incidente de Argel») sino que acudían directamente a nuestra sede y yo los recibía en mi despacho. Lo primero que hacía, tras invitarles a sentarse, era echar las cortinas. Eso les gustaba, les daba aires de importancia, les hacía pensar en hipotéticos abrigos (que ninguno usaba) y solapas levantadas flanqueando miradas esquivas. En el fondo todo era tedioso: los pájaros trinaban, yo anotaba y los rollos (de ambas clases, metafóricos y de fotografía) cambiaban de manos. Hidalguito y yo investigábamos la información. El taciturno Bayo revelaba los carretes en el cuarto rojizo de la azotea.

A ratos, si me quedaba solo con mi informador, jugaba otra carta.

—A ver si puedes hacer algo más por mí —les proponía.

Y encendía la avaricia en sus miradas al sacar billetes de mi cartera. Entonces ponía la excusa sentimental de que deseaba saber de la pobre familia de mi confidente muerto en Argel. Fingían confundirse con un encargo que, por una vez, no parecía relacionado con la independencia de Marruecos, pero ninguno despreciaba mi dinero.

—Me informarás solo a mí sobre este particular —les advertía, hurtando la recompensa de las manos ávidas—. ¿Has entendido? Solo a mí.

A ninguno llegué a decirle «mi» palabra. El dinero no paga tanto.

Elías dio carpetazo al «incidente de Argel» a comienzos del verano de 1956. Una de sus escuetas notas me decía que las pruebas de que Ghalil y su familia hubiesen sido ejecutados por ser soplones al servicio de España eran «de mucho peso». Nadie había averiguado nada sobre una posible nueva información que tuviera que darnos. No se habían hallado cadáveres. Su casa aparecía deshabitada, sin señales de violencia. La familia se había mudado. Había sido secuestrada, arrestada, ejecutada. Se habían pasado a la clandestinidad. Ni rastro. Arena del desierto entre los dedos.

Seguí escarbando en polvorientos informes.

Ahora pienso que, durante todo ese tiempo, se añadió un tercer Ángel Carvajal a los dos usuales, solo para ti, Ghalil. No era el que besaba a su familia al llegar a casa, tampoco el que trabajaba para Elías y Gómez. Era un Carvajal privado, dedicado por entero a una obsesión.

No sé bien por qué. Me consta que te tenía afecto, por supuesto: desde aquel día en el mercado, cuando quisiste birlarme la cartera que, distraído, aún sostenía tras pagar por unas frutas. Un punto para ti, Ghalil: te habría regalado mi cartera por lo mucho que me divertí. Un punto para ti y tus piernas flacas y veloces como las de un gamo asustado, aferrando tu botín y corriendo hasta que (imprevisto en tu magnífico plan) comprendiste que yo no iba solo, y que Hidalguito también era rápido, y más fuerte. Claro que te tenía afecto. Y fuiste leal, pero obviaré también ese aspecto, porque no eras un perro, aunque te mataran como a uno: a los hombres no se les debe recordar solo por su lealtad. No fue eso. Fue lo que dijiste.

Brujas. Las palabras importan. Por ellas matamos y morimos.

Estaba obsesionado. Todos los días al acostarme prometía abandonar, y todos los días al despertarme me juraba que lo intentaría de nuevo.

«Brujas» era algo, y tenía que aparecer en algún sitio. ¿Puedes creerlo, Aladino? No, claro que no. Nadie podría. O quizá sí. Pero cuando sabemos parte de la verdad no necesitamos que nos crean: solo necesitamos la verdad completa.

Me la entregaste como si frotaras la lámpara de tu apodo.

Me correspondía a mí afrontar lo que apareciese: genio, hada...

O bruja de verdad.

Recuerdo mi cansancio en esa época. Regresaba a casa extenuado, me acostaba, cerraba los ojos, dormía sin placidez y sin sueños. Los grandes procesos históricos que tenían lugar a mi alrededor... Echaba un vistazo como desde lejos y me limitaba a cumplir con mi deber de cerca. ¿Qué quedaba de mi fuego falangista? ¿Qué quedaba en todos nosotros? Empezaba a estrechar mis intereses: la sonrisa de mis niños, poder compartir contigo una tarde de sábado recorriendo el vientre que albergaba nuestro tercer hijo. No veía España: veía mi hogar. El asesinato de Ghalil me había vacunado contra la historia. Ignoro con qué soñaba Elías, pero yo tenía la sensación de que tus seres queridos, lector, tu vida y tus felicidades son las cosas por las que de verdad, siempre, todos hemos luchado. Si debía luchar, sería por ellas.

Un día de otoño, cuando Hidalguito trajo el café, preguntó, como de costumbre:

—¿Necesita algo más, capitán?

Lo pensé un instante y lo invité a sentarse.

—Muchas cosas, Hidalguito. —Fingí indiferencia—. Imagino que igual que tú.

—Yo no. Se lo decía a mi mujer el otro día: con las dos criaturas que Dios y ella me han dado, ya voy servido. Me gusta mi trabajo, soy feliz. —Se inclinó hacia mí y bajó la voz—. Es que ni un aumento necesito, mire. Pero de esto que no se entere ella.

—Guardaré el secreto —le dije mientras echaba un terrón de azúcar en el café. Contemplaba sus ojos claros, algo cohibido. No sabía cómo comenzar ni qué iba a decirle, o qué pretendía de él en realidad. Mi guardaespaldas esperaba, los ojos abiertos y fijos en los míos—. ¿Qué tal tu familia en Ceuta? —pregunté torpemente—. ¿Se adaptan?

—¿Que si nos adaptamos? ¡Si casi somos «caballas», capitán!

—Ah, cierto. —Era una pregunta estúpida, hasta yo lo supe. Precisamente Hidalguito me había hablado de su familia y sus dos hijos días antes, en un paseo en coche por Benzú, el barrio limítrofe con lo que ya no era España—. Te casaste aquí.

—Ya le digo. Mire... Mire si estos diablillos se adaptan o no...

Me frotaba los ojos, y, al abrirlos, allí estaba, sobre la mesa, todo el tesoro de Hidalguito. Trenzas, sonrisas, triciclos en medio de un jardín modesto. Pelotas, pantalones cortos, llantinas de Fernandito, recién nacido. Teresita y su cara de niña sabia a sus cuatro años de edad. Hidalguito y Teresa, los padres, las abuelas. Todas aquellas cartulinas de su felicidad extraídas de la cartera, depositadas en fila, frente a mí.

—¡Vaya si mi Teresita es lista! —me contó Hidalguito sus proezas—. ¡Que ya lee y todo! ¡En serio! La madre le pone letras de esas de los cubos y ya te forma palabras... Le encanta jugar con ellas. ¡A esa le va a gustar leer más que a usted, que ya es decir!

—Yo tampoco necesitaría un aumento si fuera tú —dije—. Qué guapos son.

—Somos afortunados, capitán. Usted y yo —precisó.

Le di la razón, pero justo en ese instante, entre las

fotos, vi erguirse el rostro de Ghalil. Inocente oliva de ojos grandes y muertos. Su mirada me decía que a él se le había prohibido aquella fortuna íntima. Había sido niño y tenido una familia, pero había nacido en mal momento. O conocido personas como el capitán Carvajal.

Le dejé recoger las fotos, y me incliné sobre el escritorio.

—Oye, Hildaguito... Quiero... Quiero que hagas algo por mí.

Puso la misma expresión ceñuda y concentrada que adoptaba cuando buscaba bombas-lapa bajo el coche antes de que yo me subiera.

—Lo que quiera, capitán.

Noté su eterna lealtad. Era fuerte como un diamante encerrado en una urna de cristal. Al fin no pude seguir sosteniendo su mirada, o mi mezquindad.

—Quiero que... te tomes unos días de permiso para estar con tus hijos. A esas edades necesitan de ti. Es una orden.

Se negó. Bromeé. Volvió a negarse. Fui inflexible. Aceptó a regañadientes.

Me sentí mejor al quedarme solo. Pero la sonrisa, esa vez, se hizo humo, como ascua de cigarrillo.

Mi búsqueda era mi obsesión privada, y debía seguir así. Había estado a punto de solicitar ayuda, pero no lo había hecho. Mi carga era pesada, pero mía.

No podía cedérsela a nadie.

A fines de año habíamos archivado, o destruido, todo lo que poseíamos.

Nada había aparecido en mi criba.

En el ínterin, tampoco había ocurrido nada notable

en aquel «parto de los montes» que había sido el proceso de independencia. En otoño comenzó el éxodo en paz. Cerramos la tienda, en expresión de Gómez. Ignoro cómo quedarán reflejados estos días en la historia (nunca lo sabré, ahora que he muerto), pero a nuestro centro de información en Ceuta nos llegaban noticias problemáticas: negocios clausurados, familias dejando atrás casas y recuerdos, militares desarraigados. Como en los lejanos días de mi descenso a la Bolsa de la Serena o mi estancia en Cádiz con Rafa Márquez, no me abandonaba la sensación de que algo inminente ocurriría de un momento a otro, de que había signos emboscados como francotiradores que amenazaban de lejos. Pero no sucedió nada. Nuestras peores fantasías no se cumplieron. Incidentes, sí, pero fueron asunto de las fuerzas del orden. A gran escala, como Gómez nos hacía mirar, nada notable.

En cierto modo, Ana, mi pequeña, tú también elegiste esos meses de otoño para emigrar. A comienzos del nuevo año abandonaste la privacidad protectora de tu madre e iniciaste el éxodo a un lugar nuevo. Te apreté contra mí en el hospital y envidié ser mujer: deseé construirte una casa con mi cuerpo, un nido cálido para tu pequeña migración de vencejo, hacer de barrera, de revellín de carne ceutí entre tu pequeña vida y el escenario que cambiaba. Pero cerrabas los puñitos como deseando luchar. «No me harás un favor si solo me cuidas —parecías decirme—. Déjame hacer las cosas por mí misma.»

Tu llegada, de cualquier modo, me ofreció una vía de escape para mi dolorida memoria. La pesadilla desapareció, la sombra de Ghalil fue difuminándose como una niebla matutina, igual que el coche negro, Perro Enfadado y hasta «mi» palabra.

A principios de verano Elías hizo una visita relámpago, extraoficial. De hecho, vino con Sheila. Las relaciones entre ambos no parecían haber cambiado, acaso se hacía ostensible el cariño como un condimento espolvoreado sobre sus gestos cuando estaban juntos. Los llevé a Monte Hacho a comer y luego subimos más allá de Benzú hasta los miradores del cerro desde donde se aprecia una colina que los lugareños tienden a evocar como La Mujer Muerta: una colosal atlante de la antigua mitología esperando alzarse para cerrar el círculo de los tiempos. Cuando subimos las nubes impidieron adivinar su orografía, y Sheila (más divertida que de costumbre, lo cual significaba que, a ratos, oíamos su ronca risotada) se quedó sin espectáculo. Pasamos allí un tiempo, Elías y yo, observando el mar a nuestros pies, las rocas sobre nuestras cabezas. Recuerdo a Sheila señalando una flor en la cuesta y a ti, Ángeles, acercándote a admirarla.

—¿Estáis bien? —preguntó Elías.

—Nos apañamos —dije.

—Estaréis hartos de tantas mudanzas.

Le quité importancia.

—Bah, los niños son demasiado pequeños. Y Carlos ya me pregunta: «Papá, ¿cuándo nos mudamos otra vez?»

Compartimos risas y fuego: ahuequé la mano mientras usaba mi mechero para ambos. El viento, en aquella altura, un viento de mar con olor a campo, convertía el humo en líneas horizontales de vaho.

—Te diré. —Elías jugaba con mi mechero aún, como si se pensara si devolvérmelo—. Al Pequeño lo van a enterrar. Está acabado.

—¿Qué ha pasado?

Elías dio una profunda calada.

—Lo que ya te anticipaba. Ve conjuras por todas

partes. Banqueros yanquis unidos a Osos, planes para aprovechar la independencia de las colonias... Ahora que estamos abriéndonos al mundo esas ideas no son bien recibidas. Se veía venir.

—Supongo —admití—. Pero ¿está ya decidido...?

—Casi. Y creo que me llamarán a mí.

Me apenaba por Gómez, pero ¿qué otra cosa podía desear mejor que aquella? Elías, futuro candidato a jefe de la inteligencia militar española. En cierto modo, cada vez lo veía más lejos. Como si lo contemplara con un telescopio invertido, allí, en aquel vasto horizonte.

—Y si me siento en el trono, te llamaré.

—No, no —contesté sin pensar. Era sincero: yo tenía ya cuanto quería—. No tienes que tentarme más —añadí, y sonreímos como dos viejos viciosos que admitieran que todo lo que se desea acaba corrompiendo.

—Dime que sí. Aquí y ahora.

—No sé, Elías. Me gustaría seguir subiendo, claro, y sobre todo me alegro por ti, pero... Como diría Hidalguito, ya tengo todo lo que deseo. —Le conté la anécdota de mi joven ayudante superficialmente.

—Oh, pequeño bastardo afortunado —dijo Elías sacudiendo la ceniza—. Te caen del cielo los honores y te das el gustazo de pensártelo.

—¿No hablabas de sentar la cabeza?

—Te llamaré. —Me apuntó con un dedo neroniano—. Y tú vendrás.

Éramos dos hombres satisfechos, Elías y yo. El Protectorado había sido plegado y enviado a España, las fronteras estaban marcadas, nuestro trabajo había merecido elogios desde el Alto, y él estaba a punto de ascender. Los temores de Gómez con las sociedades ocultas de gran poder parecían solo un jirón de aquel viento que nos empapaba. Sobre nosotros, las nubes se reunían. Pero en mi horizonte no había ni una sola mancha. Poseía un trabajo satisfactorio, tres hijos maravillosos y alguien como tú a mi lado. Igual que Hidalguito, yo tampoco necesitaba un aumento, por mucho que, al final, sabía que acabaría aceptando lo que Elías me propusiera.

Llegué a pensar: «Podría morirme ahora mismo.»

El destino, siempre sonriente, apuntó mi frase.

17

Encuentro en Tetuán

—Quieren verle —dijo Mahmoud sin rodeos.

Me crucé de brazos de pie, apoyado en el escritorio.

—Quién.

—¿*Chorfa*? —Se encogió de hombros—. No sé. Gente de Ben Bella, creo.

Ben Bella era uno de los líderes más carismáticos del independentismo argelino, aunque estaba encarcelado. Pero cualquier contacto con sus hombres nos interesaba: Hidalguito y yo cruzamos una mirada a través del despacho, sumidos en la penumbra de las cortinas cerradas. La luz de mi escritorio pintaba las facciones del confidente. Mahmoud había sido uno de tantos correveidiles en el antiguo Protectorado y ahora hacía de enlace de poca monta entre las distintas facciones del independentismo y nuestro gobierno. Era un hombre hosco, calvo, de barba cerrada. Se sabía que tenía una mujercita en Tánger que aún no había cumplido los trece. No parecía alterarse por nada. ¡Qué frío era! Su desconfianza estaba escrita en sus células. Yo ya los conocía bien a todos ellos. Podría darse el caso de que, con el tiempo, nos hiciéramos grandes amigos de los moros, pero el prólogo siempre era el mismo: suspicacia, distancia. «¿Qué haces en mi tierra?», parecían preguntar. La entrevista la había solicitado Mahmoud a fines de agosto. Yo acababa de regresar de un permiso vacacional donde habíamos estado en Madrid y Granada, con mi hermana, y aquello me pareció una buena manera de reincorporarme.

—¿Quieren verme a mí en especial? —precisé.

Algo parecía hallar Mahmoud en sus propias manos mucho más interesante que lo demás. Eran manos de dedos nudosos y manchas de vejez. Las frotaba entre sí.

—Mencionaron su nombre y su cargo —dijo Mahmoud—. Hotel Nacional en Tetuán. Pero debe ir solo. Si lo sigue uno de los suyos, esto se acaba. —Yo fingía sopesar mis posibilidades pero me sentía entusiasmado. Todo indicaba que era un contacto directo con el FLN, un paso adelante para nuestras redes en el Norte de África, la guinda del pastel, ya que ahora todos los focos, nacionales e internacionales, centraban su atención en aquel partido oceánico al que iban a desaguar muchas facciones, y cuyo papel en Argelia era decisivo.

Hidalguito interrumpió mis pensamientos.

—¿Sí? ¿Y qué más? —Se inclinó sobre el hombro de nuestro informador, que no lo miró—. No te lo crees ni tú, Mahmoud. ¿Cuánto te han pagado por venir a decir esto? ¿Eh? —Le gritaba al oído, las mejillas rojas—. ¡Habla!

—No me han pagado nada —dijo nuestro soplón sin inmutarse—. Ustedes pagan.

—¿Y crees que seremos tan cretinos de pagarte por esto?

—Solo traigo un mensaje.

—¡Aquí queremos información, no carteros, Mahmoud!

—¡Pues no paguen! —Se encrespó el otro, cambiando miradas conmigo, como quien apela al jefe de un empleado inútil—. ¡Déjeme marchar! ¿Qué más quieren?

—¡Queremos nombres! —Hidalguito había perdido el diminutivo. Se desgañitaba, enrojecía de cólera. Más de un hombre recio había visto yo desmoronarse ante aquella transformación, y ambos contábamos con eso, pero Mahmoud quizá conocía la farsa porque se mantenía impávido, incluso sonreía—. ¡Ya puedes regresar y decirles que aquí nadie va a ir «solo» a ningún sitio, y menos mi jefe! ¡Si quieren algo, que den la cara! ¡De qué te ríes! ¡Mírame! ¿Crees que estoy de guasa?

—Mi contacto es de Tetuán —gruñó Mahmoud—. No tiene nada que ver con ellos. Me dijo que querían hablar con usted... —Me señaló—. Que fuera solo. ¡No sé nada más!

—Día y hora —dije.

Ambos me miraron con ojos muy abiertos, quizá por motivos distintos.

Cuando le dimos el portazo al informador, tras establecer las coordenadas de la cita, Hidalguito se acercó. Pensé que también se indignaría conmigo.

—Capitán, con todo el respeto, no voy a permitir que...

—Por supuesto que no iré solo —lo tranquilicé—. Tú también vendrás, les guste o no. Pero no podemos perder esta oportunidad.

Ignoro si soy valiente, pero sé que soy cobarde ante el miedo de otros. En Hidalguito apenas fue una nube pasando ante sus ojos. En ti, tras contarte lo que pude sobre aquel viaje improvisado, mi esfuerzo por sonreír extinguió tu sonrisa.

—No pongas esa cara —refunfuñé—. Me voy el sábado y vendré el domingo. Voy a Tetuán, tan solo.

—Tú nunca vas «tan solo» a ningún sitio —bromeaste.

Insistí en salir temprano, incluso exageradamente para tratarse de un viaje en coche a Tetuán. Sabía lo que me esperaba en compañía de Hidalguito, y este no me defraudó: durante el trayecto me hacía repetir casi sin pausa sus copiosas instrucciones, o las murmuraba para sí, como grabándolas en la memoria militar que nunca le abandonaba, mientras conducía con diestra cautela por las veredas polvorientas rodeadas de terrenos de cultivo. Yo escuchaba y asentía cuando se me daba ocasión: «No nos separaremos... Usted delante de mí... No debemos mirar al otro... Yo aguardo en la esquina...» Ambos conocíamos perfectamente el hotel, la angosta calle donde se encontraba, las esquinas que lo flanqueaban, y trazamos un plan en el que parecería que yo me acercaría a solas, mientras mi hombre de confianza, apostado en una bocacalle, no me quitaría los ojos de encima. Estábamos seguros de que el hotel sería solo el lugar de recogida, de modo que, fiel a su meticulosidad, Hidalguito cronometraba mentalmente el tiempo necesario para alcanzar su coche y seguir al supuesto vehículo donde me llevarían. En estas discusiones nerviosas y en fumar transcurrió el viaje. Tetuán ya estaba animada de sol y muchedumbres, pero contábamos aún con media hora de margen que propuse pasar en la medina. Hidalguito no había vivido en Tetuán, y le dije que era uno de esos lugares que no podía perderse.

—No sé —dudó—. Vamos con el tiempo justo, capitán, ¿usted cree?

—Hazme caso. Solo verla.

Aprovecharía, además, le dije, para llevarles algunos

recuerdos a nuestras respectivas familias. Conocía una tienducha de paños finos, apropiadamente instalada tras dar un par de vueltas por aquel laberinto atestado. El sentido de la seguridad de mi guardaespaldas hizo sonar la alarma cuando nos sitiaron decenas de chavales pidiendo u ofreciendo algo, o tratando de guiarnos por los vericuetos. Mi pobre amigo me miraba esperando que ordenase retroceder, pero toda mi obsesión era recalar en aquella tienda con mercadería «que tanto va a gustarle a tu mujer, Hidalguito, ya verás». Arribamos al fin a un comercio de babuchas y paños preciosamente bordados, cuyos arabescos en nada se diferenciaban de la red tupida de seres humanos que nos asediaba, como una representación microcósmica. Los ojos de Hidalguito se perdieron en tales bordados, y, al alzarse, yo ya había desaparecido.

Conocía bien la medina, y me abrí paso con facilidad. Miré el reloj y me felicité: hasta ahora todo había salido según mi plan. De allí al hotel Nacional, apenas unas cuantas calles. Con suerte, para cuando Hidalguito comprendiera que le había dado esquinazo, yo habría ya establecido contacto. Por mucho que no me gustara, era necesario despistarle. De hecho, no había informado de mi entrevista a la central de Rabat, ni siquiera a Elías, por evitar estropearla. Estaba convencido de que, fuera quien fuese la persona o personas que querían verme, el único riesgo que podía correr era que cancelaran la operación si creían que les había engañado.

El hotel Nacional, estrecho, recoleto, no había cambiado mucho desde la época del Protectorado, aunque habiendo transcurrido apenas un año desde dicha época no entendía bien qué cambios esperaba encontrar. De todas formas, los hoteles se parecen todos entre sí, a lo largo de los tiempos y sistemas. Había moros a la entrada que abrían la puerta o te observaban en busca de equipaje que trasladar o direcciones que ofrecer, pero ninguno parecía estar esperándome. En el vestíbulo, oscuro y fresco, se asomaba un recepcionista inquisitivo. Lo saludé, pero me demoré en dirigirme a él. Alguien que bajaba unas escaleras dejó una llave en el mostrador. Yo eché un vistazo a mi reloj en un ademán típico de espera.

En mi imaginación, Hidalguito, dolido y confuso, habría realizado ya el doble hallazgo de encontrar la salida de la medina y comprender mi truco. En cuestión de un minuto podía tenerlo allí, y pensando eso alguien me rozó el codo. Joven, árabe. Luego se alejó. Salí tras contar ocho, no los diez que me había exigido en las instrucciones susurradas, como cuando de niño hacía trampas en el escondite, obsesionado con que mi guardián no me alcanzara. Un destartalado Peugeot amarillo traqueteó en la entrada y alguien me hizo gestos desde el asiento trasero. Eran moros, uno junto a mí, dos delante, pero no reconocí a ninguno. No bromeaban: se aseguraron dos veces de que, en efecto, no eran seguidos. En una esquina se detuvieron para que entrase alguien.

—Abdallah Fuzat —lo saludé—. Ya todo un hombre. ¿Estás secuestrándome?

—Yo soy la bienvenida, capitán —replicó—. No piense mal de mí.

Abdallah Fuzat era un contacto menor en las filas del FLN. Un «chico de armas» que había dado muchos tumbos hasta optar por el radicalismo y ser admitido entre los grandes. No era el banquete que esperaba pero tampoco un plato desdeñable. Me miraba amenazadoramente, allí, reclinado en su asiento, envuelto en su chilaba, con su barba descuidada, pero yo sabía que no iba contra mí. O eso deseaba creer.

Enfilamos calles que llevaban a las afueras. Habíamos dejado atrás lugares llenos de recuerdos punzantes, tibios, como la academia de árabe donde te había conocido. En los pocos años transcurridos tras mi última visita a la ciudad, Tetuán había cambiado en algo indefinible, aunque por otra parte siguiera siendo la misma.

—¿Por qué todo este tinglado? —pregunté.

—¿Tinglado? —La palabra, en castellano, no pareció hacer eco en Abdallah.

—Este montaje. Creía que esto iba a ser una entrevista.

—Habrá entrevista.

—Ah, esto es el aperitivo.

No sonrió. Sus negros ojos parecieron distribuir sombras.

Deduje que no íbamos a ningún sitio especial, porque no me habían vendado. Claro está que un Ángel Carvajal más aprensivo se sentía incómodo con la hipótesis de que no les importara lo que yo pudiera ver o saber, porque ya habían decidido que no regresaría para contarlo, pero eso era solo parte de mi ansiedad, y no la mejor parte. No obstante, era la que a ellos les interesaba explotar.

—¿A quién representas, Abdallah?

—Somos familia grande.

—Pero no unida, ¿verdad? Ahora tenéis todo el pastel y os peleáis por los trozos.

—Familias grandes se pelean —dijo—. Pero se unen frente a familias enemigas.

Me disponía a decir que no me había contestado cuando me invadió la visión del mar. Al poco de recorrer el paseo de casas viejas en la playa Río Martil, nos detuvimos en un área desierta. En esa playa también habían transcurrido muchas de nuestras horas felices, Ángeles, pero ahora estaba vacía. Nubes empujadas por el levante creaban repentinas manchas. Otro coche, este blanco, se hallaba estacionado detrás. Abdallah, fiel a su papel disuasor, me ordenó salir del vehículo y apoyar las manos en la carrocería.

El registro no fue exhaustivo pero no por eso menos violento. Yo no iba armado. Encontraron (y me devolvieron) mi billetera. Luego me hicieron entrar de nuevo tras haber tomado un poco de aire salado envuelto en la frescura del día.

—¿Y ahora? —pregunté impaciente—. He cumplido mi parte, he venido solo, pero si mis hombres creen que he desaparecido, no tardarán...

Abdallah lanzaba miradas hacia atrás. Deduje que el verdadero personaje estaba en aquel coche blanco, pero aún no se sentía del todo cómodo para mostrarse.

—¿Qué influencia tienes en gobierno español? —dijo Abdallah de sopetón.

—No preguntes a lo grande. Además, una cosa es Madrid y otra Ceuta.

—Así que, ¿no eres nada en gobierno de España? —Acentuó «nada». Su tono era como el de quien se empeña en comprar algo que luego le decepciona.

—Soy poco —repliqué.

—Cierto —dijo otra voz junto a la ventanilla abierta de mi lado—. Pero es honrado. Y tiene *baraka.*

Experimenté una doble sensación: no me sorprendía verlo de gran jefe de un grupo radical, pero, a la vez, su simple presencia me irritaba. Caminaba con una seguridad impropia de su ventrudo cuerpo, como si el mundo fuera suyo y a mí se me considerase un mero huésped. Desde luego, aparentaba más vigor que aquella última vez, cuando se despidió en Algeciras, no digamos cuando lo vi como embutido en el bacalaíto de la medina, oscuro en su chilaba, con su mirada pesarosa. Ahora vestía chaqueta de codos gastados y pantalones grises. Le sentaban bien: incluso había adelgazado. Pero, paradójicamente, los diez años de distancia parecían haber hecho más estragos en mí que en él. Lo unificador era el mar. Mar entonces y mar ahora: como si las olas nos hubiesen devuelto el uno al otro.

Acepté su invitación a pasear y, custodiados de lejos por sus hombres, caminamos por la playa desierta. Las nubes fingían un falso atardecer en la soleada mañana.

—¿Sorprendido, capitán? —preguntó el señor Rahini.

—No —contesté con sinceridad.

Con su silencio me otorgó el derecho a no sorprenderme. Eso me enfurruñó más. Era una tierra de hombres cautelosos, me recordé a mí mismo. Lo esperan todo de otros, y por tanto no esperan nada.

—No debe juzgar mal a Abdallah —dijo al fin, como un comentario al margen—. La etapa más difícil de cualquier carrera es la final. Nos parece que llegamos ya a lo que antes veíamos tan lejos, y eso... El hecho de estar a punto de obtener lo que deseas...

—Marruecos ya es independiente. ¿No es lo que deseaban?

—Pero no nuestros hermanos. Lo deseamos todo: ambiciosos como occidentales.

—Parece que la venta de chilabas y paños no colmaba esas ambiciones, señor Rahini. ¿Las armas le dan más dinero?

—Yo podría decir lo mismo respecto de su trabajo de interventor, capitán.

No había perdido aquel tono burlón de suficiencia. Nos detuvimos junto a un grupo de rocas. Las nubes eran como las hojas de un libro que el viento leyera.

—¿Me ha seguido la pista todos estos años? —pregunté.

—No, pero cuando lo expulsaron de Argel su nombre se hizo, digamos, popular. Fue entonces cuando empecé a pensar en una posible entrevista.

—¿Y por qué elegir el Frente? —indagué—. A usted le va luchar solo.

—Un hombre puede tener amigos sin perder su soledad.

—Luchar no es tener amigos, es crear enemigos.

Hizo algo que podría haber sido muchas cosas, un hipo, un gruñido, pero era su risa. Conocer la forma de reír de los otros: eso, pensé, requiere tiempo.

—Enemigos —repitió—. Hoy día no es necesario mucho esfuerzo para tenerlos, capitán. Lo de mi pertenencia a este grupo viene de lejos. Ya le dije: mi deuda con España quedó pagada con la vida de mi hijo. Ahora intento pagar la deuda con mi pueblo. Y, a decir verdad, no soy del Frente por completo. Soy de una facción más, y me han hecho líder. No somos excesivamente influyentes, pero nuestra opinión cuenta. Me consideran alguien que piensa, y anticipa, con ayuda de Alá. Porque hay situaciones en las que ver lo que sucede no es suficiente: hay que saber por qué sucede, y así conocer lo que sucederá. —Fijó la vista en el horizonte—. Ustedes invadieron nuestra tierra, una tierra pobre y mal gobernada, pero nuestra. Eso produjo una ola que luego se retiró. Ahora se retiran ustedes para dejarnos paso. Pero mis ojos no están viendo la ola que avanza, porque esa ya se está retirando. Intento ver la que viene detrás.

Me enfundé las manos en los bolsillos.

—Sabia costumbre —comenté—. ¿Y qué necesita de mí?

—Honestidad, capitán.

—Es una mercancía que solo puede pagarse devolviéndola, señor Rahini.

—Bien, pero quiero ver la de ustedes primero. En estos momentos necesitamos saber cuánto nos apoya su gobierno. Que todo quede claro entre España y nosotros.

—No sé si le sigo.

—Hace días un barco cargado con armas para el Frente argelino fue detenido por guardacostas españoles. Luego, cuando se reúnen con nosotros, aseguran que luchan a nuestro favor, contra Francia. Pero si es así, háganlo. Protejan a nuestros refugiados. Envíennos armas. Tomen decisiones.

—La fachada no es el interior. De cara a Europa, apoyamos a Francia.

Una débil sonrisa encajó de pronto su semblante, como si sus rasgos necesitaran justo aquella emoción para significar algo.

—No le pido enemistarse con nadie. He elegido hablar con usted porque me parece un hombre honesto y sensato. Olvidemos los bandos: usted no sirve a España, yo no sirvo al Frente. Solo quiero ayudar a mi pueblo. Mi pueblo es el pueblo musulmán. Hace siglos nos convencieron de conquistar. Pero la historia nos ha enseñado que, así, los derrotados somos nosotros. Por pretender tener todo lo perdemos todo. Ahora solo queremos un gobierno nuestro. Su país está de acuerdo. Solo le pido que lo demuestre. Es importante decidir en qué bando estamos.

De pronto me asaltó un recuerdo: mi padre en la sierra de Granada, la tarde de sol desangrado. Entonces y ahora mi conducta había sido igual: aceptaba, discrepaba.

—Haremos lo que podamos —dije.

—No le pido más.

Aquella «rendición» de Rahini, aquella calma tras mi vaga respuesta, me convenció. Supe que hablaba con absoluta confianza y absoluto orgullo, de igual a igual, como había hecho muchos años atrás con el cautivo español a quien luego mató cara a cara. En Rahini, matar y hablar eran formas de respeto. Decidí que estaba delante de un hombre en quien podía confiar.

Y sintiendo eso, una puerta largo tiempo cerrada giró sus bisagras dentro de mí.

—Solo pido algo a cambio —dije.

Frunció el ceño.

—Qué quiere de mí.

—Busco... —comencé, cauteloso—. Necesito una información.

No sé qué me ocurrió. Soy reservado, ya lo sabes. Mi corazón ha estado siempre encerrado y muy pocos habéis tenido la llave. No digamos ya alguien que trabajaba en el bando contrario. Quizá fue que habían pasado dos años, y la ausencia de hallazgos y nuevas pistas, así como de alguien con quien poder desahogarme (porque Elías era mi jefe además de mi amigo), me habían roído lentamente. Rahini parecía escuchar con mucha más atención mi emoción extensa, desplegada en interminables silencios, pausas, miradas al mar. Conté lo de Ghalil, incluso la palabra que había creído que me comunicaba. También hablé de la coincidencia de aquella palabra con mis sueños. Al escuchar mi propia voz me sucedió algo: enrojecí. Sonaba como una confesión íntima. Me callé, y el mar marcó los segundos. Los chillidos de las gaviotas lo distraían. Más allá, en la carretera, los hombres de Rahini esperaban, asomados al parapeto como estatuas.

—Repítame el nombre —pidió Rahini con calma—. Ghalil Yussef... En Argel. Probablemente lo eliminaron a él y a toda su familia por soplones, pero lo averiguaremos... —Y me miró fugazmente—. Le honra sentir afecto por alguien de los nuestros, capitán, aunque no puedo decir que ese muchacho lo fuera. Pero reconozco que le honra.

Había dicho aquello con lentitud, fijando los ojos en mí. Fue sabio.

Cuando respiré hondo, fue como si imitara las olas.

—No, señor Rahini, no me honra. No lo hago solo por la memoria de ese chico. Quiero saber quién lo asesinó, sí, y si puedo llevaré al culpable ante la justicia, pero eso no es todo. Le confieso que no sé por qué creo que esa palabra es importante. Es una sensación más que una información.

—Yo les doy más importancia a las sensaciones —dijo.

—¡Puede que sean sus creencias, no las mías! —repliqué algo irritado.

—No creemos en lo mismo, pero desconfiamos de cosas parecidas —dijo Rahini—. Yo tampoco me dejo llevar por las casualidades y el azar, capitán, no se confunda, pero sé que Alá tiene su propia forma de revelarnos la verdad, y a veces un sueño o una palabra son suficientes. Creo en la *baraka,* ya se lo dije, y creo en usted. Nuestros países... Eso no existe. Nuestro pueblo, sí. Creo en eso. Los gobiernos vienen y van como esas olas. Se preguntaba usted antes por qué escogí el radicalismo armado. La respuesta es porque lo único que podemos hacer en nuestra vida, capitán, sea lo que sea, lo hacemos para las personas. A los gobiernos no les importan las personas, y a ciertos grupos que quitan y ponen gobiernos tampoco.

Lo miré. Rahini seguía oteando el horizonte.

—¿Así que usted cree en eso? —pregunté—. ¿Grupos de presión clandestinos que absorben todo el poder, más allá de los pueblos y los gobiernos?

—De hecho, están actuando en Marruecos y Argelia, nos consta. Y en su país.

—¿En mi país?

Rahini asintió.

—Desde la guerra. En realidad, usted fue testigo a su pesar de una de sus brillantes actuaciones.

—Explíquese.

—Mi grupo siempre ha sabido que lo de Cádiz estuvo preparado. El almacén de minas se hallaba en mal estado, sí... Pero alguien ayudó a que eso ocurriese... Incluso se dijo que habíamos sido nosotros.

Lo miré anonadado. Incluso me irrité. Pensé que, como un viejo mago, el líder radical me había embelesado hasta el momento de mostrar su burdo truco.

—No me venga con historias... Si fuera así, yo lo sabría.

—Fueron solo rumores —repuso con calma—. Ningún país estaba detrás de lo ocurrido, ningún gobierno concreto... Pero los gobiernos son simples aliados del poder. No están arriba del todo, forman un pequeño pueblo gobernado por otros. Hablo del poder real. Hace años que ya no hay reyes de verdad en el mundo, y eso lo sabemos todos, así que ¿por qué nos cuesta creer que tampoco hay presidentes de verdad? Hay a quienes beneficiaría un enfrentamiento con el mundo musulmán. Gente que quiere que las olas sean cada vez mayores, y arrastren más cosas hasta que se produzca un nuevo Diluvio.

—¿Quién querría eso?

—¿Los constructores de barcas? —Por primera vez Rahini sonrió con franqueza—. O quizá... «las brujas»... Puede ser un nombre en clave. Es lo que usted cree, ¿no?

—He buscado en todas partes y no he encontrado nada —admití.

—Y no lo encontrará. La palabra es parte de la tarta. Tras la guerra dividieron las porciones. El resto de los países somos solo colonias. Nosotros ya tenemos la «independencia»... Pero ¿y España? ¿Es independiente? ¿Para quién trabaja su país, capitán? Su... Generalísimo, a cuyos pies murió mi hijo, ¿qué es en realidad? Le diré cómo lo juzgará la historia: como a los poderosos les convenga, así será juzgado. Por ahora, hace lo que los poderosos desean. Ayer era siervo de los nazis. Ya ve, también España es una colonia. Lo de Cádiz... Mire, nosotros no sabemos quiénes fueron exactamente, pero sabemos por qué lo hicieron: un gesto de advertencia hacia Varela. Recuerde que su actitud de apertura cambió poco después. Su país prohibió el nacionalismo radical, arrestaron a nuestros líderes... Fue un golpe al timón para cambiar de rumbo.

—¿Por qué querrían enemistarnos? —murmuré entre dientes, aún incrédulo.

—Una guerra abierta entre dos formas de entender el mundo, capitán. La excusa perfecta para que las «independencias» desaparezcan y las colonias se anexionen con los grandes estados. Moros contra cristianos, además. Desde las Cruzadas viene ocurriendo: para que el pueblo entregue su vida, cree un ideal. No diga: «Vamos a apropiarnos de sus riquezas», sino «vamos a expulsar a los herejes, a derribar a los tiranos, a ser libres».

—Usted lucha por ser libre —protesté.

—Yo lucho por las personas, ya se lo dije. Ahora mismo voy a intentar luchar por usted. Nos mantendremos en contacto, capitán —prometió, y giró su voluminoso cuerpo, pero se detuvo—. Sería bueno que no comunicase esto a nadie más.

Lo seguí avanzando torpemente, desconcertado, por la arena.

18

Automóvil negro fúnebre

Los hombres de Rahini me devolvieron al comienzo del Ensanche Español y caminé sin prisas hacia el hotel Nacional. Frente a este, dándome la espalda, estaba Hidalguito. Te veo ahora, «hombre de confianza», volviéndote hacia mí, desconcertado, aliviado al pronto, algo rencoroso.

—Lo siento —dije.

—Ahora que ya está usted bien, no importa —replicaste.

No nos paramos ni a comer. Ninguno de los dos tenía apetito. En el viaje de regreso (seguías serio y ceñudo, con toda razón) te ofrecí explicaciones parciales: sí, me había entrevistado con un cabecilla y habíamos establecido un marco para futuras conversaciones. No es que me hubiera revelado nada nuevo, pero contábamos con un contacto en el Frente que podía dar a España una posición ventajosa en la guerra argelina. Nada dije sobre Ghalil, mucho menos sobre la revelación de Rahini acerca del horror de Cádiz. El peso de mi silencio en los hombros era un fardo. Pero lo que a ti te importaba de verdad, lo realmente crucial, era que yo te había engañado.

Miré a Hidalguito mientras conducía.

—¿Me habrías dejado ir solo a la entrevista si no llego a jugártela? —inquirí.

—Ni en sueños, capitán —repuso con la vista fija en la carretera.

—Por eso no te dije nada.

—La próxima vez me tendrá usted pegado a sus talones como un perro. —Su enfado se deshacía como nieve matutina—. Si soy su hombre de confianza, también tengo que confiar en usted.

—Tienes razón —dije, pero ya no pensaba en mis diferencias con él.

Por supuesto, Hidalguito había avisado a Rabat, sin saber qué otra cosa hacer, y allí ya tenían constancia de mi entrevista privada y mis actividades. Me llamarían a capítulo, probablemente, pero yo mismo quería hablar con Elías cuanto antes. En casa, el final de mi rápida aventura tetuaní fue celebrado con abrazos, barahúnda de niños, preguntas y respuestas sin importancia. Pero, al llegar la oscuridad, yo miraba al techo.

Y entonces se me aparecía otra cosa.

Una especie de presencia, modesta, cubierta de sucesivas capas de sonrisas, infinita tristeza y, en lo más hondo, eterna frialdad y eterna rabia. Cara de Perro Enfadado repantigado en su automóvil negro fúnebre. Me imaginaba que aquel desconocido representaba todo lo malo que había contemplado en mi vida: aquello que había hecho que derramáramos sangre de compatriotas en una horrible guerra civil; lo que nos hacía optar por los extremos para proteger unos intereses que, en realidad, ignorábamos; el hombre que segó, indirectamente, la vida de Ghalil... Era como si el origen de todos los males se hubiese revelado de improviso ante mí, disculpándose con suave humildad: «Perdona, Ángel, por haberte acompañado toda la vida en silencio. Habríamos podido seguir así durante un tiempo, pero... ah, ya me has visto. Ahora debo hacer algo.»

Elías y yo quedamos en un café cerca del puerto de Ceuta dos días después. Era uno de esos sitios a los que nos gustaba ir antes de que él fuera «director de todo» y yo «del resto que quedaba». Vocinglero, oloroso, lleno de iconos de nuestra España, desde toros hasta banderas. Un sitio que nos hacía pensar en nuestra juventud en Granada. Pero ya solo quedaban la memoria y el sitio. Mi amigo se hallaba especialmente feliz, con una alegría que era como la rojez filtrada por la puertecilla de la estufa de carbón. No sabía a qué venía aquella jovialidad, y decidí compartirla antes de ponernos serios.

—Bueno, dímelo —zanjé al fin.

—Que te diga... ¿qué? Eres tú quien tiene que decirme algo, ¿no? Si mal no recuerdo esta cita la pediste tú. Tenías algo «importante» que contar, ¿eh?

Miré a mi alrededor, con todo aquel ajetreo. ¿Quién creería que era una reunión de espías? La única medida de seguridad que habíamos tomado había sido, simplemente, no contárselo a nadie: ser discreto era más eficaz que ser secreto.

—Me he reunido con alguien de «ellos», ya lo sabes —dije.

Elías ni siquiera me miró cuando se colocaba la servilleta protegiendo la corbata.

—¿Del Ejército o del Frente? —Se refería al Ejército de Liberación Marroquí, en parte ya desmembrado, pero del que se habían desprendido varias facciones, una de las cuales, sin duda, era la de Rahini. Pero no quise comenzar ofreciendo todo lo que tenía.

—Un líder que va por libre. Ya te daré detalles.

—No te obligaré a hablar. Desde que trabajas por tu cuenta, no necesitas jefe.

—No trabajo por mi cuenta.

—Fuiste a una reunión solo, incluso le diste esquinazo a tu guardaespaldas. No sé, yo diría que eso es trabajar por tu cuenta, y es arriesgado... ¡Esto le da un asco a Sheila...! —Me señalaba con la punta del tenedor unos pulpitos retorcidos.

—No quería que cancelasen la cita. Hidalguito no me hubiera dejado ir solo.

—Eh, que estoy de broma. Has hecho muy bien, Malillo. Solo digo que te has arriesgado. Sé que quieres mucho a tus moros, pero todos esos que antes doblaban el espinazo ante nosotros ahora... nos muestran el trasero, con perdón... Ya sabes cómo están las cosas. Dicen los chicos que en Ifni la guerra será inevitable.

La reclamación, ciertamente inesperada por lo repentina, de las zonas de Ifni y el Sahara españoles por parte del sultán Mohammed V estaba amargando lo que debería haber sido un epílogo de paz para la independencia. Pero yo recordaba las teorías de Rahini sobre la guerra provocada. Elías dejó a medio trayecto un «pescaíto».

—Algo te reconcome. ¿Por qué no hablas tú ahora?

Mis dedos tamborileaban en la mesa, como si hubieran perdido el interés por seguir usando cubiertos.

—Mejor empieza tú. Información por información. Así me enseñaste.

—Bien hecho, querido discípulo. —Aprobó con una sonrisa—. ¿Y qué información puedo ofrecerte?

—Eso tan bueno que te ha pasado.

Fingió una sorpresa ridícula, pero no pudo evitar echarse a reír.

—No tengo secretos para ti. ¿Cómo te has dado cuenta?

—Disculpa, pero hasta el camarero de la barra está esperando que lo digas. Tienes una cara de cabrón pagado de ti mismo como pocas veces te he visto. —Lancé un órdago muy seguro—. ¿Cuándo es la boda?

Abrió desmesuradamente los ojos.

—¿Has leído a Sherlock Holmes? ¡Sheila tiene la colección completa!

—Te hice una pregunta.

—Y yo otra: ¿lo has leído?

—Alguna historia habré leído.

—¿Cómo sabías que se trataba de eso?

—¿Qué otra cosa podría hacerte feliz? —dije—. Lo tienes todo. Me alegro mucho, de veras. ¿Hay fecha?

Entonces (no lo olvidaré) se acercó a mí, inclinando su cabezota calva.

—La hay: lo antes posible. —Recalcó las palabras.

Me quedé mirándolo. Él asintió.

—Coño... ¿Para... cuándo lo esperáis?

—A principios del año que viene.

Tuve que dar un grito. No lo recuerdo bien, pero seguro que lo hice, porque lo siguiente que recuerdo son las miradas de los comensales vecinos. Elías agitaba la servilleta como apagando un fuego.

—No lo estropees ahora, querido Watson, ibas bien... ¡Y baja la voz...! Se te permite reír y felicitarme, pero con decencia católica...

—¡Maldito cabrón! —exclamaba yo—. ¡Padrazo! ¡Padrazo!

—¡Tendrás que darme consejos sobre cómo educar a los hijos!

Al abrazarnos por encima de la mesa una copa lo celebró cayéndose. Eso nos hizo recuperar algo parecido a la circunspección, mientras un chistoso camarero se afanaba en impregnar un trapo con el vino derramado e insistía en que no había pasado nada, que aquello significaba «alegría», y que «viva la Legión».

Cuando nos dejó solos meneé la cabeza. Eso bastó para que Elías riera.

—¡No has dicho nada a nadie! —me quejé.

—¡Claro que no he dicho nada! —Fingió enfado—. Ahora lo sabrá media Ceuta por tu culpa. Pero, en fin, creo que cumplo honestamente al ofrecerle matrimonio. No me mires así, hablo en serio... Ocupo un puesto de confianza, soy, en cierto modo, representante de España y del sentir español ante el mundo, y eso equivale a ser un caballero. Si es niño —añadió tras aclararse la garganta detrás de la servilleta— se llamará Ricardo. He pensado que no es mal nombre.

—Ricardo Roca... —Saboreé—. Destinado a triunfar.

No pudo evitar un brillo de orgullo ante mis palabras.

Elías puso unos billetes en el platillo de la cuenta y salimos, achispados, al sol ceutí. El público se arremolinaba más allá de la valla del puerto. Sonaban sirenas, olía a combustible. Bajo la visera de su sombrero Elías expelía humo.

—¿Qué te parece si ahora nos ganamos un poco el pan? —propuso.

Hubiera querido hacerle más preguntas (sobre Sheila, sus planes de boda, su futuro), pero entrelacé las manos en la espalda, como cuando me disponía a dictar cartas. Éramos dos caballeros, hombres de negocios, paseando al mediodía, con un levante que alzaba nuestras corbatas como las banderas de las fragatas. El mar de Ceuta (ese mar que no huele a mar) había sido transmutado en otra cosa. Gaviotas y olas parecían no importar y solo destacaba una muchedumbre variada, familias o partes de ellas que desfilaban para visitar a los peninsulares, vagabundos, niños pedigüeños, mujeres moras de cabeza cubierta, ejército por todos lados.

—Antes que nada —dije—: quiero aclarar que deseo proteger mis fuentes. Luego vendrán detalles por escrito, Elías. Yo mismo necesito escribirlos. Por ahora...

—Desembucha —cortó Elías.

—Mi contacto en Tetuán me ha contado cosas que respaldan la teoría del Pequeño. Un grupo clandestino de poderosos. Quizá llevan actuando desde la guerra, y probablemente se formaron con sus consecuencias.

—Hay muchos grupos clandestinos que se formaron tras la guerra —dijo Elías.

—Este es especial. Han hecho cosas muy especiales.

—Dame ejemplos.

—Lo de Cádiz.

—Te refieres a...

—La explosión del almacén de minas. Quisieron fingir un atentado y atribuirlo a los moros. Varela cambió sus planes aperturistas tras eso. Interesaba sin duda que nos mostrásemos más reacios a ceder. La independencia tenía que venir cuando conviniese.

Mi amigo quedó imperturbable.

—Eso ocurrió hace una década, Ángel. ¿Siguen trabajando esos individuos o han muerto de viejos?

—Diez, quince o veinte años... ¿qué son para quienes pueden planear guerras?

—¿Yankis, Osos? ¿Judeomasones?

—Gente que planea y financia planes. Quizás una buena mezcla de todos ellos. ¿Lo que tú decías! ¡Mirar a lo lejos! ¡Ahora importa más el despacho donde se ganan las guerras que el dictador solitario! —Le recordé, ávido, aquellas lecciones.

—Bueno. —Elías se mesó el bigote—. Vamos por partes. Míralo desde este punto de vista. Ese polvorín allí, descuidado, esas minas sin vigilancia... Es decir, podrías haber contratado a un niño para que echase una cerilla. Fue una mierda, Ángel. No creo que fuese un sabotaje, pero si lo fue, apostaría a que fueron los moros. Mal hecho, a lo bestia, como suelen hacer las cosas. Si fue algo más que un accidente, lo cual no está probado, es obvio que vino de aquí. Probablemente de alguien no demasiado lejos de ese contacto tuyo de Tetuán. No tuvo ni categoría de atentado, Malillo. Teníamos un fusil viejo apuntando a nuestra sien, y prefiero pensar que se disparó por azar. Pero si pienso en otra cosa, veo a un puñetero moro acercándose de puntillas a darle al gatillo. Vergonzoso. Humillante.

—¿Por qué iban a hacer eso?

Elías parecía irritado.

—¿Por qué? Elige una de mil razones. Luchas entre facciones, un líder que quiere dar una lección a los españoles. Hay bofetadas que no hieren por el dolor sino por quien te las da. Franco miró para otro lado, Varela pescó algún moro en represalia, arrestamos a Torres, a otros los enviamos a Madrid, armamos una tarascada, seguimos viviendo. No sufras, Ángel. Te lo cuento para que no te fíes de tus «contactos con el Frente». ¿Qué más te dijo? Me imagino quién puede ser. Tengo un par de nombres. Sería divertido que fuera uno de ellos...

Los revellines apuntaban, intemporales, hacia el cielo y el mar. Testigos pétreos de una historia de ataques y defensas. Ignoré la insinuación de Elías para que le dijese un nombre.

—¿Eso es todo lo que piensas sobre el asunto? —pregunté.

—¿Qué más te dijo?

—Nada que valiera la pena. Solo nos pide ayuda.

—Por pedir que no quede. Consultaré con el Pequeño. Y te juro que haré indagaciones sobre ese grupo. Gracias por la información. ¿Tenéis prevista otra cita?

—No.

—Es tarde —dijo Elías en tono festivo, como dando carpetazo al tema—. Quiero regresar a Rabat pero antes voy a pasar por un negocio judío que conozco. A todas las mujeres les gustan las joyas, ¿no? —Asentí sin saber qué otra cosa decir—. Le llevaré un collar y unos pendientes. Uno de esos regalos de ojos cerrados que tanto le gustan... —Cerró los suyos. Sin saber muy bien por qué, yo también lo hice un instante. Pero dentro de mis ojos me encontré de nuevo en Cádiz. No había flores ni joyas ni nada bello a mi alrededor: solo ruinas, terror y niños muertos. Y yo corría como en sueños, enlentecido, tratando de salvar a alguien o de huir, frente a la mirada de ancianas y niños.

Cuando los volví a abrir, Elías me miraba esperando una réplica.

—Todo es poco para la gente a la que amamos —dije.

—Justo lo que yo pensaba, Malillo. Después del casorio nos iremos de Rabat, claro. No pongas esa cara, seguiré siendo tu jefe. Gómez tiene los días contados. Seguramente me llamarán a Madrid.

Era el momento de la despedida. Sujetó mis brazos

con fuerza, como si me detuviera o me impidiera avanzar. Pero me miraba con satisfacción.

—Informe por escrito. —Fue lo que dijo al final.

Tras el abrazo se alejó. Caminé un rato y me volví: allí iba Elías, sus hombros anchos, columnas de humo desde su cabeza como la chimenea de un barco. Mi mejor amigo, padre feliz, ufano, obsesionado con una inglesa bajita de indudable personalidad. Diez años antes Rahini también se había alejado de mí en otro remoto puerto. Rahini no era mi amigo, y él mismo había confesado ser un asesino a sangre fría. ¿Por qué tenía ahora que conceder crédito a sus informaciones?

Dos días después un hombre llamó a nuestro piso con un ramo de rosas. Me hallaba en casa por una de esas casualidades, raras en mi trabajo, en las que de repente todo converge en tener la tarde libre, y lo aprovechas para irte pronto a seguir trabajando de otra forma. Pero me recuerdo acunando a Ana en el balcón cuando sonó el timbre. El hombre, joven, robusto, de acento andaluz, me miró y consultó un papel. El vistoso, crujiente ramo le cubría media cara. Pronunció un nombre que pareció deletrear con el grueso índice. Sosteniendo a Ana y medio asomado a la puerta le dije que no, que no había nadie llamado así en nuestro domicilio. El hombre me entregó el papel para que yo mismo comprobase que la dirección era correcta. Miré al hombre y asentí. Se disculpó. Su complexión llenaba el pasillo al alejarse. Aún olía a rosas cuando llegaste tú.

—Una equivocación —dije. Ana lloriqueó en mis brazos.

Un par de horas después, de noche, te expliqué que

Hidalguito se había quedado hasta tarde con unos informes y me remordía la conciencia de jefe haragán por no pasarme y ver si ya había terminado o necesitaba mi ayuda. Volvería enseguida. Sentí palomillas en el estómago mientras caminaba por el estrecho pasaje que conducía a nuestra casa, junto a la pared del colegio donde ya no había niños y solo quedaban silencio y farolas. Conocía el lugar que había leído en aquel papel escrito en mayúsculas torpes, y me sorprendía: porque su ambiente de bar español ruidoso acaso era bueno para no ser escuchado, pero no para hablar. Tampoco encajaba Rahini allí metido, ni sus asociados de chilaba. Pero se hallaba cerca de casa y deambulé hasta la plaza con las manos en los bolsillos y la mirada puesta en la arquitectura híbrida de aquella ciudad de muchas historias, tapiz de pasados diversos. Había parroquianos, aunque no tantos como suponía, jugadores tardíos de naipes. En los azulejos, tras un mostrador oscuro con círculos de vasos como pisadas de pulpo, una desaforada representación de las devociones cristianas, entre ellas una imagen de la Virgen Negra patrona de Ceuta. A nadie llamé la atención salvo al hombre que limpiaba el mostrador. Al verme se alejó, cruzó unas cortinillas al fondo y regresó enseguida, como si hubiera olvidado algo.

—Tiene una llamada. ¿Viene usted?

Le acompañé. Tras las cortinillas el ambiente era inclasificable. A la vez moro y cristiano. Imaginé, al pronto, una biografía: dueño de bar español que se enamora de una ceutí de Mil y Una noches. Chilabas y sombreros colgados. En una radio sonaban pasodobles cuyo ritmo seguía la cenicienta cabecita de una anciana en una mecedora. Una niña morena caracoleaba entre mis piernas como un gatito. Sobre una mesa, junto al auricular de un teléfono enorme descolgado, había un sobre. Cuando me di la vuelta el del mostrador se había marchado. Saludé. Ni la anciana ni la niña respondieron, pero esta última sonrió. Jugaba a esconderse bajo la mesa. Cogí el auricular.

—¿Me escucha? —Sí, le escuchaba. Pese a todos los ruidos, la voz de Rahini era nítida como una radio con acento árabe—. Puede hablar con libertad delante de esa familia. No tiene por qué darme nombres concretos, pero no les tema. Son de confianza. Y ahora, oiga. Abra ese sobre en casa y no muestre su contenido a nadie. Respecto de la familia de Ghalil Yussef, puede hablar de «desaparecidos». Nadie los verá nunca más.

Los sonidos que me rodeaban se habían amortiguado, como si estuviese resguardado en una urna.

—¿Cómo lo sabe? —pregunté.

—Eso no importa.

—Creí que me contaría todo lo que hubiese averiguado —dije, impaciente.

Me ignoró. Prosiguió en el mismo tono.

—El sultán reclama a su país unos territorios...

—Eso ya lo sabemos. Estamos preparados para...

—No me entiende —dijo Rahini—. Es como el silencio antes de una tormenta. Ese silencio, para quien conoce los signos, son palabras. Abra el sobre en su casa, a solas. Volveremos a hablar.

Había colgado. La niña me miraba, tan ceñuda como yo. La anciana asentía ante las noticias de la radio: las incendiarias declaraciones de Mohammed V contra el colonialismo español.

Ya en casa, rasgué el sobre. Las fotos eran de muy mala calidad, pero no tan diferentes de las que nos traían algunos informadores y revelaba el cabo Bayo en el cuarto de la azotea. Escalinatas. Palacio. Miembros de la guardia del sultán. Hombres entrando y saliendo. Nada de particular.

Salvo el rostro de uno de los hombres, de traje oscuro. Y el largo automóvil negro del que se bajaba.

19

Operación Brujas

Quemé el sobre y guardé las fotos que mostraban a Cara de Perro Enfadado subiendo y bajando las escalinatas del palacio del monarca marroquí en un zócalo débil de mi despacho. En ellas también aparecía un individuo moreno que podía ser perfectamente el «señor Ribeira». ¿Siempre eran cuatro? ¿Iban y venían, aparecían y desaparecían? Yanquis, Osos: como le había dicho yo mismo a Elías, un buen mejunje de todos. No había naciones, pensaba, había intereses. Esa certidumbre me inquietaba. La bandera, el retrato de Franco colgado en mi oficina, los archivos ceutíes pacientemente coleccionados sobre nuestra labor de inteligencia, nuestro propio trabajo... ¿A quién servíamos? Pensaba en ti, padre: habías querido que no perteneciera a los extremos, y he aquí la ironía. El nuevo mundo no estaba hecho de extremos sino de un grisáceo punto intermedio, confabulador. Un pináculo perdido en la altura, inacabable, inaccesible.

Postergué toda decisión hasta volver a hablar con Rahini. Al regresar a casa un par de días después se me cruzó el mensajero de las flores. Empujaba un carrito con macetas y ramos justo por la calle que daba acceso al pasaje de mi casa. Nos miramos y le vi asentir. En la trastienda del bar esa noche ya no estaba la niña. En cambio, una mora joven y embarazada de últimos meses charlaba con la anciana. Cuando entré se marchó en silencio mientras la anciana me sonreía con ese aire de reconocimiento y olvido que desprenden personas de su edad, como si te identificaran a un nivel distinto, simbólico. En la mesa no había sobres junto al auricular.

—¿Lo ha comentado con sus superiores? —preguntó Rahini jadeando.

—No. Por ahora.

—No lo haga.

—¿Qué puede pasar? —dije con un tono que (esperaba) mostrase escepticismo.

—Ya ha pasado. El contacto que hizo esas fotos está ahora en la lista de desaparecidos, como la familia Yussef. Se mueven muy rápido. Nosotros hemos hecho las maletas. Si Alá lo quiere, estaremos bien. Ha sido como arrojar una piedra a un avispero.

Mi respiración pareció acompasarse con la suya: apenas un punto más controlada. La cerámica del auricular, de repente, se me antojaba húmeda.

—¿Puede conseguir pruebas? —dije.

La voz de mi interlocutor sonó cínica, como en sus mejores tiempos.

—Pruebas. Curioso, tratándose de usted, capitán, que le da tanta importancia a un sueño. Pero comprendo que me pide algo muy occidental. Ustedes han dejado de creer. Han perdido, a diferencia de nosotros, el sentido místico. Eso, a la larga, será su perdición. Porque a nosotros se nos puede comprar, pero ustedes... Ustedes ya han sido vendidos. —Comencé a interrumpirle, nervioso, pero siguió hablando con calma—. Solo quiero decir que la explicación de esto es más sutil, y afecta a nuestra forma de ser. Todo lo que no es blanco, rojo o azul, ustedes no lo valoran. Mi pueblo, en cambio, da importancia a cualquier gesto. A un ambiente. Al silencio. A las palabras. Lo cual me trae a la memoria su «palabra». La que oyó que ese chico pronunciaba... —Me sobresaltó sentir algo a mis pies. La niña del día anterior me miraba con la naricita sucia fruncida. Forcé una sonrisa. Rahini seguía hablando—. Nadie la conoce. Nadie ha oído hablar de ella. Nadie sabe qué es. Nadie la pronuncia. Nadie, nadie, nadie. Y esto es a lo que me refiero cuando digo que nosotros, los musulmanes, creemos que aquello que no puede verse es lo que importa. Porque toda palabra ha sido oída alguna vez, capitán. Ninguna palabra existe sin haber sido pronunciada. Así que, si nadie la ha oído nunca y nadie sabe qué significa, entonces puedo asegurarle que su significado es algo parecido a «miedo». A su alrededor hay silencio. Los numerosos miembros de la familia Yussef no tenían contactos importantes, usted lo sabe, y precisamente por eso pudieron oírla en alguna reunión. Alguien la oiría y la retendría, por lo llamativa. Una palabra en español oída en un fárrago de conversaciones. Alguien que, a su vez, la repetiría a otra persona inadecuada, hasta que, cuando llegó a oídos de su confidente, ya era demasiado tarde para todos. Quien la oyó por azar, quizá, dijo a Ghalil, antes de morir, «por favor, jamás la repitas». Su confidente salió huyendo tras la masacre, aterrorizado, y se la confió a usted. Fue una devolución, como nuestro reencuentro, capitán. Usted soñaba con ella y la vida se la devolvió. Pero, además, usted cuenta con otra información importantísima sobre esa palabra, capitán.

Yo mantenía los ojos cerrados. Los abrí en ese instante.

—¿A qué se refiere?

—Fue pronunciada en español, ¿no? ¿Ha pensado en eso? ¿Sigue ahí...?

—Sí.

Pero no era del todo correcto. Estaba y no estaba. Yo era una estatua hueca.

—Alguien la pronunció *en su idioma*, en esa reunión. Y tiene también otro curioso significado. Todo el odio que volcaron ustedes, los cristianos europeos, contra sus mujeres en la Europa medieval... Su caza de brujas. Quemadas vivas en una tierra que, en apariencia, se enorgullecía de ser civilizada. En América ahora se quema a los rojos, en la Unión Soviética, a todos. ¿Quién puede aprovechar eso?

—Los constructores de barcas —murmuré, y escuché su hipo-gruñido-risa.

—Sea como sea, capitán, déjelo —dijo Rahini—. Es algo que nos supera a los dos. Por una vez, me dedico a mirar mi propia orilla, y le aconsejo que haga igual. No podremos seguir hablando usted y yo. Pero no solo irán a por mí. Ahora saben que los dos sabemos. Su familia... ¿Es posible que la lleve a la península, al cuidado de alguien, por una temporada?

Demoré en responder. Oía mi corazón como un mazo en el auricular.

—Quizá —dije.

—Sería bueno que lo hiciera. No comente nada, actúe como siempre. Y tampoco pierda el sueño: tiene usted *baraka*, ya le dije.

La niña lloraba cuando colgué.

Al día siguiente volví del trabajo temprano, con tiempo para comer en casa. Sonreía feliz. Traía buenas noticias, dije. Ninguna de aquellas tres cosas —volver temprano, sonreír, buenas noticias—, era excepcional por sí misma. Su conjunto sí. Tú arqueaste las cejas pero supiste esperar a que apañáramos a los niños después de comer. Cuando te lo dije, ya en la sobremesa, te levantaste sin replicar y te vi salir al balcón. Era un piso algo más espacioso que el que habíamos tenido al llegar a Ceuta, a cuya entrada se accedía a través de un pasaje de paredes encaladas tan angosto que la ropa en la ventana puesta a secar lamía la del vecino. Y daba a un colegio donde ya habíamos decidido que irían nuestros hijos en cuanto tuviesen edad. Te recuerdo muchas veces asomada a ese balcón mirando hacia el patio de recreo donde los niños bailaban sus particulares danzas de tiempo libre. Yo te abrazaba sabiendo lo que pensabas: pronto los nuestros jugarán ahí. Abrazados, mirando aquel patio jovial, te recuerdo. Un buen recuerdo para sobrevivir si llegaban días oscuros, pensaba.

Ahora volviste a contemplar el patio del colegio.

Solo que ya no llevaríamos a nuestros hijos allí.

Te abracé por detrás y miramos juntos lo que ya estaba convirtiéndose solo en un día gris ceutí, con chillidos de gaviotas invisibles.

—Qué pasa. ¿No te agrada? —murmuré, en tono desencantado—. Caramba, y yo que venía tan contento... Creo que es algo muy bueno.

—Sí, sí que lo es —dijiste—. Pero pensé que te dejarían en Ceuta más tiempo...

—Es decisión del Alto. Una vez suprimido el Protectorado, Ceuta no tiene mucha importancia estratégica, cada vez menos.

—¿Y sería vivir en Madrid? —Asentí. Tus ojos mostraban decepción (pero, a Dios gracias, no preocupación, aún no).

—Tampoco hagamos de esto un drama. Nos vamos a la capital, un puestazo, mejor sueldo, todo va a mejorar. Y los niños son pequeños. No notarán la diferencia.

—Vida de militar, ¿no?

—Así es. —Sonreí.

—¿Y cuál es el plan?

—Muy sencillo, capitana: vosotros iréis de avanzadilla. En vanguardia. Mientras yo acabo todos los asuntos aquí y arreglo lo de Madrid pasaréis unos días con mi hermana, en Granada. Ya está avisada. Yo me reuniré con vosotros enseguida.

—¿Llamaste a tu hermana?

—Sí. Se muere por ver a los nenes, ya sabes. —Tras la muerte de los abuelos Luisa había dejado África para instalarse en la vieja finca de Granada con su familia. No me costó nada convencerla, estaba muy alegre de ver a sus sobrinos.

—Bueno. —Resoplaste—. Todo esto me pilla muy por sorpresa, Ángel.

—Lo comprendo. Pero las cosas improvisadas son las que salen bien.

—¿Cuándo nos iríamos?

—Lo antes posible. Tengo que incorporarme la semana que viene. Ya sé que es apresurado, pero...

—¿El fin de semana?

—Había pensado mañana mismo. Os dejo en el barco, y en Algeciras os recibirán unos amigos, antiguos militares. Gente de confianza. —Había hablado con Rafa Márquez, mi ex compañero interventor de Tetuán, ahora en Cádiz. Rafa seguía pensando que me debía la vida. Por supuesto, ni lo dudó cuando le pedí que acompañara a mi mujer y a mis hijos a Granada.

—Ángel, yo...

—Mi hermana ya está avisada —insistí—. Serán solo unos...

—¿Es que pasa algo?

Tus ojos, como manos de ladrones probando mis pupilas hasta oír el clic.

—Qué va a pasar. Lo que te he dicho. Me han ascendido. Lamento venir con tan malas noticias, señora Gallardo Carvajal —ironicé—, pero mi amigo Elías se ha vuelto un jefazo y quiere que yo sea otro. Es lo malo de tener amigos así.

—Elías es muy ambicioso. Tú no eres igual.

—Oh, gracias. Y eso que hoy traía la moral bien alta.

—Si quieres estar solo por alguna razón...

—Por Dios, Ángeles... Nos vamos a vivir a Madrid, ya te he dicho.

—No. Nosotros nos vamos a Granada y tú te quedas.

—Solo por unos días. —Alcé la voz y eso te apartó de mí—. Ángeles...

—Voy a preparar el equipaje —dijiste.

En el puerto, a la mañana siguiente, las sirenas retumbaban. Os di un beso. Te dije —y replicaste— frases que se llevaba el aire como los rizos de espuma. Carlos: tú llorabas. Luis: por contagio, tú también. Anita: no tardaste en entrar en el coro, vaya pulmones, Dios te los conserve. Nosotros éramos adultos y podíamos guardar el dolor en un relicario, para adorarlo luego.

Vi tu espalda. Alejándote.

Por última vez.

Durante el resto del día me entregué a tareas frenéticas. Así lograba el doble propósito de tranquilizarme y dejar de pensar en tu ausencia. Sentado ante la máquina de escribir elaboré un informe con copia al carbón de todo lo que me había dicho Rahini en las tres conversaciones que habíamos mantenido. Las teclas, en la casa solitaria, sonaban como lluvia percutiendo sobre un montón de huesos. Luego hice un fino rollo con los papeles de la copia y los guardé, plegados (no cabían de otra forma) en el hueco del zócalo, apretados junto a las fotos. Hice lo propio con el original y, tras mover algunos muebles, descolgué la lámpara de nuestro dormitorio, desenrosqué el tubo metálico hueco atornillado al adorno del que colgaban las bombillas y lo introduje allí. Cuando volví a montarlo todo no había luz. Era lo que esperaba. Confiaba en que registraran la lámpara primero, hallaran los papeles originales y dieran por terminada la búsqueda sin indagar en el zócalo. Lo contrario también podía suceder.

Barrí los trozos de cal desprendidos de mi pequeña chapuza, luego fui a mi despacho y llevé la papelera al mismo cubo de basura de la cocina. Mientras realizaba esta operación oí un ruido. Dejé la papelera en el suelo y me acerqué sigilosamente a la puerta de la cocina, que daba al vestíbulo. Ignoro lo que esperaba ver. El sonido había sido un simple crujido. Me asomé.

Allí estaban el paragüero, las perchas, los jarrones, los cuadritos con paisajes adquiridos a vendedores ambulantes en Casablanca y Fez y los dos hombres en traje y corbata de pie, uno calvo y pálido, el otro corpulento con el cabello rojizo y rizado cortado al estilo militar. Quien habló fue el primero.

—El que vende esto me ha dicho que venga con nosotros. —Abrió la mano y unos cuantos pétalos rojos cayeron al suelo sin ruido.

—¿Quiénes son ustedes? ¿Cómo han entrado en mi casa?

—Solo será una charla, capitán Carvajal. Dicen que es usted amable. Lo creemos.

El corpulento miraba a su compañero cuando este hablaba, luego a mí, esperando mis reacciones. Tenía los gruesos brazos a ambos lados del cuerpo, las palmas hacia atrás. Era inútil pensar en mi pistola, que estaba en el despacho. Si aquello era un paseo sin retorno nada iba a ganar con apresurarlo. Tampoco creía que fueran a eliminarme: habían dispuesto anteriormente de muchas posibilidades para hacerlo.

Pero jamás me había sentido tan feliz de que no estuviérais en casa.

Descolgué la chaqueta del perchero de la entrada y salimos. No habían hecho preguntas. Paradójicamente, que no hubiesen preguntado por mi familia me inquietaba. Indicaba que ya sabían que no estaban. Tampoco identificaba su acento. El que hablaba podía ser español. El corpulento de pelo rizado quizás era francés o inglés. Buena muestra de pedigrí europeo, en cualquier caso. Me escoltaban sin tocarme pero ajustándose a mi paso. Atravesamos el oscuro pasaje de mi domicilio, pensé que hacia algún coche, pero seguimos caminando por la calle en cuesta. Recordé al vendedor de rosas, al que sin duda ya habían despachado. Recé por que Rahini se hubiese puesto a salvo. Enseguida reconocí la ruta familiar que me indicaban con corteses ademanes.

Era la que recorría todos los días para ir a mi trabajo.

El edificio de la Central estaba a oscuras. ¿Qué otra cosa cabía esperar? El portal se hallaba abierto. Los ecos se entrelazaban mientras subíamos la escalera. Mis pensamientos eran mucho menos calmos que mis gestos. Al parecer, penetraban en mi domicilio y en la Central sin problema alguno. ¿Cómo? Tenían que contar con ayuda desde el interior. «Alguien de los suyos —había dicho Rahini—. Alguien pronunció esa palabra.»

La escalera, en penumbra, solo la desvelaba una luz cuarteada de luna que penetraba desde los ventanucos. Oía ladridos lejanos. La puerta de nuestro piso de la Comisión de Estudios estaba cerrada. Ni una sola mota de claridad bajo ella. Imaginé entrar en las oficinas y pasar a mi despacho, donde hallaría el cuerpo atravesado de disparos de Ghalil visitado por moscas esmeralda. «Brujas, capitán —diría—: pueden entrar en su casa, resucitar a los muertos, matar a los vivos.»

Pero no íbamos hacia las oficinas.

Entonces fui consciente de que los ladridos de los perros no eran remotos. Recordé que Bayo les dejaba comida y agua antes de irse. En la azotea el viento acudía a rachas, como producto de grandes manotazos para aplastar una inmensa mosca celestial. Y allí estaban, *Tom* y *Jerry*, *César* y *Nerón*, o comoquiera que se llamasen. Simplemente atados con sus collares, derramando angustia e impotencia por la boca en dirección al pequeño rectángulo, la casucha de techo inclinado que custodiaban como cancerberos, donde se hallaba nuestro cuarto de revelado.

La puerta del cuarto estaba cerrada, pero una finísima línea roja pintaba el dintel: parecía señalar la entrada del Infierno.

Ignoré por un instante a los hombres y me agaché a calmar a los perros, que, reconociéndome, movieron el rabo y me lamieron aunque reanudaron sus protestas tristes.

—Por favor, capitán, no les haga esperar —advirtió el hombre calvo con cortesía.

Me volví hacia el rectángulo rojizo y aferré el picaporte.

—Adelante —dijo alguien desde el interior.

No me gustó aquella voz. Era el tono de quien junta las yemas de los dedos entre sí y sonríe suavemente antes de firmar una ejecución. Como en el caso de mis escoltas, una mezcla de varios acentos. De todas partes y de ninguna. Un olor a productos químicos, cubetas de ácido y tabaco, me mareó al abrir la puerta del cuartucho. Tres personas llenaban el pequeño espacio, sombras orladas de rojo por la bombilla encendida en el techo: dos sentadas, la tercera de pie. Este último era Perro Enfadado. Fumaba su particular veneno. A su derecha un hombre joven y moreno cruzaba las piernas, podía tratarse del «señor Ribeira». Pero quien hablaba era un anciano de hombros cargados y ojos de párpados vueltos hacia fuera para mostrar el lado más rojizo, que en su caso era apenas una tonalidad rosácea, mucho más blanca que el color rojo de la luz que lo bañaba. Llevaban trajes buenos pero no lujosos, de solapas anchas, pañuelos en pico en los bolsillos, corbatitas. Los sombreros estaban colgados del respaldo de las sillas.

—Qué joven —masculló—. Lleno de energía. Fuerte. —Se abría paso a golpes de idioma español mal aprendido. Su sonrisa y su doble papada bajo ella se volvían irreales bajo la luz roja. Aguardé en la puerta, flanqueado por los guardaespaldas—. Ya le había visto antes, capitán, pero de cerca es usted más vital...

—Gracias. Y ahora, ¿podemos hablar sobre quiénes son ustedes?

—¿Cómo está su familia, capitán?

El silencio tras aquella pregunta marcó para mí el paso del tiempo con segundos helados. Hasta los perros parecían aguardar. Estaba seguro de que sabían dónde estaban. Me sentí visible como una de aquellas fotos húmedas que Bayo colgaba de las cuerdas.

—¿Qué es lo que quieren? —dije al fin.

—Que conteste a nuestras preguntas.

—Mi familia está bien —murmuré—. Déjenlos en paz.

—Gracias por responder, capitán. Nos envían de... recade... —Se volvió, inseguro, hacia el hombre joven.

—Recaderos —precisó este, y el viejo asintió.

—Mucho trabajo, sea como sea —dijo—. Entregando mensajes.

—¿Mensajes como el de Cádiz hace diez años? —repliqué.

El viejo me miró con la expresión ceñuda.

—No entiendo. ¿Cádiz? —preguntó. Perro Enfadado cruzó algunas palabras con el viejo. Podían ser en ruso—. Ah, lo de Cádiz. Yo no estaba entonces.

—Él sí. —Cabeceé hacia Perro Enfadado, que esbozó una pétrea sonrisa.

—Bueno, recibimos órdenes y las cumplimos. —El viejo se frotaba las rodillas—. Como usted. A veces hay víctimas. Así hacemos todos.

—Ustedes son distintos de mí —musité.

—Oh, no crea, capitán. Superficialmente, quizá. Por dentro, iguales. Nosotros somos todo el mundo. No nos interesan las diferencias sino la igualdad.

Se permitió una pausa. Por un momento casi me sentí, en efecto, hermanado con ellos: burócratas trabajando a altas horas de la noche, de guardia siempre, sin vida privada, con un ocio tan escaso como el bienestar en un enfermo grave. Decidí dar un paso por mi cuenta para mantener cierta iniciativa.

—Han venido porque no están seguros de lo que pudo decirme Ghalil Yussef.

El viejo sonrió.

—Ese chico... Bien, ¿y qué le dijo?

—¿Por qué no me cuentan antes qué han pactado con el sultán?

—Oh, eso... Eso no... —Una tos gangosa hizo presa del viejo. Sacó un pañuelo—. Perdone. ¿Sabe cuál es el problema, capitán? Que la mayoría de la gente cree que vale según lo que sabe. Ese es el engaño más increíble. Desde cierta altura no importa lo que le dijera o no su confidente, lo que usted sepa o no, lo que haya hablado con su contacto de Tetuán o lo que nosotros habláramos con el sultán. Valemos... Fíjese bien... Valemos cuanto menos estorbamos. —Se llevó el pañuelo a la nariz y se sonó los mocos con fuerza. Luego contempló lo que había en el pañuelo, hizo una mueca y lo guardó en el pantalón—. Valemos en la medida en que nos hacemos fáciles. Es mucho más simple que saber o no: es nuestra posición, no nuestro conocimiento. Permítame preguntarle, ¿por quién lucha usted? Es decir, ¿para quién es fácil usted? ¿España? ¿El ejército? ¿Franco?

No respondí nada. Hoy me arrepiento. Mi respuesta debió ser: «No sé por quién lucho. Pero sé que lucho contra ustedes.» Me despierto de noche, a veces, devolviendo esas palabras a la sonrisa muerta que se tuerce en la tiniebla. En el deseo, todos somos héroes; en el recuerdo, cobardes.

—¿Y ustedes? —dije al fin.

—Nunca luchamos —dijo el viejo—. Ahí está. No se

lucha cuando no se puede perder. Somos fáciles con todo el mundo.

Medité en aquella prepotencia.

—Si no les interesa nada de lo que sé, ¿qué quieren de mí?

—Que sepa algo de nosotros, capitán. Es usted un idealista, y eso le otorga cierta importancia. Es mejor contar con la colaboración de los idealistas. Nosotros no representamos a nadie en concreto, y si bien se mira, eso es cómodo. Somos... firmas, contratos. Conjuntos sin diferencias. Muchas puertas distintas de una misma casa.

—No quiero entrar en ninguna.

—Fuera también estamos —observó el viejo—. Así que solo puede entrar. Piense en nuestros órganos: ¿son conscientes de que forman un cuerpo?

—Ahora es usted quien no responde. ¿Qué quieren de mí?

—No lo vea todo como si de usted dependieran las cosas, tan español es eso. No es así. Estamos llevando a cabo una operación delicada en las colonias. Será un buen comienzo. Sembraremos semillas que a la larga darán frutos, con o sin su ayuda. No se convierta en un estorbo, por favor. Sea fácil.

—Gracias por el consejo. Eso me hace pensar que les preocupa lo que sé.

—Admi... Admiti... —El de tez bronceada le apuntó. El viejo atrapó la palabra—. Admito que me gustaría conocer lo que sabe. Pero dígame, ¿qué le preocupa a usted?

Pensé en Rahini cuando respondí.

—Las personas.

—Entonces preocúpese por ellas —indicó el viejo y se levantó. Fue la señal que los demás esperaban para cobrar vida.

No me aparté para dejarlos salir. Fueron esquivándome, uno a uno, y desfilando en silencio tras calarse el sombrero. Se marcharon todos, bajaron la escalera dejando tras de sí ecos pesados. Los perros los despidieron con ladridos que luego apacigüé, apenado ante su impotencia, similar a la mía.

La luz rojiza del cuarto de revelado quedó adherida a mis ojos y me acompañó aquella noche última de mi vida.

20

Ejecución

A la mañana siguiente Rafa Márquez, siguiendo mis instrucciones, hizo sonar el teléfono dos veces y luego otras dos.

No había dormido hasta oír eso.

Era la señal convenida para contarme sin palabras que ya estabais en Granada y que todo había ido bien. Las restantes llamadas telefónicas no las cogí. Sabía que eran tuyas, pero no quería arriesgarme a que escucharas mi voz. Yo ya había decidido hablar con Elías. Ignoraba cuántos de los nuestros estaban implicados en aquello, solo sabía que Gómez había tenido razón desde el principio. Una vez había leído que para colorear las divisiones políticas sin que dos países contiguos repitieran el mismo color solo eran precisas cuatro tonalidades. La charla de la noche anterior con aquel viejo me había demostrado, sin embargo, que el verdadero objetivo era pintarlo todo de un solo color, o a lo sumo dos. Un plan sutil: alentar las diferencias para anularlas. Si Europa y Estados Unidos reconocían al mundo islámico como enemigo (un «estorbo», como me habían dicho la noche previa), no dudarían en unir fuerzas y barrerlo en pro de viejos ideales de paz y unidad. Lo mismo intentarían los países musulmanes, que quizás hallaran en los soviéticos la ayuda necesaria. ¿Qué quedaría de todo cuando se redujeran las naciones a su mínima expresión? Una suma incontable de víctimas, un mundo cortado a la medida de unos cuantos. Una meta lejana pero posible. Semillas que darían fruto.

Me recuerdo obsesionado con aquella idea mientras me afeitaba ante el espejo: algo cuyas consecuencias apenas podemos prever. Un suceso presente cuyos efectos alcanzan al futuro.

Había puesto la radio mientras la cuchilla trazaba surcos en mi rostro. Las declaraciones del sultán eran muy obvias: guerra contra las últimas colonias españolas. Me pregunté qué le habrían ofrecido por aquella jugada. ¿Era idealista también Mohammed V? ¿Se preocupaba por las personas o por los grandes planes? Las palabras del viejo hacían pensar que todo aquello era imparable. Pero ¿era así? Y, con la súbita claridad que entrega la mañana, me dije que no.

Muchos dirigentes compartían sus intereses, pero otros no tanto, sin duda. Incluso sus aparentes aliados podían cambiar de opinión si sus intenciones reales de poder se hacían visibles. El mensaje había sido claro: los «estorbos» eran los enemigos. Contaban con amigos entre los gobiernos poderosos, pero no con todos. Si Elías lograba llegar a una esfera lo bastante alta...

Importaba que el «estorbo» fuese de la misma envergadura que sus planes: grande y duradero.

Pensando eso la radio cambió el boletín de noticias por música.

Una voz femenina desgranó tristes, nostálgicas estrofas.

Para cuando comprendí que oía una versión de *Lili Marleen* ya habían venido.

No oí los frenazos y portezuelas en la calle. Me hallaba en camiseta, frente al espejo, la mitad de la barbilla cubierta de espuma, hipnotizado por aquella canción, mientras los pasos desbaratados de quienes se aproximaban resonaban junto al pasaje. Aún tuve tiempo de lavarme la cara cuando aporrearon la puerta. Me dirigí al vestíbulo sin prisa. Mi aspecto era un caos, mi rostro y mi conciencia no.

Pero mis visitantes no eran quienes esperaba.

Cuatro, mal trajeados, uno de ellos de origen marroquí. Pertenecían a lo que llamábamos en la jerga «limpiabotas». No habrían tenido que enseñarme identificaciones: era la manera de proceder típica de los matones a sueldo de nuestro propio servicio de inteligencia, con uno preguntando (el marroquí), otro mirando (su compañero), los otros dos, de respaldo. En teoría, ninguno de ellos disfrutaba, pero viéndoles las caras —o las miradas, que nunca son los espejos del alma más que en el intenso amor o el intenso desprecio— se podía pensar que gozaban como nunca aquella mañana.

—Debe venir con nosotros, señor —dijo el supuesto marroquí (aunque por su acento y su mezcla de rasgos acaso fuese más español que yo).

—Tengo que hacer primero una llamada telefónica —dije.

—No puede.

—Entonces díganme por qué voy, y adónde.

—No.

—¿Y ropa? ¿Puedo?

—Traedle algo —dijo el cabecilla.

No sé por qué, mientras esperaba a que me trajesen mi propia ropa mi ánimo se desinfló. Quienes nunca han sido torturados suelen decir que solo la tortura doblega a los fuertes. No es cierto: fuertes o débiles, todos podemos perder el coraje tan solo aguardando a que un desconocido nos traiga una de nuestras camisas de nuestro propio armario. Justo esa pausa, allí de pie, basta para convertirnos en miserables.

—Vístase —me dijeron.

Lili Marleen ya había terminado.

Me escoltaron afuera, aunque uno de los hombres se quedó en mi casa. Sinceramente, me daba igual que hallasen el zócalo suelto y el tubo de la lámpara. Me aguardaba un coche, un viaje entre hombros apretujados con el asiento roto y el sol del alba en el extrarradio bañándonos la cara en dirección al amanecer y al Monte Hacho. Sospeché que nuestra meta era una de las casas seguras con que contábamos en Ceuta. El obelisco del Llano Amarillo nos saludó al paso como en posición de firmes, unas adecentadas ruinas tras el vandalismo de los rojos (recordaba ahora casi con sorna la estúpida conmoción que había producido en nuestra sociedad, los «oh» y «ah» que trufaban las conversaciones de café, ante la agresión al monumento «patrio»). La casita, en cambio, no era monumental ni simbólica y no había sido «adecentada». Era un pequeño refugio en una vereda del monte rodeado por un cortafuegos. Junto a sus paredes, dos o tres coches estacionados frente a la fachada principal y una furgoneta en un lateral. Nos abrieron la puerta sin llamar y dejaron paso a quienes salían. Reconocí a Hidalguito y dos hombres.

Hidalguito también parecía vestido por su peor sastre, con camisa y pantalones, y me miró con ojos tan enrojecidos como su rostro, pero no me pareció que lo hubiesen golpeado. Capitán, murmuró. Yo dije: Hidalguito, no recuerdo qué más, pero sí recuerdo que cuando a él lo empujaron para que saliera se me rompió la apariencia. Me removí entre los brazos que me aferraban lanzando gritos como dentelladas.

—¡Joder! Pero ¿qué hacéis...? ¡Ese trabaja para mí! ¡Soltadlo, coño!

Siguieron arrastrándome sin responder hasta una habitación con apenas dos sillas y olor a hombres encerrados. Vacía. Había una sola ventana con círculos de suciedad por la que apenas penetraba luz, y cuando me empujaron dentro me asomé por ella. Daba a la vereda donde estaba la furgoneta. La puerta se abrió entonces.

—En qué lío te has metido, Ángel —dijo Elías.

No lo preguntó. Lo afirmaba.

A decir verdad, no recuerdo a Elías enfadado ni triste ni bajo los efectos de ninguna otra emoción que pueda definir. Si tuviera que describir su estado tal y como lo guardo en la memoria emplearía el término «solemnidad». Su rostro y su empaque eran los de una ocasión especial, una de esas ceremonias en las que su presencia añadía al rito un aire aún mayor de grandeza, como el himno o la bandera o los saludos militares. Venía sin afeitar, con un traje ligero y la corbata sin arrugas. Me ofreció una silla, se sentó en la otra y me miró con una ceja enarcada.

Me disponía a hablar cuando escuché el ruido.

No podía quedarme quieto: me hallaba nervioso, no atemorizado. Como si hubiese bebido una cafetera entera para desayunar. Nada más escuchar el sonido de portezuelas salté de la silla ignorando las llamadas al orden de mi amigo y me asomé por la ventana. Habían abierto la furgoneta y empujaban hacia ella a un hombre encapuchado. Era Hidalguito, con quien me había encontrado momentos antes: lo reconocí por la ropa. Se movía como un gran animal, no del todo dócil ni del todo rebelde, solo algo terco. Las muñecas las tenía atadas a la espalda con cuerdas. Lo instruyeron para que supiera caminar sin ver, pero terminaron por arrojarlo al interior sin miramientos. Entraron con él dos, y otros dos ocuparon los asientos delanteros.

Me parecía vivir un sueño. Me volví hacia Elías gritando.

—Vamos, cálmate.

—¡Que me calme...! —Y de repente se me quebró la voz—. ¡Por Cristo bendito...!

—Hay cargos contra él. —Repetí la palabra «cargos» sin comprender, pero Elías ya precisaba—. Traición.

Nunca olvidaré el ruido de la ventana retemblando cuando arrancó la furgoneta.

—Solo vamos a interrogarle, Ángel. Los franceses también. Quizá pase una buena temporada en... —Algo debió de ver en mi expresión que le crispó. Se pasó la mano por la cara sin afeitar, como culpándome por su aspecto—. ¡Ángel, coño, déjame manejar esto! ¡También hay cargos contra ti! —Fue como si la mirada le pesara y solo pudiese alzarla a costa de tenacidad—. Les he dicho que yo me ocupo. A ti, que no te toquen. Yo me ocupo.

Me llamaron de urgencia a Rabat —agregó, como si eso lo explicara todo.

—¿De qué se me acusa? —Yo ya había recobrado la calma.

Elías endureció el tono.

—Anoche mantuviste una entrevista con unos desconocidos en la Central.

—Sí.

—¿Por qué no lo has reportado?

—Quería hablar contigo antes —repuse.

—Ya estamos hablando.

—No: por ahora tú preguntas y yo respondo.

Al echar una calada a su cigarrillo, el ascua se hermanó con sus pupilas.

—Pues venga, hablemos.

Me dejó paso, salimos. En otra de las habitaciones había hombres comiendo. Nadie nos prestó atención. Elías me indicaba el camino con la excusa de la cortesía. Cruzamos la entrada y bajamos las escaleras hacia un automóvil aparcado en la acera. Conducía un moro, iba al lado otro, Elías y yo nos sentamos atrás. Era como en la vida normal: chófer, copiloto y nosotros dos charlando en el asiento trasero.

Solo que ya nada era normal, ni lo sería nunca.

Hubo silencio mientras el coche cogía velocidad. Ceuta pasaba ante mis ojos como un cinematógrafo, una especie de película de mi propia vida. Al fin escuché la voz de Elías, remota.

—Es un grupo al que seguimos la pista desde hace meses. No sabemos a quiénes representan. Quizás haya Osos detrás. Y antes de que me lo digas, sí, el Pequeño tenía razón. —Pero seguí sin mirarlo. Quizás eso lo impacientó porque volvió a soliviantarse—. ¿Por qué sacaste a tu mujer y tus hijos de Ceuta, Ángel? ¿Qué esperabas que ocurriera? ¿Sabes que eso te incrimina? ¿Qué sabes que no nos has contado?

Entonces sí volví la cabeza y lo miré.

Puedo verme sentado a su derecha torciendo el cuello para mirarle mientras, tras él, discurría un ciclorama de las afueras ceutíes; sería capaz de dibujar las arrugas de su traje y su rostro gris sin afeitar.

—No sé quiénes eran —respondí mecánicamente—. Entraron en mi casa. Me hicieron acompañarles.

—Pero tú sabías quiénes eran. —Me interrumpió con severidad—. Ya los conocías.

Aquí titubeé. Es lo que nunca debe hacerse en un interrogatorio: en nuestro oficio, la duda es el enterrador; el titubeo, la pala.

—No estaba seguro.

—Tampoco estabas seguro sobre lo que te dijo aquel chaval de Argel... Nunca seguro de nada. Tu contacto moro sí los conoce, ¿no?

—No sé lo que puede conocer mi contacto.

Pareció que mi desconcierto le avergonzaba, porque movió la mano como si usara un borrador para suprimir su pregunta anterior de la pizarra.

—No te preocupes de nada, Malillo. Tu familia queda aparte. Te lo juro.

Luego sacó su pitillera de oro y me ofreció. No acepté. Se encendió uno y empezó a introducir frases entre espirales de humo, con voz calma, casi soñadora.

—A ti no te salpicará. Y repito: tu familia está protegida, tienes mi palabra. Dicho esto, debes saber que va a haber otra guerra. Pero será muy diferente de todas las que ha habido hasta ahora, y solo Dios sabe cuándo acabará. Quizá no acabe nunca, no lo sé, quizás hemos entrado en la batalla definitiva de la historia. Porque la esencia de esta guerra es que el enemigo es variable. Ya no hay extremos, solo términos medios.

Su voz era lastimera pero dotada de convicción, como la del médico que se propone dar malas noticias a su paciente. Recorríamos el barrio cristiano hacia Benzú, pero nuestro viaje era más largo: de hecho, al anunciarme aquello, Elías me había hecho recordarte de golpe, padre, en ese atardecer de sangre en Granada.

—Yo veía venir esto desde hacía tiempo —continuó Elías—. La cuerda floja del poder que ha provocado la Bomba es muy fina. Y no solo ella. Los nazis han dejado una Europa tan maltrecha que ahora el poder parece una especie de excremento: no es posible vivir sin producirlo pero nadie quiere tocarlo. Al menos en público. No te voy a hablar de Franco: tú y yo sabemos que no pinta nada. Pero es que los aparentes líderes de los imperios tampoco son nada ya. Creerán algunos actuar por su cuenta, pero desde una distancia todavía mayor estarán haciéndolo en complicidad. Habrá escaramuzas. Hay que arrojar huesos de ideales a ciertos líderes para que sigan ladrando. Y para entrenarlos en capturar piezas mayores. No confundamos las batallas con la guerra. Ya sabes mi teoría. Las batallas se librarán, como siempre, con carne de cañón: soldados y civiles. La guerra se resolverá en la mesa, tras un buen almuerzo, con copas y puros de los que gustan al Pequeño. En el fondo, no creas, está bien que sea así. La otra opción del poder, ahí la tienes: los cocinillas y su general de alpargata. El traidor de nuestros ideales de juventud, vendido a la leche en polvo. Contento con su Españita, su palacete y sus monumentillos. Durará... ¿cuánto? Diez, veinte, treinta años... Y cuando muera, el Poder a lo grande será todavía joven. ¿Y Yanquilandia? Casi peor. Que el pueblo pueda cambiarte cada cuatro años te inutiliza. Así no se construyen pirámides, solo rascacielos. ¿Y los Osos? Quizá los mejores de entre todos los peores. Aunque caen en el error opuesto: hay que dejar que el pueblo te pueda cambiar de vez en cuando. Puede que duren más que un presidente norteamericano, pero cuando se vayan desaparecerán de la faz de la Tierra, te lo aseguro, con su Mausoleo de Lenin, sus estrellas rojas, su Politburó y su Mao. Nada de eso importará mucho. Pero ayudan. —Alzó el cigarrillo como si fuese un dedo sin carne—. Osos y yanquis, Oriente y Occidente, tendrán que enfrentarse. Ahora bien, no a lo grande. Las peleas ahora son con matones. Y para ese fin, nada mejor que el árabe.

Habíamos dejado atrás España. Descubrí que de ella me quedaba una tortícolis. Estaba mirando a Elías con tal intensidad que el cuello me dolía. Lo moví, lo relajé. Cruzábamos Benzú en dirección a Marruecos.

De repente vi algo más. Entre las ruinas de casas. Ancianas harapientas. Ojos asomados desde velos o ventanas y portales. Ojos blancuzcos, cataratosos, oscuros. Mujeres llevando a bebés en brazos. Niños que miraban sin parpadear.

Me estremecí. Era la visión de mi pesadilla.

No dije nada. No podía hablar. Contemplaba aquella fila de testigos silenciosos como el reo la del público que asistirá a su ejecución.

Era la visión de mis sueños, que ahora, por fin, comprendía del todo.

Voy a morir.

Elías no había percibido mi expresión. Meneó la cabeza hacia la ventanilla.

—Míralos. Desharrapados y contentos de tener ya sus posesiones, su «Marruecos para los marroquíes», pero bailando al son que nos gusta. Nadie mejor que un árabe para unirse a otro, tú lo sabes. Los une el recelo que sienten al paso del infiel. Se creen la playa de la civilización: siempre lamiendo nuestras tierras, siempre amenazando con inundarnos. ¿No lo sientes? Es el enemigo ideal, Malillo. Están pidiendo ser utilizados.

—¿Y ya sabe Gómez cómo utilizarlos? —pregunté con la boca seca.

No quería oír la respuesta.

Pero, en coincidencia con que la cristiandad había quedado atrás en la ventanilla, Elías pareció relajarse, como el actor que abandona el escenario tras un mutis.

—El Pequeño no sabe nada, por supuesto —dijo.

El cañón que minutos después apuntaría a mi frente no contenía tanta muerte.

Mi padre contaba, cuando quería poner el ejemplo de concebir lo incomprensible, la anécdota del ciego que, encerrado con un elefante, intenta comprender qué es mediante el tacto. En aquel coche junto a Elías, abarqué el elefante entre mis manos.

Y comprendí mi ceguera.

—¿Desde cuándo trabajas para ese... grupo? —musité. No me respondió, y seguí palpando en la oscuridad de mi amistad ciega—. Desde lo de Cádiz, ¿verdad? Ya les pertenecías entonces. Esperabas lo de Cádiz. Esperabas los niños huérfanos saltando por los aires. Esperabas a los hombres y mujeres destripados. Pero no esperabas que yo estuviera allí de vacaciones. Y dijiste: «Oh, Malillo, ¿dónde has ido a parar?» Y tu gran preocupación por mí te hizo olvidar que, para pasar gran parte de la noche conmigo, como me dijeron que habías hecho, tenías que haber salido de Madrid mucho antes de la explosión... Claro que yo tampoco lo comprendí entonces. Esa noche, hace años, me sentí acompañado por ti, y eso me sirvió.

El coche ascendía, tan pesaroso como mi respiración. A nuestra izquierda se alzaba La Mujer Muerta, la atlante eterna que quizás algún día despertara. Mi propia cima era un abismo. Escalaba mi alma y mis recuerdos para llegar a las profundidades. Espeleólogos: así son los amigos traicionados.

—Fue una trampa, ¿verdad? —dije—. Me visitaron anoche para crear la excusa.

Elías, un muñeco de resorte estropeado, se balanceaba en silencio.

—Te repito, tú no resultarás manchado. He tenido que usar a Hidalgo, pero firmará —dijo—. Ya lo creo.

El estómago se me hizo hielo. Volví a verlo, encapuchado, entrando a empujones en la furgoneta.

—No firmará nada —dije—. Aguantará lo que le echen. Y lo sabes.

—Te aseguro que he tomado medidas. —Se ajustó el nudo de la corbata—. Él aguantará lo que le echen... a él —matizó.

Lo miré con horror.

—Elías, tú vas a ser padre ahora... Él tiene una niña de cinco años y un niño de...

Pensé en Teresita, de la que tan orgulloso se sentía Hidalguito porque le gustaba leer como a mí y jugar con las palabras. En Fernandito, de apenas un año.

—Pues ruego a Dios que firme cuanto antes —dijo Elías.

—¿Qué tendrá que firmar?

—Admitirá haber traicionado a su país. Admitirá ser amigo de ellos. Todo.

—Todo —comprendí—. Hasta lo... que van a hacerme a mí. Lo que vas a hacerme. —Contemplaba el perfil de Elías, su cuello sobresaliendo de la camisa, las pequeñas venas de las mejillas—. Esto no es tuyo. No puede serlo. Has cambiado. ¿Qué te ha hecho cambiar? ¿Dinero? ¿Poder?

—Ángel. —Tras decir mi nombre se detuvo, como si no lo reconociera. Luego siguió en un tono mecánico—. A poco que pienses, comprenderás que es el camino a seguir. Mohammed V ya está convencido: reclamará Ifni y el Sahara este invierno. Habrá algún conflicto, sí. Luego se unirá Argelia, los *pieds-noirs*, sus posesiones. Las piezas se moverán a gran escala, yanquis y Osos en medio. Los moros saldrán al ruedo y nuevos Mahomas serán sus picadores. Al final, claro, nos impondremos. Así ha sido siempre, desde Poitiers hasta Alhucemas, tú lo sabes. Fuera libertades, fuera independencias. Colonias tampoco. Anexiones. Todo Oriente Medio a repartir. Solo hace falta la cerilla correcta. Solo un fósforo, Malillo, y todo esto regresará a sus legítimos propietarios. ¿De qué te ríes?

—Ese encoñamiento tuyo... ¿Cómo has podido mentirte hasta este punto?

—¡Déjala a ella en paz! —Se enfureció—. ¡Ella no tiene nada que ver en esto!

—Ella tiene todo que ver. —Me encaré con él—. Ella ha sido tu cerilla. Y vaya si has ardido. Corriendo a por joyas, a por dinero, a por caprichos, a por importancia...

Pareció como si quisiera pegarme: levantó los puños. No lo hizo, al final, pero algo en él se desarboló. Soltó amarras. Recobró algo parecido a la calma, pero su tono al hablar era insistente, como si se exhortara a sí mismo para creerse.

—No, no fue ella... Ella... Ella es especial, sí. No es gentuza. Tiene claras sus raíces y sabe que puede decidir su propia vida. No quería ataduras conmigo, al principio. Y yo esperé pacientemente todos estos años, porque claro está que la necesitaba para alcanzar a su gran familia. Yo era consciente... Soy consciente de que, conmigo, su destino es ser cola de león, por supuesto. Para ella la España católica y apostólica no representa más que una curiosidad. Ocupo cierto cargo en el Alto, pero no dejo de ser cola de león. Sin embargo, no es tan mal destino como parece, porque la alternativa es peor. Se ha peleado con su noble familia, se ha aislado, y si regresara a Inglaterra ahora, no tendría ni cola de ratón. —Me miró, desafiante—. Yo no soy lo mejor de su vida, pero el resto queda por debajo de mí. Así que tuvo que elegir, y ahora tendremos un hijo. Eso me unirá más a su familia. Me introdujeron en los círculos clave, donde está el poder de verdad. ¡Pero tampoco lo hice por eso! Lo que sucedió fue que vi ahí, ante mis ojos, Malillo, el ideal falangista real, universal. ¡Todo el mundo en paz trabajando por construir un mundo mejor! Los grandes ejércitos, arramblados. La última guerra como última de verdad y para siempre. Y en la medida en que los gobiernos se ajusten a los planes trazados, los líderes podrán seguir en el poder y transmitir emociones al pueblo. El teatro necesita de protagonistas: no solo militares, políticos, gente religiosa, Papas, arzobispos, imanes, reyes, príncipes. Sé lo que estás pensando: no se pueden controlar todos los hilos, y tienes razón. Pero tampoco se pretende eso. Cuando me uní a ellos, hace una década, interesaba mucho que las colonias norteafricanas siguieran donde estaban. Era preciso seguir alimentando el odio ante el invasor cristiano. Varela era un simple aperturista. Nos parecía que debía endurecer su política, estábamos a punto de comenzar una gran operación en el territorio que implicaba una crisis de odio entre extranjeros y nativos. De modo que se improvisó lo de Cádiz. Franco no quiso que trascendiera, pero se arrestó a mucha más gente de la que crees y las puertas antes abiertas se cerraron. Por pura casualidad tú estabas allí. Fue en vano querer retrasar el golpe, de modo que salí hacia Cádiz esa misma tarde. —Me miró como esperando alguna clase de gratitud—. No llegué a tiempo, pero no ocurrió lo peor.

—Ocurrió —dije—. Lo peor.

—¿Quieres que hagamos un cálculo aproximado sobre las víctimas de una posible Tercera Gran Guerra? —replicó, nervioso—. ¿Qué son unos jubilados de residencia y unos niños de orfanato, Ángel? ¿Sabes lo que estamos haciendo por el mundo? Ellos hacen estudios. Tienen a muchos genios trabajando en eso. Anticipan el futuro. ¿Lo sabías? ¿Sabías que el futuro puede anticiparse?

No respondí. Pensé que una niña me lo había demostrado hacía muchos años. Más o menos. Mis ojos se humedecieron recordando sus ojos tristes leyendo lo que no estaba escrito en la palma de mi mano pero que ella sabía sin saber por qué: mi tragedia, la traición de mi mejor amigo. De igual forma que mi sueño «sabía» lo último que vería antes de morir: ancianas y niños, personas por las que luchamos. Las personas.

Elías seguía hablando, como razonando consigo mismo.

—Desde hace años está claro que los países árabes van a ser cruciales, Ángel. Hay varias operaciones a gran escala montadas para que, al final, Occidente se beneficie. Yo fui encargado de crear algo así en los territorios coloniales. Lo llamé Operación Brujas, no sé por qué. Se me ocurrió que las brujas de esa obra de Shakespeare que tanto le gusta a Sheila también pueden profetizar el futuro... Anuncian que un gran militar se convertirá en rey, y eso impulsa de algún modo al militar a matar al rey actual para acelerar el proceso. ¡Un símil perfecto! Así hacen ellos: informan a los líderes de lo que ocurrirá, y les dejan tomar decisiones. Son como...

—El nombre de esa Operación... —Lo interrumpí—. ¿Se te ocurrió a ti?

Me miró pensando que me había vuelto loco. Le recordé aquel discurso suyo en el café falangista antes de la guerra, cuando un camarada había comentado que las «brujas eran gente que provoca a otros a luchar entre sí». Elías me miró de arriba abajo.

—No recuerdo nada de eso.

Pero yo aún tenía una posibilidad aún más extraña.

—¿Y si me oíste la palabra a mí?

Le hablé de mis sueños: de que despertaba de ellos, a veces, pronunciándola. Él, que había pasado conmigo parte de la noche en el hospital de Cádiz tras la explosión, ¿no pudo escucharla de mis labios, quizá mientras él mismo dormitaba? ¿No pudo albergarla dentro al despertar, sin ser consciente de ella, y usarla luego como un producto de su propia imaginación? Aquello no le agradó. A mí, en cambio, me fascinaba de un modo absurdo. Nos miramos: él, ceñudo; yo, casi divertido.

—Y si fuera así, que no lo creo, ¿qué importa? —estalló.

—Fue esa palabra la que me dijo Ghalil —susurré—. Fue la que me hizo hablar con el contacto de Tetuán y la que, al fin, ha sacado a la luz a tu grupo.

—Te llevarás esa palabra a la tumba, Ángel —dijo, mirándome con fijeza—. Sé que dejaste unos informes para el Alto, pero los hemos encontrado. La copia también, y las fotos. Lo de Ghalil no pudimos saberlo a tiempo, aunque registraron tu despacho por orden mía cuando nos entrevistábamos tú y yo en Argel.

—Lo sé, pero alguien más conoce todo esto —repliqué—. Cuando yo desaparezca, tendrá la prueba de que es la verdad.

—¿Tu contacto en el Frente? Sabemos que es Habib Rahini. Daremos con él.

—¿Es que no comprendes? No puedes eliminar el riesgo eliminando a las personas. Las personas no son palabras. —Las palabras viven para siempre, quería decirle. Permanecen cuando nos vamos. Y se conocerán, por mucho que destruyas a quienes las pronuncian.

—¡No digas idioteces! —Se exaltó—. ¡No tengo ninguna conciencia de haber llamado así a esta Operación por tus estúpidas casualidades...!

Estábamos en las cumbres: las cunetas eran miradores de toda Ceuta, del Estrecho, del más allá. En uno de aquellos arcenes aguardaba el otro coche y, de pie, dos hombres. No eran «limpiabotas», ni de los nuestros, ni de los galos. Eran moros. Imaginé que Elías no se fiaba de nadie para realizar esto. Serían mercenarios contratados.

Elías cruzó unas palabras en francés con el conductor y se volvió hacia mí.

—Esto es muy difícil para mí, Ángel —murmuró.

—Para mí no hay nada más fácil.

Entonces Elías se echó a llorar.

Se dobló sobre sí mismo, enrojeció mientras retorcía los rasgos, como poseído por un espíritu, y sollozó intensa, largamente. Yo dejé de mirarlo.

—¡Mierda, mierda, mierda...! —Estalló, transformando su dolor en rabia—. ¡Casualidades, azar, todo! ¡Tu chaval oyó una conversación estúpida que no debió y se delató con un ruido! ¡Logró escapar...! Nos ocupamos de su familia, organizamos una cacería increíble, pero el muy jodido entró en contacto contigo mientras seguíamos su rastro... ¡Pudiste haber muerto entonces! ¿Y por qué coño no me dijiste lo que te dijo? ¿Por qué tuviste que decírselo a alguien del Frente? Yo habría podido... ¡Habría podido reclutarte en Argel! ¿Por qué, por qué lo has jodido todo... todo? —Barbotaba. Era como si se hubiese permitido, al fin, arrancarse una máscara que le ahogaba—. ¡¿Por qué?!

Al fin sorbió por la nariz sin esperar una respuesta. No lo miré cuando salí y cerré la portezuela tras de mí. Y no respondí a su pregunta.

Amar nunca es preguntar.

—¡Ángel...! —Escuché a mi espalda su renovado sollozo—. ¡Ángel...! ¡Malillo...!

Elías ya no era nada. La arena se lo llevaba. Uno de los moros que aguardaban me dijo en un chapurreo de castellano que me diera la vuelta y me arrodillara, pero me negué. Mientras el coche de Elías se alejaba, el hombre sacó la pistola y situó su cañón entre mis ojos. Fue como si el cañón creciera y me tragara en su diminuta oscuridad.

Me rodea la oscuridad de la muerte, amor mío, pero ya no hay brujas. Ya no hay miedo dentro de mí.

Miedo y odio son el origen del mal: Rahini tenía razón. Miedo y odio a lo extraño, a lo ajeno, a lo que no somos nosotros. Pero se trata solo de oscuridad.

Y la oscuridad es pequeña en comparación con la luz de las palabras.

Veo la semiluna de su vientre como si la puerta de la librería se hubiese combado hacia fuera. Luego el cinturón, la chaqueta, la nariz grande. Se me aparece como por capítulos conforme recorro la calle de los Libreros. Está asomado a la entrada y me ve llegar. Entre su nariz y su mentón se instala una sonrisa.

—Qué cara traes —dice mi amigo el librero—. No sé si buena o mala. Anda, pasa. Tengo té.

Mi amigo el librero siempre tiene té. Creo que, cuando duerme, se lo inyecta en vena. No parece capaz de vivir sin él. En su librería, en la que ahora entro, huele a libros nuevos y viejos, y a té. Me hace pasar al pequeño almacén con patio interior donde se apilan cajas de envíos editoriales. Nos sentamos en una mesa despejada con un flexo encendido, y él atiende el pequeño hornillo. Calienta agua y añade hierbas bien ordenadas. Yo abro mi mochila y saco las fotocopias. Lo hago morosamente, como él prepara el té. Me gusta tocar este fajo de papeles gastados por el uso. Al cogerlos con una sola mano se doblan, reacios a romperse. Son papeles, tienen vida, sus bordes pueden cortar la piel, su contenido el alma.

—Bueno, ¿y? —dice mi amigo el librero.

No es preciso que responda. Ya lo percibe en mi rostro, porque el suyo sonríe y sus ojos brillan. Deslizo despacio la goma que une las hojas como si desactivara una bomba. No tengo nada que decir, pero digo.

—Me ha gustado.

—Ya lo creo —replica mi amigo el librero como si alguien lo pusiera en duda—. Y esto también te gustará.

Se levanta y hace girar su voluminoso cuerpo, resoplando. De los anaqueles con fotos de sus hijos y nietos (un banderín de España clavado junto a uno de Marruecos) coge un libro que coloca junto a las fotocopias. Ya he visto la portada en Internet, pero me impresiona más al natural. Foto de estudio con chaqueta y corbata. Me como el mundo, parece decir. *Elías Roca: el espía antifascista de Franco,* segunda edición, en un fajín amarillo, donde también se incluye la opinión del crítico de un conocido periódico: «El mejor libro sobre los entresijos de la inteligencia militar española en tiempos de Franco.» Amén, me dan ganas de decir. No sé qué siento al tenerlo entre mis manos, al pasar sus páginas, al tropezar con las hojas plastificadas donde se incluye material fotográfico. Su olor a libro, que ventea al hojearlo. El crujido de la encuadernación.

Mientras hago todo eso, mi amigo el librero habla.

—Nada sobre Carvajal, apenas una mención de pasada sobre su amante británica Sheila Wetstone... y nada sobre su hijo, si es que al final lo tuvo.

Estoy contemplando la fotografía donde aparece Sheila. En el papel me impresiona más, aunque ya había visto las líneas angulosas de su rostro y sus ojos claros. Doy un sorbo cauteloso al té. Arde. Mi amigo el librero lo bebe sin problemas. Ardemos.

—¿Por qué se mató Carvajal? —pregunto.

—¿Por qué estás tan seguro de que se mató?

—Es obvio que no lo mataron cuando el manuscrito termina.

—A menos que no lo escribiera él. Quizá lo escribiera alguien para vindicarle.

—En cualquier caso, ¿no podría ser ficción?

—Podría —conviene mi amigo el librero.

Estamos encorvados en la pequeña mesa, frente a frente, con tazas humeantes de té, papeles fotocopiados y un libro.

—Pero no es ficción —dice mi amigo el librero tras una pausa.

—No, no lo es.

—Escucha, amigo: los dos lo sabemos. Somos lectores. Amamos leer. Es Ángel Carvajal. Su voz, su vida, sus sentimientos. No sabemos cuándo lo escribió, pero es él.

—Y lo que narra es real —admito—. Así que, quienquiera que fuese la fuente que usa APN, ocultó cosas.

—O las ignoraba. Tal vez Roca las ocultó todos estos años. Y cuando su biografía se publicó, alguien, un heredero de Carvajal, pilló un cabreo monumental y comprensible. Por eso me trajo las fotocopias. Quiere que esto se publique. Ha dicho: «¡Pero si yo tengo el manuscrito del abuelo! ¡Que te den, Elías Roca, espía antifascista y traidor!» Estamos sintonizados, amigo.

—Pero ¿por qué no lo ha llevado a un editor?

—Cree que tengo buenos contactos —dice mi amigo el librero—. Y los tengo.

—¿Cuándo te dijo que llamaría?

—Hoy. No dijo una hora concreta. Pero llamará, descuida.

—No entiendo. ¿Por qué no te ha dado un número

de teléfono? No sé... Una dirección, un nombre... Si quiere que esto se publique, ¿por qué tanto anonimato?

—Eso se llama «prudencia». Quiere primero observar nuestra reacción...

—Yo no veo prudencia, veo urgencia. Ha pagado por que lo leamos...

—Porque quería que lo leyéramos, amigo. Sabe que tiene algo muy bueno entre manos, pero es discreto.

Me rasco la sien mirando la portada de la biografía, poco convencido.

—Va a llevarse buena pasta con esto —dice mi amigo el librero—. Y quizá nosotros de rebote. Tú, seguro. Lo veo para Planeta. No el premio, aunque a peores cosas se lo han dado, pero...

—Y los subrayados...

Hojeo las fotocopias deteniéndome donde el rotulador amarillo ha dejado su huella extraterrestre. Mi amigo el librero se cala sus gafitas de lectura. La expresión que pone es la del califa intentando desentrañar el cuento de Scherezade por ver si la decapita. Sus ónices se alzan hacia mí. El dictamen es evidente: que me corten la cabeza.

—Ya te dije —comenta—. No sé por qué la gente subraya cosas. Cada uno tendrá sus razones. Le parecería importante a quienquiera que fuese. —Pasa las hojas y recita algunas sentencias subrayadas—: «*Un suceso presente cuyos efectos alcanzan al futuro.*» «*Palabras...*» «*Las palabras viven para siempre. Permanecen cuando nos vamos. Y se conocerán, por mucho que destruyas a quienes las pronuncian...*» Son bellas frases. Interesantes. ¿Por qué te llaman la atención?

—No lo sé. —Me quedo pensativo—. A veces no son frases sino palabras sueltas...

Busco el capítulo en que se describe el atentado que

cuesta la vida del confidente Ghalil, con Carvajal oculto bajo el asiento del coche. Hay una frase: «Yo estaba tendido bajo los asientos delanteros...» Pero el subrayado se limita a la palabra *«yo»*. Me pregunto por qué subrayar solo esa palabra. *Yo.*

—O cuando Elías Roca menciona el nombre que le pondrá a su hijo. Dice que él es un «caballero», y esa palabra está subrayada, igual que «Ricardo»... Y hay otras...

Mi amigo el librero imita la curvatura de sus oscuras ojeras al sonreír.

—Amigo... La gente dice que tus novelas son raras. Sé por qué. Tú eres raro. No, no te rías. —Agita las fotocopias como si hiciera señas de náufrago al único barco de los alrededores—. Mucha imaginación. Pero esto no es una de tus novelas. Ni de Pérez-Reverte. Esto es real. Real. —Hace una mueca, como si la última palabra le resultara desagradable también a él—. No me refiero a esta historia de Carvajal ni a la de Elías Roca. Me refiero a esto. Todo esto. No estamos en un libro. Esto es real.

—Sí. Pero la realidad es rara.

—Rara, pero real. Elías Roca y Ángel Carvajal fueron reales. Y el que me trajo estas fotocopias también. Y... —La campana me salva. Mi amigo el librero se levanta con agilidad—. Debe de ser él. Lo hago pasar y lo conoces.

Pero, tras un rato de conversación a medias percibida desde donde me encuentro, en la trastienda, me percato de que es un cliente que esperaba un pedido. Aguardo sentado en la mesa, frente a las fotocopias, el té y la biografía de Elías Roca.

Convengo en que mi amigo el librero tiene razón.

Quién sabe quién subrayó estas fotocopias y por qué.

Quién sabe por qué se subrayan las cosas o se toman

apuntes sobre algo que se lee. Arqueología emocional. Subrayados, notas a mano, páginas dobladas, tachaduras, fotocopias, papel... Cosas para el olvido. Las claves, ahora, se ocultan en archivos binarios. Los papeles han alzado el vuelo en migración sin retorno, diciéndonos adiós como pañuelos agitados en el puerto. Dejándonos aquí, solos ante las imágenes.

Mi amigo el librero regresa tras atender al cliente y me halla entretenido leyendo la solapa del libro de Elías Roca, donde aparece una lustrosa foto en blanco y negro del célebre escritor y periodista APN. Es como si verme así despertara súbitamente su compasión, porque suspira, me pone una mano enorme en el hombro.

—Mira —dice, sentándose—. A Carvajal lo jodieron. Pero bien. Esta vida es cruel. No hay nada peor que una traición. Un amigo íntimo suyo como el listo del señor Roca. Hay que hacerse idea, esto no es historia, no es la historia que aprendes en el colegio. Esto es el tema de todos los libros de ficción: alguien es engañado. Las cosas no son como se esperaban. Han pasado años y no ha habido justicia. Todo es como una canción que suena igual desde hace siglos y no acaba de dar la nota final. Pero lo que va a gustar de esto es que es real. Tú y yo somos prehistóricos. Los libros no: los libros siguen y seguirán. La ficción no son los libros... Ahora no se lleva inventar. Tú inventas cuando escribes. Yo vendo lo que inventas. Nos morimos de hambre. Ya está, amigo. Pero esto, esto... —Señala las fotocopias—. Esto va a dar pasta porque es real.

—¿Crees en ese grupo de gente poderosa? —pregunto.

—No es que crea. Todo el mundo sabe que existen. Puedo enseñarte más libros. No hablo de Illuminati ni nada esotérico. Bilderberg. Grupos fuertes, que ponen y quitan jefes de Estado. Hemos sido peones y lo seguimos siendo. Parece que ese tal Elías Roca era un cabrón, o sea, una pieza más alta. Y parece que esto puede ser gordo. Escribirás sobre esto, tú espera, amigo. Cuando llame, lo citamos y hablamos de negocios... ¿Qué haces?

He sacado el móvil.

—Voy a llamar yo.

—¿A quién?

—A APN. —Mi amigo el librero alza la mano mientras rastreo en Google.

—¡Qué haces! Ese nos roba la historia... Es un periodista del «tomatazo». Hoy lo llamas, mañana lo sabe toda España...

—No voy a hablarle de Carvajal. Le diré que quiero escribir una novela sobre Roca basada en su libro y necesito todos los datos disponibles. ¿Crees que en la editorial tendrán su teléfono? —Mi amigo el librero lo tiene. Discutimos un poco más, pero al final abre su móvil y me dicta el número a regañadientes.

La melosa voz de APN contesta a la segunda llamada y dice que es mal momento, va a grabar un programa y están maquillándolo. Claro que le suena mi nombre, yo fui quien ganó ese premio hace... No, no ha leído aún nada mío, pero lo hará... Me agradece el elogio a su libro sobre Elías Roca, aunque se mantiene alerta. Cambia de tono cuando le digo que quiero hacerle unas preguntas. No llevamos ni medio minuto hablando y ya lamento haberlo llamado. Soy consciente de estar perdiendo el tiempo. De todas formas sigo adelante con mi excusa: estoy escribiendo una novela inspirada en Roca, y quiero ser iluminado. Quién mejor que tan ilustre biógrafo para saber cómo combinar las diversas informaciones. Cada información, le digo, es como una pieza del gran rompecabezas, pero me ayudaría mucho servirme de un modelo como guía. Una especie de imagen final. ¿Quizás él podría decirme quién o quiénes fueron sus fuentes? Mientras mi amigo el librero mueve el dedo índice en un gesto de «no cuela», APN, al otro lado del auricular, carraspea y se lanza a perorar con mucha afectación (es como si lo viera intervenir en un *reality* de la televisión).

—Bueno, sobre la vida de este hombre no hay muchos datos, claro... A ver, todo esto nació de una charla con un familiar suyo... Lo digo en los «Agradecimientos». ¿Has leído los «Agradecimientos»? Roca murió hace un par de años, y este familiar quería que yo honrara su memoria... Está en los «Agradecimientos». Pero no se me permitió citar nombres.

—Ya, y no quiero que los cites. Es solo por reunir la imagen final —insisto—. Roca no tuvo hermanos, sus padres murieron, tampoco tuvo hijos, parece, ¿no? Así que ese familiar que lo sabe todo sobre él... No veo claro de dónde sale.

Mi pesadez lo crispa, no por ella misma sino por contradecirlo. Pero APN se mueve ligero en la pesadez.

—Mira, oye, entiendo que eres escritor de ficción... Novelas de género, ¿no?... Mira, yo escribo sobre cosas reales... A lo mejor no sabes que cuando escribes sobre algo real, la discreción con las fuentes es sagrada... No puedo decirte nada más, eh. Venga, majo... No tengo tiempo ahora, de verdad... Llámame la semana que viene, tomamos un café... No, la semana que viene no. Tengo un viaje... Mejor, te llamo yo. Este es tu número, ¿no? Yo te llamo. Venga. Adiós.

—¿En resumen? —pregunta mi amigo el librero cuando cuelgo.

—Nada —concluyo.

—Ese tío siempre es así. Lees cien páginas suyas y no te dicen nada.

En ese momento suena su propio móvil y me guiña un ojo. Aguardo, pero, de nuevo, la evidencia nos frustra. Es uno de sus hijos. Hablan árabe. No se muestra muy contento al colgar, no por la llamada recibida —un asunto familiar sin importancia—, sino por la no recibida.

—Pero llamará —me asegura, firme.

—Supongo.

—Ven, comamos algo. Te invito. Vamos a ser ricos.

—Asisto a todo el proceso, casi ritual, de cerrar su librería para regresar por la tarde. Lo hace con tanta devoción que casi parece tener más deseos de cerrarla que de estar en ella. Retornamos a nuestro bar de la esquina, sembrado de servilletas y gritos, olor a vinagre y menú de legumbres. En el televisor, señores trajeados. Yo pido sopa castellana y huevos fritos, porque un día es un día. Mi amigo el librero, tortilla de patatas.

Empezamos con buen ánimo, pero a la hora en que toca abrir la librería de nuevo, ya por la tarde, todo nuestro optimismo ha ido a parar a un lugar muy remoto de nosotros mismos, como si lo hubiéramos incluido en la digestión. Nos miramos, miramos la pantalla yerma de su móvil y recalamos en la del televisor de pared, donde repiten hasta la saciedad lo de las «secuestradas de Ceuta». Por toda España hay manifestaciones pidiendo que las liberen. Mi amigo el librero se confiesa incómodo cuando la gente lo mira mal, me dice, pero se apena mucho por las chicas. Tres fotos como tres lápidas. Sabemos sus nombres de memoria: Tamara Peña, Erica Fernández, Yolanda Caballero. En el bar se guarda respetuoso silencio frente a la noticia: existe un luto anticipatorio y nos encanta vestirlo a los españoles.

Al fin claudicamos. Son casi las cinco de la tarde y mi amigo el librero mira su móvil como el sediento los espejismos del oasis. Llamará, dice, porque otra cosa no cabe. Pero ya lo dice con menos convicción que antes.

—¿Qué te dijo exactamente? —pregunto, algo inquieto.

—¿A qué te refieres?

—Cuando te dijo que quería que leyéramos esto... Te dijo en un día. ¿No? Te dijo en veinticuatro horas.

—Sí. Dijo que el propietario tenía otras ofertas.

Asiento lentamente. Sigo nervioso, ignoro el motivo.

Cuando mi amigo se marcha a abrir la librería decido quedarme en compañía de otro café. En mi isla de silencio, sitiado de jubilados y noticias amargas, con el fajo de fotocopias y mi ejemplar de la biografía de Elías Roca.

No dejo de pensar en las palabras subrayadas. Brillan ante mí como luciérnagas quietas. Un camino dorado, piezas doradas de rompecabezas.

El escritor es un ser que hace alquimia con el aburrimiento. Deposito las fotocopias sobre la mesa, y paso las hojas. Una a una, en orden. Ya no me fijo en Ángel Carvajal sino en esa pequeña abeja fosforescente que ha ido coleccionando su carga de miel. *«Real», «Peligro», «Muerte»...*

Ante mí veo un camino.

Uno de tantos, una lectura más. Pero conduce a algún sitio.

Saco un bolígrafo y, en una servilleta, me dedico a la labor de hormiga de anotar todas las palabras subrayadas disponiéndolas en una columna. Esta tarea se me asemeja a echar a andar por ese camino en amarillo resplandeciente.

«El tiempo se acaba...»

Conforme escribo, miro el nuevo paisaje. A su modo, las palabras que anoto forman otro libro dentro del libro. Tienen una fuerza que solo un lector puede ser capaz de descubrir. Quizá sea mi deseo de que en ellas haya una historia oculta. Soy escritor, y me dedico a eso: extraigo historias de las palabras. Pero, en este caso, el mármol que mis ojos van esculpiendo toma una forma inconcebible, tan obvia y dramática que me abruma. Los subrayados, aislados al fin, parecen hablar un idioma nuevo. El libro sobre Roca, la urgencia de leer las fotocopias, todo converge en una imagen final.

Lo pienso. Con tanta claridad como ahora lo escribo: No va a llamar.

No le interesa publicar nada. Subrayó esto para nosotros.

Y quiere que lo leamos cuanto antes.

Desconcertado, levanto la mirada hacia el televisor del bar.

21

La vida de la muerte está vacía

La vida de la muerte está vacía.

La vida de la vida, en cambio, rebosa de minucias. Carecen de importancia, pero, para los vivos, constituyen algo así como un tesoro, el dinero de juguete para apostar en los juegos de mesa. Recuerdos, nombres, números, deseos, datos: de todo eso está llena la vida de los vivos.

En la muerte nada importa.

Me dicen que escriba. Lo hago.

Veo la punta de la pluma deslizándose por el papel color hueso. Es un papel viejo, amarillento, oloroso.

Me hallo confortablemente sentado ante una mesa que no cojea, y aunque la luz cuelga de una bombilla en el techo y no hay nada ni remotamente parecido a una lámpara, es más que suficiente para mis ojos hechos a las tinieblas.

Quieren que escriba y obedezco. Tanto daría cualquier otra cosa.

Me detengo y miro el papel. Mis trazos parecen arañazos, mi caligrafía es un frotar de uñas en la madera.

Este es el segundo intento de escribir. No he releído el primero. Hoy me esfuerzo más por complacer a quienes siguen con vida, preocupados por las minucias.

En algún tiempo remoto creí firmemente en escribir y leer. Pero ese era el tiempo de las preocupaciones banales, cuando creía en palabras grandes. Ese tiempo se ha terminado, y con él todos los tiempos del mundo. No es que haya perdido la memoria: he perdido el interés por recordar. Estar muerto es eso, que no te importe recordar, que los recuerdos transiten por ti como viajeros en un tren dentro de un túnel, cruzándote sin dejar rastros. Tan solo con el primitivo deseo de alcanzar una salida.

Me han dicho que antes yo no era así.

Sé que antes (dondequiera que se encuentre ese «antes») mi vida era un viaje. Yo iba desde algún sitio que ignoraba hacia otro que desconocía, pero tenía conciencia de moverme. Antes funcionaba. Me parecía importante estar en marcha. Puede que supiera, o sospechara, que el final del camino era algo parecido a esto, pero el camino en sí mismo me importaba.

Dejo de escribir para mojar la pluma en el tintero. La tinta está desleída como si, a su modo, también hubiese muerto, pero releo lo escrito y añado: «Cuando yo vivía me parecía que mi vida era un texto que iba escribiéndose a sí mismo.» Tenía conciencia de haber comenzado y tener que llegar a un final. Un punto y aparte como una cima. Ahora mi texto discurre sin propósitos. No escribo: desangro la pluma en el papel.

Escribo tan solo porque usted me lo exige.

Tiempo: dos semanas (quizá).
Fecha: un día cualquiera.

Añado dócilmente estos datos al pie de mi tumba, tal como usted quiere que haga. Hoy le ha parecido buen signo que yo responda a sus palabras. Narro nuestra pequeña conversación.

Comenzó usted diciéndome, con toda razón, que «antes» era yo quien quería vivir. Es cierto que, hace dos semanas, yo no arañaba ningún papel sino la madera de una puerta. La golpeaba con mis puños, gritaba, y era usted quien, a ratos, me contestaba desde el otro lado:

—No puede usted salir. Está usted muerto.

Paradójicamente, ahora es usted quien me obliga a hacer cosas. Me ha dado papel y pluma, quiere que escriba. Y hoy, por primera vez, ese ritmo se ha detenido. Hoy no entró la sombra que abandona frente a mí un cuenco de sopa: entró usted y se sentó ante mi mesa y hojeó estos papeles garabateados.

—¿Cómo se encuentra?

No respondí.

—Comprendo —dijo—. Sé lo que le pasa. Es humano. ¿Ha leído, supongo, *Las Mil y Una Noches*? —Reconozco que su habilidad fue suprema: arrojar un libro a mi pozo para que me aferrase a él, y luego tirar con todas sus fuerzas—. El cuento del mercader y el genio. El mercader libera al genio de la botella y este, en recompensa, quiere matarle. Desconcertado, el mercader pregunta por qué. El genio responde que mil años antes habría concedido a su libertador todo lo que deseara, quinientos años antes le habría hecho rico, cien años antes le habría dejado vivir; pero ahora, tras todo ese tiempo de rabia y soledad, ha decidido matar a quien lo liberase.

—Falso —dije—. Yo no quiero matarle a usted.

—No: quiere matarse a sí mismo.

—Ya estoy muerto.

Usted pareció sopesar mi objeción.

—Hay formas de resucitar —dijo—. Los cristianos lo saben.

Me pidió que le acompañara. Obedecí. No me encuentro encerrado sino enterrado, y mis salidas son exhumaciones, como cambiar mi cuerpo de un sitio a otro. Recorrimos la callejuela oscura. La luz de la plaza, al fondo, inflamó mis ojos. En esa plazuela juegan niños a veces y observan la vida ancianas veladas. Entramos en otro reducto oscuro y usted señaló lo que había sobre una mesa.

—He visto que se ha animado a escribir y le he traído esto.

Contemplé la máquina sin parpadear.

Dotada, como toda máquina, de esa especie de entrega absoluta a su propio fin.

—¿Qué quiere que escriba? —pregunté.

—Todo.

—¿Por qué?

Usted hizo un gesto ambiguo.

—Aún no lo sé.

—No voy a escribir nada.

—Hágalo por su familia.

En ese instante sentí (lo confieso) la primera muestra de vida al fondo de mí mismo. Quise alzar mis manos hacia su cuello. Me imaginé cómo, cada paso, cada maniobra sobre el volumen de su carne grasienta, asfixiándolo. Sentí mis dedos como garras flexionándose en el aire. Pero la misma herida que me había hecho querer saltar amainó mi conducta.

—¿Qué sabe de ellos? —murmuré.

—Están bien. Lo estarán mientras usted siga aquí. No le estoy pidiendo que salga.

—Sé lo que es —dije.

—¿Cómo dice?

—Sé lo que es no moverme para salvar a otros.

Me miró acaso pensando que el desierto me había afectado. Que me alimentaba poco, que no bebía la suficiente agua.

—Repito que no le pido que se mueva. Solo que hable.

—No tengo ganas. —Tragué una áspera bola de polvo. Di media vuelta pero usted se plantó ante la puerta.

—¿Cuánto tiempo va a llorar una traición?

No respondí.

—Acepto que no quiera dar señales de vida —continuó usted—, pero solo le estoy pidiendo que cuente la verdad. ¿Qué teme de contar la verdad? Mírese. Usted ya no es nada. Ni lo que haga ni lo que deje de hacer cambiarán las cosas. Pero le queda la opción de contar. Siempre queda esa opción.

Desde donde estábamos, allí de pie en ese cuarto, yo podía observar una puerta entreabierta a mi derecha y, tras ella, sobre un viejo aguamanil, un espejo roto. Me devolvía una figura arrasada, huesuda, de piel bronceada y rostro cubierto de desidia, sueño y barba, una barba mucho más frondosa que la de usted.

—Écheme —dije.

—¿Por qué iba a hacer eso?

—Porque soy un riesgo para su gente y para usted.

—Ya lo sabía, y lo asumí.

—Pero no tiene que seguir asumiéndolo. Ya me ayudó. Hizo lo que pudo. Ahora écheme de aquí y olvídese de todo.

—¿Y qué hará usted fuera?

—Lo mismo que dentro —repliqué sin ironía—. Nadie me conocerá ya. No pondré en riesgo ni a los suyos ni a los míos. Usted lo ha dicho: no soy nada. Cuando luzca el sol seré una sombra. De noche me acostaré como los demás para fingir que duermo. Deje que me vaya. Nadie volverá a verme nunca.

—¿Y si hubiese una solución?

—A qué.

—A todo. ¿Y si usted contara la verdad y alguien la leyese? ¿Y si alguien creyese en sus palabras?

—Nadie cree en las palabras —dije.

—Pruebe.

—¿Y por qué no lo cuenta usted?

Sus gruesas cejas se alzaron.

—Las palabras pueden ser creídas, las personas no. A mí nadie iba a creerme.

Entonces lo percibí. En sus ojos, asomados a esas ojeras enormes y densas, y en su expresión astuta de vendedor de alfombras que deja en apariencia la decisión al cliente tras arrojarle un cebo suculento. (Quizá lea usted esto que ahora escribo y se ofenda: deseo que así sea.) Lo vi claramente en su rostro esta mañana, igual que veo ahora las letras disueltas en mi tinta fantasma, bajo la pobre luz.

—Nadie va a volver a manipularme de nuevo —repuse—. Tampoco usted.

No recuerdo su respuesta. Sonrió y creo que dijo: «Ya veremos.» O puede que el veneno que me ha destruido sea contagioso y haya empezado a roer la escasa amistad (si es que alguna vez la hubo) que existe entre usted y yo. Pero he leído en su rostro como en estos papeles. Veamos si puede serme útil, decía su expresión, a fin de cuentas le he salvado la vida. Veamos si puede devolverme el favor.

Pero no es cierto. No me ha salvado. Me ha traído al

desierto, a este pueblo remoto de dunas y sol, construido con ilusiones ópticas, y me ha regalado un espejismo. A esto lo llama estar vivo.

Le comprendo, como usted a mí. Cuando me trajo aquí todavía pensaba que las cosas podían arreglarse. Quise salir, pero pronto la realidad de mi nueva situación se me hizo patente.

Si vivo, mi familia muere. Si muero ahora, mi familia muere. Para que sigan vivos debo haber muerto *ya,* en un tiempo concreto del pasado. Mi muerte es irrenunciable. Pero a usted le queda mucho por salvar. Usted lo ha hecho todo: sobornar, subarrendar a los hombres que otros habían alquilado. Se ha tomado muchas molestias con mi cadáver recién nacido. Me trajo a oscuras a esta tumba y me pidió silencio. Cuando yo golpeaba la puerta usted me recordaba las palabras bíblicas, diabólicamente deformadas: una palabra mía bastaría para matarnos.

Mis lágrimas, ahora, caen sobre el papel.

Ha comprendido usted que sin palabras soy inútil. Se ha empezado a preguntar cuánto tiempo va a tenerme escondido. Nadie hace lo que usted ha hecho solo por amistad. Quiere usarme. Soy su arma, su estrategia. Mi declaración puede servirle, y lo comprendo. Incluso me ha hablado de «traición» para intentar comprar mi verdad con el recuerdo de las mentiras de otros. Lástima, me digo, que deba declinar su oferta.

Pelee usted con sus propias armas, le digo.

Esto es lo último que escribo. Arrojaré la pluma al suelo y la pisotearé.

No lo he hecho.

No sé cuántos días han pasado. Pero sé que hoy (sea cuando sea ese «hoy») se abrió la puerta de mi cuchitril y un cuadro de luz se dibujó sobre mi cuerpo tumbado.

—Me pedía usted ayer el nombre del lugar en el que estamos.

—No se lo pedía —dije frotándome los ojos.

—Pero se lo diré. —Mencionó un nombre que no me importó—. Es una aldea al oeste del Yebala. No es probable que den con nosotros pronto, así que no necesito su ayuda tanto como cree. He valorado las opciones: fuera durará usted, con suerte, un par o tres de días y morirá como un perro, pero todo hombre tiene derecho a elegir su muerte. Además, puede que muera como un perro anónimo, que es lo que desea. Quiere regalar a quien le hizo daño la muerte que se le exige, convertirse en algo menos que polvo para entregar a su enemigo lo que este buscaba.

Hizo una pausa para que yo asumiera la carga de esas frases. Luego continuó:

—¿Y por qué? Porque piensa que toda su vida ha sido una gran mentira. Tiene sentido: él fue quien le enseñó a mentir y quien al final acabó mintiéndole. Por un amigo así es más fácil morir que por un enemigo. Más daño nos hace el ser que odiamos cuanto más amor sentimos por él. Es comprensible. —Señaló la puerta—. Váyase, no voy a detenerle, nadie lo hará. No vive usted dentro de su mente: esto es solo un refugio. Para salir de él, basta pedirlo. Pero de su mente no escapará con tanta facilidad. De esta celda puede salir cuando quiera, por su propio pie. De sus recuerdos no.

—Se equivoca —dije—. Puedo escapar de mis recuerdos también.

Usted meneó la cabeza.

—No, no puede. Porque el daño no ha sido solo suyo, es lo que usted ignora. Uno de mis hombres acaba de traer información. —Hizo una pausa. Lo miré fijamente—. Permita que le cuente lo que hizo su amigo con... —Y entornó los párpados como buscando los datos—. ... el sargento Eduardo Hidalgo de la Guardia Civil... Era su ayudante, ¿no?

Permítame que le cuente, añadió usted.

Y empezó a contarme.

Lo que sucede en este preciso instante es que hago una locura.

Pero la hago porque yo mismo no la creo. Porque estoy desesperado, soy un escritor náufrago, como tantos otros. Nada tengo que perder, nada que ganar. Además, me siento viviendo dentro de una novela, como Ángel Carvajal dentro de la suya.

Por eso me permito volver a marcar el número de APN.

Por supuesto, no responde. Debe de estar grabando el programa que me dijo, pero también podría ser que haya ignorado la llamada en la pantalla al ver que soy yo. Con lo cual regreso a la librería, ofrezco a mi amigo el librero urgentes e imprecisas explicaciones y llamo desde su móvil.

Da resultado.

Cuando por fin contesta, no es su voz impaciente, desdeñosa, ni las frases con que me abro paso como a machetazos para conseguir que me preste atención lo que resulta verdaderamente emocionante. No: lo emocionante sucede cuando, tras decirle lo que he imaginado —mi locura—, surge un silencio como si brotara de un surtidor.

Si esto fuera una novela, lo sería solo por ese silencio.

Y te late el corazón, puedo jurarlo, igual que en las novelas, y la piel se te eriza, y el tiempo, realmente, se hace eterno.

La voz de APN suena, al fin, como extraída con perforadoras desde un lugar muy hondo.

—Oye, perdona... ¿Qué es esto...? ¿Quién te ha dicho eso...?

Mi boca está seca. Miro a mi amigo el librero con una emoción que no puedo conocer, porque tendría que verla en mis ojos desde fuera de mí mismo. Como el acróbata que aferra el trampolín un instante antes de creérselo: su mano firme, ya cerrada sobre el objeto, pero su mente todavía ignorante de que acertó, su felicidad aún esperando para poseerlo, su suerte aún incrédula de sí misma.

Le dejo que haga preguntas y me tomo mi tiempo para replicar.

—Lo siento, a lo mejor no lo sabes —digo—. La discreción con las fuentes que usas es sagrada.

Comparado con eso, el resto es casi aburrido.

No es que me suceda todos los días, precisaré, pero cuando sucede, me parece que encaja con el tópico. Si Dios se materializara ahora frente a mí como un ancianito de barba blanca o un triángulo de ojo ciclópeo me asombraría, pero parte de ese asombro se debería a constatar lo bien que responde su imagen al tópico. Del mismo modo, me sorprendo cuando la «persona» que APN me ha dicho que viene a «verme» media hora después de llamarle no es otra que un Citroën de la Policía Nacional. Pero se me antoja que se adapta a la idea que nos hacemos de las fuerzas del orden. También las voces cuarteadas de la radio del vehículo y las concisas y más reales de los agentes que se sientan delante y que me dicen que no, que no estoy detenido, faltaría más. Solo quieren hacerme unas preguntas.

El hombre frente a quien me sientan en la comisaría cercana a Castellana lleva gafas, traje y camisa azul sin corbata. Me recuerda lejanamente al fallecido Txiqui Benegas. Comprendo que, descrito así, y añadiendo que estamos en un despacho minimalista con el retrato del rey, las cosas parezcan muy normales. Pero no. Es un hombre diferente a lo que esperaba. Me ha dicho que se llama inspector Díaz Aire o algo parecido, y, tras intentar ganarse mi confianza hablándome de la situación tan mala por la que atraviesa un amigo suyo escritor, me pide que le «cuente».

Me hace gracia eso. Es lo que pide un lector siempre.

Pero, en este caso, mi labor es mucho más fácil, porque cuento la verdad. No tengo que inventar nada. Sin embargo, al contarla, me sorprende lo mal que lo hago. Qué nervioso, qué torpe me vuelvo con la no ficción. Mi amigo el librero tiene razón: solo sirvo para inventar.

—¿Los subrayados? —dice al fin.

—Sí. Forman... una especie de mensaje...

Me mira parpadeando.

—¿Tienes ahí las fotocopias esas? —Se las entrego. Mientras las hojea, ceñudo, sigue hablando—. O sea, resumiendo: un desconocido os dio estas fotocopias anteayer... Os pagó para que las leyeseis cuanto antes... No dijo nada más, no dejó ningún contacto y no ha vuelto a llamar... Y tú has relacionado esto con el secuestro de esas chicas.

—Por los subrayados —insisto.

—Por los subrayados —dice él, escéptico, pasando hoja tras hoja—. ¿De qué trata?

—Es la biografía de un tal capitán Ángel Carvajal, un agente de la inteligencia española de tiempos franquistas. Fue traicionado por Elías Roca. En la biografía de Roca escrita por APN no se menciona a Carvajal, pero eran amigos íntimos. Eso me hizo pensar que la traición era real y que Roca vivió con ese secreto todos estos años. Creo que el secuestro de la nieta de Roca es una venganza.

El inspector no parece escucharme: ha tecleado algo en un ordenador y los resultados le intrigan. Pone esa expresión burocrática de tomarse más en serio los datos que las personas. Asiente con lentitud. Sin embargo, dice:

—No entiendo nada. Escritor tenías que ser, joder.

Como esto no es ficción puede darse el lujo de parecer irreal.

A la realidad se le permite cualquier cosa, en tanto que la novela debe cumplir ciertos requisitos de verosimilitud.

Pero, por suerte, esto que narro es lo que ocurre. Y lo que ocurre nadie tiene el deber de explicarlo. Lo que ocurre puede ser mágico o imposible: que lo expliquen quienes puedan y se dediquen a eso.

Lo primero que ocurre es que nos mudamos de despacho. Me llevan a un extremo de la comisaría donde se encuentra una sala que parece de juntas, con una gran mesa y varias sillas alrededor. Contigua a esta hay una salita de espera, como de consulta de dentista. Atardece en la ventana. Han sido muy amables y me han ofrecido café (preferí agua) y sándwiches plastificados (decliné, pero enseguida me arrepiento porque empiezo a sentir hambre cuando el policía se va). Cuando me hacen pasar a la sala de reuniones quince minutos después, hay más personas.

Me presentan a un hombre de baja estatura y barba gris que, en mi confusión, entiendo que es el Extorsionador. No me dice eso al estrecharme la mano, claro, pero mi ansiedad lo entiende mal. «Andrade, del departamento de Secuestros y Extorsiones», dice. Yo replico que estoy encantado de conocerle. Un hombre más joven, gordito y también trajeado parece su ayudante.

—El inspector Díaz me ha puesto al corriente —dice Andrade—. En primer lugar, gracias por su ayuda. No queremos entretenerlo mucho. ¿Le importaría contestar unas preguntas?

—En absoluto.

Todo es mentira, me percato en ese instante: no estamos encantados de conocernos, todo lo contrario, y no me agradece la ayuda y probablemente maldice el día en que nací y le trae sin cuidado entretenerme o no. Y a mí sí me importa contestar sus preguntas, porque son las mismas que me ha hecho el inspector pero con más suspicacia y un tono de voz chirriante. Vienen a resumirse en una: ¿qué hace un escritor de novelas hablando con los encargados del caso de un secuestro yihadista?

Pero entonces todo toma un sesgo distinto. Andrade el Extorsionador quiere saber si conozco a Yolanda Caballero o su familia, o a alguna otra de las chicas secuestradas. La sospecha, esa bola situada en un extremo del plano inclinado, se desliza hacia mí con pasmosa facilidad. Como cuando alguien tose durante una epidemia y todos lo miran, acusándolo. Hay cierto grado de culpa en que otros sospechen de ti.

Durante unos diez minutos respondo a todo que no. Andrade empieza entonces a preguntarme cosas que solo pueden ser respondidas con un «sí»: ¿soy escritor?, ¿he publicado?, ¿vivo en Madrid?, ¿soy un ser humano?

Mis afirmaciones parecen satisfacerle más. Es como si se alimentara de afirmaciones. Sí, tengo problemas económicos. Sí, quién no los tiene hoy. Sí, hoy casi nadie puede vivir de escribir. Sí, tengo problemas con mi mujer. Sí, quién no los tiene.

Algunas preguntas que hace al final del largo interrogatorio me agradan menos: como las referidas a mi amigo el librero «que es marroquí, ¿verdad? Musulmán, ¿no?». Sus conclusiones, cuando por fin decide ofrecerlas, tampoco resultan gratas.

—Vamos a ver. Afirma usted que estos subrayados con rotulador fosforescente y esta foto borrosa de la... amiga de Elías Roca le han llevado a pensar que todo puede relacionarse con un secuestro actual, cuyos detalles no se mencionan ni en el libro, ni en las fotocopias, ni en los subrayados ni en nada. Ha sido una «intuición» que usted ha tenido. ¿Es correcto?

—¿Puedo contestarle con otra pregunta? —digo.

—No. Puede contestarme con una respuesta.

—Sí, es correcto.

—Muy bien. Y ahora, pregunte lo que quiera.

—Pues verá, se me ocurre preguntar... Si estoy equivocado, ¿por qué sigo aquí después de tres horas? Y si no lo estoy, ¿por qué no hacen algo con lo que les he contado? Quiero decir, algo más que intentar demostrar que estoy equivocado.

Me miran como si les hubiese planteado una multiplicación con números de cinco cifras. Suena la puerta y un policía se asoma para decir que ya «han llegado» los que todos, menos yo, esperaban. Andrade cabecea y me pide que salga. Regreso a la salita de espera del dentista y cuando me llaman de nuevo, veinte minutos después, me presentan a alguien a quien todos parecen reverenciar.

Lo conozco, claro, toda España lo ha visto por televisión en los últimos días: alto, delgado, de piel morena y arrugada, calvo, serio, consciente de la gravedad del asunto. Es el portavoz de la familia de Yolanda Caballero, un abogado a quien llaman Felipe. Lo bueno que tiene Felipe es que, a diferencia del resto de los seres con los que me he topado hasta ahora en la comisaría, no se muestra suspicaz. De hecho, lo que hace es defenderse de la suspicacia de los demás.

Admite que, por supuesto, estaban al tanto del apellido «anterior» del padre de Yolanda. Saben que se llamaba Ricardo Roca, o así fue bautizado, hijo de Elías Roca y una aristócrata inglesa llamada Sheila Wetstone, ambos fallecidos. Lo que ignoraban, lo que todos ignoraban en la familia incluyendo a Ricardo Caballero, era la existencia de «ese tal Ángel Carvajal», o esas fotocopias.

—Eso no lo sabe nadie —sentencia—. Ni yo ni nadie de la familia... Ni conozco a este señor tampoco. —Me señala—. Ni Ricardo lo conoce, ni yo lo conozco.

Andrade me hace casi las mismas preguntas que antes, como para mostrar cómo respondo ante Felipe. Una imagen aparece en mi febril fantasía: la realidad tiene la misma forma y torpeza que un escarabajo pelotero arrastrando una bolita de mierda. Esta realidad torpe, ciega, que se pone obstáculos a sí misma.

Cuando acabo, Felipe el Portavoz insiste.

—Yo solo digo que no tengo ni idea de esto. Si quieres, se lo cuento a Ricardo.

Me hacen salir. Me hacen entrar. Ahora hay una persona más sentada a la mesa. Es un hombre también calvo, con las sienes grises y un bigote desvaído, bastante más delgado y paliducho que Elías Roca pero con un innegable parecido. Sobre todo en los ojos: y se parecería más si no los tuviera ahora manchados con grafitis de sangre. Ese hombre —no hace falta que nadie me lo diga— es la Tragedia.

—No sé nada —dice—. No entiendo nada. ¿Y usted quién es? —me pregunta.

—Tranquilo, Ricardo —dice Felipe el Portavoz—. Es ese escritor que ya te dije.

—¿Y qué tiene que ver este señor con Yoli...? ¿Qué hace aquí? Yo no entiendo nada. Esto ¿qué coño es? —Mira las fotocopias, las golpea como si alguien hubiese vaciado un cubo de basura sobre la mesa—. Pero, a ver, hombre, por favor... ¡Pero vamos, hombre!

Andrade le deja hablar. El dolor lo hace ser rey, pienso. El dolor tiene una poderosa manera de tiranizar. Él es el padre, pienso, y por tanto, sobre él pivota la Tragedia. Él puede decir cosas que nadie más puede.

—¡Mi padre nunca me habló de esto! —Se exalta Ricardo Roca o Caballero—. ¡Esto es una trola, coño, Felipe! ¡Estamos esperando la confirmación yihadista! ¿O no? ¡Estamos esperando que esos moros lo confirmen! ¿O no?

—Ricardo, calma, estos señores dicen...

—¡Hay otras dos niñas! —dice Ricardo—. ¡Otras dos niñas, coño! ¡Amigas de mi hija! ¿También tienen que ver con esto? ¿Con mi padre? ¿Con...?

—Ricardo...

—Pueden haber sido secuestradas para desviar la atención, don... —dice mi inspector pero calla de repente. Andrade ha recibido una llamada importante y nos hace gestos de que le disculpemos. El ayudante gordito toma la palabra.

—Señor Caballero, tenemos que seguir todas las pistas, en un caso como este. No podemos descartar nada.

—A ver, Juan, ¿vienes un momento? —Interrumpe Andrade el Extorsionador y el inspector Díaz Aire se levanta como si estuviese hecho de su segundo apellido. Hay una especie de revuelo. Las cosas han tomado otro rumbo, no me cabe duda, se palpa en el ambiente. Nos quedamos algo solos el gordito, el portavoz, Ricardo y yo. Me emociona, sin que pueda explicar bien por qué, ver a este último calarse unas gafas de lectura que saca de una bolsa de piel de un bolsillo superior de su chaqueta con dedos temblorosos, y ponerse a hojear las fotocopias. Su rostro sigue atenazado por el dolor, pero ahora, también, atrapado por las palabras escritas a máquina en unos viejos papeles hace más de cincuenta años. Absorto, como yo lo estuve. Como lo estuvo mi amigo el librero. Sus labios aún torcidos en una mueca de dolor. Su ceño fruncido lleno de terribles imágenes, la angustia horrenda de su hija inocente, pero sus ojos tras las gafas recorriendo las palabras como un tren suave las vías de ferrocarril. Estación final: la verdad.

Andrade me hace salir de nuevo pero no a Ricardo y Felipe. Hago mutis en esta obra del desconcierto, y en la salita me encuentro a mi amigo el librero de pie, aguardando para entrar y sustituirme. Me apena que lo hayan traído también a él, pero es completamente lógico, aunque mi amigo el librero no lo ve así. Está fatigado, más ojeroso que nunca, y me mira con algo de encono.

—Amigo, nos has jodido a todos —dice.

Pasan casi tres cuartos de hora y estoy por darle la razón: los he jodido a todos. En un momento dado veo salir a Felipe y al padre de Yolanda Caballero. Este se me parece a la imagen que conozco de Elías Roca. Tiene los hombros hundidos y Felipe le pone la mano en uno. Pero no hablan de nada trascendental.

—No, aquí no se puede fumar, Ricardo —dice el portavoz—. Hay que salir.

—Pues salgamos.

—Espera. Preguntaré a ver si podemos fumar aquí. Ahora vengo.

Ricardo Caballero no parece enterarse de que su amigo se aleja. Sostiene un cigarrillo sin encender y lo mira como si no supiera para qué sirve. A mí, en cambio, me mira como si supiera exactamente para qué sirvo, y está claro que no le gusta mi posible utilidad. Pero se le ve necesitado de hablar. El dolor tiene hambre de oídos.

—Esto es como estar condenado y esperar sentencia —dice, y solloza.

—Todo se arreglará —murmuro como un estúpido.

Le ha entrado hipo. Se lleva la mano a la boca. Es la mano del cigarrillo, y por un instante lo deja en los labios y luego se lo quita. Se me ocurre que semeja una versión madura y arrasada del padre primerizo aguardando en el hospital.

—Esa historia... —dice—. Usted la ha leído, ¿no? La de ese capitán que conoció a mi padre... —Asiento. Sus palabras se han desprendido de sus gestos: como si quisiera decir otra cosa, algo abrupto, perturbador, pero la voz le brotara por sí sola—. ¿Menciona a mi madre?

—La menciona.

Pasa un momento moviendo la cabeza.

—Yo no la conocí —dice—. Murió joven, al poco de nacer yo. Pero he visto fotos, claro. A mi padre no le gustaba que las viese. No le gustaba recordarla, creo que porque siempre fue su verdadero amor... Apenas me contó cosas sobre ella... Pero recuerdo que cuando Yoli..., cuando Yolanda creció, mi padre se quedó asombrado. Tanto tiempo intentando olvidar a esa mujer, y de repente su nieta... se parece tanto a ella... Un espíritu, decía a veces.

—Sí, se parecen mucho —admito—. Vi una foto en la biografía de su padre. Y cuando volví a ver la foto de Yolanda en las noticias, supe que debían de ser familia.

—¿Cómo pudo...? —Mueve la cabeza mirándome, desconcertado—. Eso solo lo saben los íntimos. Que mi padre era Elías Roca... En la biografía prohibí que se dijera siquiera que tuvo un hijo. ¿Cómo pudo usted saber que Yolanda...? —Su expresión es casi acusadora.

—En las fotocopias de Ángel Carvajal sí se le menciona a usted.

—Pero mi apellido no es Roca, el CNI hizo que mi padre adoptara otro nombre.

—En esas fotocopias la palabra «Caballero» está subrayada, y el nombre de «Yolanda» en tres sílabas separadas... Muchas pistas. Cuando las escribí juntas, comprendí.

—¿Quién pudo subrayar eso?

Me encojo de hombros. Hace una mueca.

—Yo apenas le hablaba a Yoli de su abuela paterna... Sabía que mi padre había trabajado en algo de lo que no se podía hablar. Sabía que se había cambiado los apellidos. Pero prohibí que se hablara de eso en la biografía —repite.

—¿Así que nació usted en Rabat? —pregunto para distraerle.

—No, nací en Ceuta. Mi padre quería que naciese en territorio español. Luego, cuando mi madre murió y él dimitió de su cargo, vivimos en Madrid los dos. Yo al cuidado de una chacha. Él iba y venía. Años después se casó con una francesa, buena mujer. Vivió feliz, como merecía. —Me mira con dureza. Me parece ver en sus ojos un fuego que acaso heredó de su padre—. Papá lo dio todo por este país. Todo. El franquismo le llevó a dimitir, y nadie ha honrado su memoria nunca. Así es España de ingrata. Y cuando falleció, pensé... Bueno, siempre me ha gustado la historia, como a él.

A Ángel Carvajal también le gustaba, pienso, pero le dejo hablar.

—Papá quería que me hiciera catedrático. —Sonríe—. Lo intenté, pero acabé de gerente en una caja de ahorros. Y cuando falleció, me dije: «Ahora o nunca, Ricardo.» Un amigo conocía al periodista ese... —Menciona a APN—. Lo llamé, le ofrecí escribir una biografía sobre lo que sabía de mi padre, lo que él me había contado. La única condición sería que mi nombre no se citara. Solo quería honrar su memoria. Otros pagan mausoleos, yo quería un libro. Un libro dura más —añade, volviendo a encender los ojos.

—Todo lo escrito dura más —digo.

Se me queda mirando, de nuevo débil: una mala imitación de Elías Roca.

—Ese capitán... —dice—. Ese... Esa historia de ese capitán que mi padre conoció...

—Ángel Carvajal, sí. Eran grandes amigos.

—Nunca me habló de él. ¡Nunca! —Hace muecas de nuevo, como sin atreverse a seguir hablando—. ¿Mi... Mi padre... le hizo daño?

—Creo que sí.

Baja la cabeza. Siempre es incómodo ver llorar. Pero en estas circunstancias se me antoja, además, horrible. Recuerdo a Elías Roca llorando en el coche, antes de enviar a la muerte a Carvajal. Es injusto, pero eso es lo que recuerdo. Sin embargo, sea cual sea el pecado original, el hijo de Roca ha pagado con creces. No puedo ni imaginar el infierno que sobrelleva Ricardo Caballero. Tengo dos hijos. No puedo ni pensar en lo que significa saber que tu hijo ha sido secuestrado. No creo que haya nada más inhumano. Es una visión tal que ni siquiera puedo concebirla.

Cuando al fin recobra el lenguaje tiene la visión inflamada de furia.

—¡Esto lo han hecho los moros! —susurra, y huelo el aliento de la amargura—. ¡Los moros de mierda! ¡Los del... 11-S, el 11-M, la matanza de París...! ¡El ISIS! ¡Esos moros asesinos... se la han llevado...! ¡Qué coño dice usted...!

No respondo. Felipe el Portavoz acaba de llegar y se encuentra el espectáculo. Al igual que yo, parece sentirse impotente.

—Anda, ven, Ricardo. Nos dejan fumar en otra salita.

—¿No hay noticias? —pregunta sin esperanza Ricardo Caballero.

—No, todavía nada. Anda, ven.

Su amigo casi lo está empujando, pero aún tiene tiempo de volver hacia mí su rostro contraído.

—¿Qué culpa tengo yo de lo que le pasara a ese capitán? ¿Eh? —me espeta—. ¿Y mi hija? ¡Tiene solo diecisiete años! ¿Qué culpa tiene mi hija? ¿Eh? ¿Eh...?

—Anda, ven, Ricardo...

Se aleja por fin.

Ignoro si lo he jodido todo, como ha dicho mi amigo el librero, pero tengo la sensación de que la gente me mira como si así fuera.

El único ser verdaderamente feliz del universo es APN: llega unos minutos después de que el hundido padre de familia y su amigo se hayan ido a fumar, y cuando llega, todo ha cambiado.

Somos amigos ya. Nuestra amistad ha surgido hace apenas cinco minutos y, de hecho, APN y yo ya éramos amigos antes de que yo lo supiera, mientras la policía lo traía a comisaría, punto de encuentro —por lo que se ve— de todos los relacionados con el caso. Su amistad se traduce en el abrazo que me da nada más verme. Las reticencias del mediodía han sido relegadas al olvido: ahora somos colegas, compis, vamos a escribir un libro juntos. Qué puntazo, me dice, eso lo repite varias veces, qué puntazo, macho, adivinar que una de las secuestradas era nieta de Elías Roca. Se quedó de piedra cuando se lo dije por teléfono, y claro que tuvo que llamar a la policía, porque él sí lo sabía pero Ricardo Caballero le había prohibido que revelase su identidad a nadie. Claro está, ni Ricardo ni él conocían la existencia de las fotocopias de Ángel Carvajal. Qué puntazo, repite, soy el héroe del día, dice.

Se encuentra en su salsa. No solo no le importa que lo hayan traído a declarar sino que lo agradece. Porque, en primer lugar, eso le ha permitido conocerme, y ya era hora de conocer a una de las primeras plumas de este país (lo dice como si yo fuera una de las últimas primeras plumas que le quedaban por conocer), y también porque le encanta estar en el epicentro de todo seísmo. Me toma del brazo para alejarme de la puerta y cuchichea. Es un cuchicheo como solo personas como él saben hacerlo: dirigido a todo el mundo, incluso al policía que monta guardia al fondo del pasillo, y que da a entender a quien nos oiga (a cualquiera a diez metros a la redonda) que lo que hablamos es confidencial y solo puede ser usado previo pago de los oportunos derechos. Intercala elogios con preguntas. ¿Cómo obtuve esas fotocopias? ¿Qué cuenta ese capitán, a grandes rasgos? ¿Escribía bien? ¿Era franquista? ¿Revela secretos de Estado? Me tranquiliza al respecto de que acabe convirtiéndome en una versión española de Edward Snowden, sobre quien también escribió un libro.

—Tú no te preocupes de nada, majo, tengo amigos en la policía, el ejército y el CNI. Nadie te va a tocar un pelo. —Entorna sagazmente los párpados—. Así que dices que lo averiguaste gracias a ese manuscrito del capitán Carrascal...

—Carvajal —corrijo.

Hace un gesto de desdén.

—Lo que sea. Los nombres correctos vendrán después. Ahora hay que hacerse una idea de conjunto. Oye, ¿y dónde está el manuscrito? La policía no puede quitártelo, eh, es tuyo. No pueden quedárselo, ni como prueba ni como nada. Llamaré a mis abogados, no te preocupes. ¿Tienes copia?

—No, y no es mío realmente.

—¿De quién es?

—Se lo dieron a un amigo mío que es librero.

Le explico los detalles. APN reflexiona. No parece gustarle la idea de compartir los beneficios del libro con un tercero, menos aún si es moro, pero comprende —con esa centelleante intuición que posee— que lo de mi amigo el librero y yo es inquebrantable y tendrá que tragarnos a ambos si quiere a uno de nosotros.

—¿Y ese tío que se lo entregó a tu amigo, el hombre de la barbita rubia, no sabéis quién es? —pregunta.

—Ni idea. Supongo que alguien relacionado con todo esto.

Haciendo gala de su rapidez intuitiva dice algo entonces que yo ya sospecho.

—La policía tiene que estar buscándolo por todo el país. —Menea la cabeza, admirado—. O sea, en las frases subrayadas de esas fotocopias hay... ¿un mensaje oculto?

—Bueno, así me pareció. Frases subrayadas... Palabras que...

—Qué puntazo. —Me corta—. ¿Un mensaje sobre el secuestro de la hija de Ricardo? —Asiento—. Hay algo que no entiendo. Si el que os dio esas fotocopias sabía lo del secuestro, ¿por qué dejó un mensaje dando pistas?

—Quería ayudar a Yolanda, supongo.

—Pero si quería ayudarla, ¿por qué no decirlo a las claras?

Es una buena pregunta. No tengo respuestas.

—Escucha —me dice APN—: aquí sigue habiendo mucho misterio. Te tendrán un huevo de tiempo declarando, pero si se pasan, me lo dices. Tienes mi número. De día o de noche. Conozco abogados. Yo estoy aquí para respaldarte. ¿Conoces El Suspiro?

—¿Qué?

—Que si conoces el restaurante El Suspiro.

—Ah. No.

—Está en Diego de León, se come de puta madre —dice, bajando la voz ahora de verdad, como si ese fuera el verdadero secreto—. Vamos a quedar allí, si te parece. Cuando todo esto se resuelva. Invito yo. Van muchos periodistas, está de moda. Así, de paso, quizá nos vean juntos y nos hagan fotos. Es conveniente ir anunciando nuestro libro. Hay que venderlo ya. Lo de escribirlo te lo dejo a ti. —Me señala el pecho—. Tú eres la pluma de nosotros dos, pero yo tengo mucha más experiencia en esto que tú. Déjame el tema a mí. Lo que importa es que nos devuelvan la historia del capitán Carrascal. Esa es la madre del cordero... Perdona un segundo.

El móvil que saca de la chaqueta me provoca serias dudas sobre si habrá algo que sea incapaz de hacer: su pantalla es tan grande que parece que APN está contemplándose en un espejo, como la malévola madrastra de *Blancanieves*. Yo aprovecho la pausa (nunca se agradecerá lo bastante que personas como APN lleven esos collares de esclavo en los bolsillos) para meditar en lo que dice. Quizá sea conveniente decirle ya, pienso, que no tengo intención alguna de escribir un libro a medias, o a dos tercios, porque siempre he escrito solo, y hasta he llegado a creer que me hice escritor porque quería estar solo. Además, tengo la impresión de que en este terrible asunto todavía puede ocurrir cualquier cosa, de que todo depende de pequeñas fluctuaciones del azar, ese temible mercado de Bolsa de los sucesos humanos. Es lo primero que le digo a APN cuando vuelvo a formar parte de su campo visual.

—Habrá que ver cómo acaba esto.

—¿Esto? —Me mira burlón—. Esto ha acabado ya.

—¿Qué? ¿Las chicas? ¿Las han encontrado?

Tuerce el gesto, como si fuese de mal gusto incluir un tema tan dramático en la hermosa comedia de nuestra charla.

—No, nada de eso, he recibido un mensaje de un viejo contacto que tengo. ¿Conoces el Criptológico?

—Yo es que de restaurantes no...

—No, hombre, el Centro Criptológico Nacional, un organismo relacionado con el CNI. Tengo algún amigo allí, de cuando escribí sobre las filtraciones de Snowden. Pero esto que no salga de aquí. —Así se lo prometo, sabiendo dos cosas: que es una promesa falsa y que él quiere que sea falsa, porque para APN los secretos son como libretas de ahorro, solo existen para poder tener algo valioso que usar en el futuro—. Me ha dicho que la historia de tu capitán está «sepultada». ¿Sabes qué significa cuando dicen eso? Que es un archivo clasificado pero antiguo, macho, sobre el que ya no hay nada más que hacer. Caso cerrado. O sea que... ¿Entiendes?

—O sea...

—O sea, que han confirmado la historia de tu capitán. Qué puntazo. El hijo de puta de Roca la ocultó toda su vida...

Ya no es «ese gran español, ese espía antifranquista injustamente olvidado» sino el «hijo de puta de Roca». En connivencia con su exaltación aparece mi amigo el librero. Viene fatigado y enorme, con esos andares que tiene que es como si estuviera aprendiendo a moverse en un planeta ajeno al suyo. Pero sonríe.

La sonrisa lo aligera como un globo de helio.

No hacen falta presentaciones, porque ya conoce a APN y lo traga tan poco como APN a él, con lo cual el abrazo que se dan es muy fuerte y casi lloran de felicidad por la dicha de encontrarse juntos. Cuando acaba el saludo mi amigo el librero sonríe.

—Antes te hablé mal, perdona, amigo, estaba enfadado. —Le quito importancia palmeándole el hombro—. Tengo noticias. Me estaban interrogando por segunda vez cuando alguien llamó y, zas, se fueron todos corriendo por la puerta, tropezando casi. Me he asustado, pero luego vino un policía a decirme que ya no iban a hacerme más preguntas por ahora. Se acabó.

—¿Y a mí? —APN se muestra dolido—. ¿No van a hacerme preguntas a mí?

—No lo sé, pero creo que ya solo estorbamos. Esto se va a llenar de periodistas de un momento a otro.

—Perdona, yo soy periodista —dice APN—. Te aseguro que nadie sabe nada aún.

—Pues qué quieres que te diga, amigo, pero lo que sea que ha ocurrido, ha ocurrido ahora mismo, y es algo nuevo, y por los comentarios que he oído cuando han llamado a Ricardo Caballero, es algo bueno...

—Las chicas... —murmuro.

—Quizá. —Mi amigo el librero me mira. En sus ojos profundos y oscuros asomados al balcón de sus ojeras veo una emoción tan grande que ni siquiera su cuerpo parece capaz de contenerla—. Estoy pensando que... Mira que... Mira que si esa idea que tuviste... Mira quc si esos papeles sirvieran para que esas tres muchachas...

Hasta APN se calla cuando mi amigo el librero se emociona. No es fácil ver a mi amigo tan emocionado: está acostumbrado a emocionarse a solas, en privado, con los libros, como tantos otros lectores.

—Dios lo quiera —dice APN.

Yo apenas puedo creerlo.

Mira que si leer sirviera para algo, pensamos mi amigo el librero y yo.

Algo ha cambiado. Ligeramente. O no.

La casa sigue ahí. El aparato de aire acondicionado continúa con su modesto fragor. Todo está como estaba, pero la sensación es que nada es igual. Desde la puerta de entrada, entornada, llega el rumor de una conversación. A veces se alza una voz. Pausa. Voces. Pausa. Entonces salen tres hombres.

El primero es el que hablaba por el móvil momentos antes. Les mete prisa a los otros. Allez, allez. Vite. *Los otros son más jóvenes. Uno de ellos es de gran estatura, robusto. Llevan bolsas de deporte que depositan a los pies de la furgoneta. Los dos hombres más jóvenes quitan todas las lonas y hojas de palmera que la cubrían, el mayor guarda las bolsas en el interior. Suben con rapidez. El robusto tras el volante, el otro de copiloto, el mayor en la parte trasera. Es un visto y no visto. Como si los ruidos de las portezuelas al cerrarse tuvieran algo de mágico. Antes había tres hombres y una furgoneta, ahora ya solo la furgoneta. Faros muy blancos, cegadores, un motor que carraspea. Se mueve hacia atrás, hacia delante. El acelerador, los frenos chirrían, los neumáticos apisonan la grava. Luces rojas traseras. Luego nada.*

La casa, de nuevo. El aire acondicionado como una rueca de telar.

Por un instante, solo eso. Solo ese mundo aislado, escondido.

Entonces, como titubeante, el primer gemido.

Un sollozo. Se unen otros dos.

Tres llantos en diferentes tonos y tiempos. Débiles al principio, gritos al fin.

Como tres criaturas que quisieran nacer juntas.

22

El origen del mal

Hoy concluí mi narración. La he escrito a máquina, dividido en capítulos con un título para cada uno. El primero se llamará «La profecía». Trata sobre mis recuerdos de Sonia Masomenos. En el último, titulado «Ejecución», describo los acontecimientos hasta que Roca me abandonó frente a sus mercenarios. Aunque sobreviví, solo fue a medias. Mi vida finalizó ahí. No añadiré los dos nuevos textos a mi crónica: el que he llamado «La vida en la muerte está vacía», ni este que ahora escribo, al que daré el título de toda mi narración. Ignoro por qué tenía que bautizarlos con títulos, ya que no se trata de ninguna novela, pero pensé que mi declaración necesitaba de sentencias que lo resumieran todo. Introduje una hoja en blanco en la máquina y tecleé en la parte superior, en mayúsculas: «EL ORIGEN DEL MAL.»

La historia de mi vida antes de morir.

Esta mañana dejaron un cazo de cuscús en mi habitación. Bebí té en abundancia y decidí salir a estirar las piernas. Me sentía extraño, ahora que ya había terminado al fin de redactar mi historia. Antes tomé la precaución de guardar los papeles que componen toda mi narración hasta mi muerte sin el añadido de estos dos últimos capítulos en mi escondite predilecto, entre la pared y el camastro donde duermo. Estos dos capítulos los esconderé aparte. No son para nadie, y quizá los destruya al final. Mi vida ya está contada. Que sea para bien.

El patio estaba lleno de sol y niños. Todos me conocen ya y me llaman «Anje» y sonríen con sus caritas morenas. Las mujeres veladas cabecean hacia mí. «Anje, Anje.» Apenas hay hombres en el poblado, salvo los tullidos o enfermos; el resto monta guardia en las entradas principales, custodiando a quienes traen víveres o salen a explorar territorios vecinos. El Gran Dios del desierto nos abraza a todos. Bajo su sol me he ennegrecido, y esa circunstancia unida a mi barba, mi chilaba y mis alpargatas de nativo me dan un aspecto decididamente moro. En mi vida anterior (o mi única vida) ya había imaginado alguna vez hacerme pasar por moro, pero ahora ya no es un disfraz. Soy yo. La transformación se ha producido en mi interior.

De un lado del escritorio de interventor al otro.

Soy como ellos, pensaba deambulando por la soleada plazuela.

Pasa el tiempo, y lo que parecían barreras infranqueables se esfuman. Dios, situado a la distancia precisa, dueño de todas las perspectivas, nos iguala con la mirada.

Todos somos todos.

Rahini se había marchado hacía días (a veces lo hace, uno de esos viajes clandestinos y arriesgados para ver a otros hermanos) y regresó hoy, no sé en qué momento de la tarde. Yo estaba en mi celda, descansando. No es una celda, pero me gusta llamarla así: en ocasiones pienso que me sirve para protegerme del mundo, otras a la inversa.

Cuando Rahini apareció en el umbral pensé que los tiempos en que yo lo miraba desde mi elegante distancia de europeo habían quedado lejos. Ahora él, con sus chaquetas, camisas y zapatos con cordones, parece el más occidental de los dos. Hasta su olor me trae noticias de un mundo donde importa usar reloj y te duchas con agua caliente.

Sus hombres pusieron fruta en una fuente y sirvieron té.

Nos sentamos frente a frente, entre la máquina de escribir, testigo silencioso. Cogí una naranja y empecé a mondarla. Rahini tomaba dátiles.

—¿Ya acabó? —preguntó sin inflexiones.

Al grano, como siempre. Es algo que he aprendido de él.

—Sí. ¿Cómo está mi familia?

—Lo último que sé es que siguen bien, en Granada. —Paseó su mirada de ojos abultados por la habitación, alerta—. Llorando la muerte de usted, pero bien.

—¿Qué les han dicho?

Mi anfitrión sopesó sus palabras.

—El Alto Estado Mayor les dijo que se quitó usted la vida. —El golpe me hunde en el silencio. Pienso en ti, Ángeles, en mis hijos—. Es la historia que conviene. Lo de que el sargento Hildago, espía y traidor confeso, lo asesinara no se ha hecho público. ¿Está contento del resultado? Me refiero a su narración.

—He contado lo que quería contar.

—¿Por qué sonríe?

—Estaba pensando que siempre he querido ser escritor —dije—. Luego estudié Historia, y al final no fui una cosa ni otra. Es curioso que sea ahora, ya muerto, cuando he escrito algo. Y de hecho, parece una especie de novela.

La naranja era muy ácida. Un sorbo de té me hizo tragarla.

—¿Me lo dará? —preguntó Rahini.

—Depende.

—De qué.

No contesté.

Rahini parpadeó como acostumbra hacerlo. Te parece que parpadea por una súbita orden de su voluntad, no por un reflejo. Es un hombre que con todo su ser proclama que no obedece a nadie.

—Sigue sin fiarse de mí —dijo—. No sé qué más hacer para conseguir su confianza.

—No necesita mi permiso. Dígales a sus hombres que me liquiden y registre mi cuarto y coja mis papeles.

—Nunca he querido matarle. Yo soy, más bien, quien le salva la vida siempre.

—Pues perdone que le diga, la última vez no lo logró.

Mi venenosa (y, pienso ahora, ingrata) réplica le hizo mirarme largamente, en esa ocasión sin parpadeos.

—No siempre tendremos tanta suerte —dijo—. Recuérdelo. Está usted vivo, crea lo que crea. Y eso quizá le hace sospechar de nosotros. —Fruncí el ceño. Rahini abrió las manos—. No sé, se me ocurre que quizá sea usted tan retorcido como para creer que esa suerte no fue tal, y que en realidad trabajo para... su amigo.

—Nunca he pensado eso. Y no es mi amigo.

—Pero puede llegar a pensarlo. Ya le conté que lo ocurrido fue un azar que no volverá a repetirse. Elías Roca no quería usar a ninguno de sus hombres para asesinarle porque sabía que siempre hay chivatos entre ellos. Era imprescindible que en Madrid no lo supieran. De modo que pagó a mercenarios nativos con buenas referencias. Pero dio la casualidad de que los mercenarios me conocían, y me guardaban más respeto a mí que al dinero de Roca. Alá quiso que me informaran la noche de la víspera. Fue milagroso, ya se lo dije. Pero insisto: no siempre la pistola que le apunte bajará el cañón, capitán. No siempre estará usted vivo cuando viaje en el maletero de un coche ni abrirá los ojos en un poblado del desierto, bajo el sol, en una habitación segura. Esto no es una farsa preparada para engañarlo y luego eliminarlo. Ya le dije: tiene usted *baraka*, sí. Pero no durará para siempre.

—Nada dura para siempre.

Escuché su profundo suspiro. El rumor de su paciencia.

—Quiero su narración mecanografiada, capitán, pero para usarla a mi modo, no para echarla al fuego, como haría Roca... ese padre feliz.

Esto último fue lo que me hizo alzar la vista por primera vez. Yo también era capaz de mirar fijamente. Nadie mira con más fijeza que los muertos. Rahini lo percibió. Sin duda lo había dicho con esa intención.

—¿No se lo dije ya? Elías Roca ha tenido un niño. Fuerte y sano, por lo que sé. Lo ha llamado Ricardo. Dicen que el padre está loco de alegría: dará una fiesta en la casa que ha adquirido en Ceuta. Quizás aproveche para anunciar la boda con su pareja inglesa. Se comenta que está reclutando camareros y hasta jardineros de las cabilas. No repara en gastos. Con la comida y bebida que ha encargado, muchos de los niños de esas cabilas podrían tener atención médica. Pero ¿qué le importa a Roca eso? —Terminó su té sin apenas inclinar la taza—. Al menos la Operación Brujas, por lo que sabemos, está paralizada —continuó—. Quizá lo de usted ha influido. Desean ir despacio, tienen todo el tiempo del mundo. Pero pronto seguirán adelante. Están manipulando a los soviéticos, y los americanos creerán que trabajamos para ellos. Es un túnel de una sola dirección. Su declaración escrita podría cambiarlo todo. —Esperó. Volvió a hablar—. Podría, incluso, rehabilitar su nombre y, quién sabe, acaso hacerle regresar con su familia.

Por un instante me sumergí en tu recuerdo, pero casi enseguida tomé aire fuera de tu imagen, como si estuviera hundida en el mar.

—No deseo regresar con mi familia —mentí.

—No desea ponerlos en peligro. Pero ¿y si esto sirviera para salvarles?

—No quiero arriesgarme.

Lo veía aunque no lo mirase: lo vigilaba con el rabillo del ojo, esas poses suyas, esas intentonas fallidas por entrar en mí, probando cada resorte con paciencia.

—Dígame una cosa, capitán: ¿por qué accedió al final a escribir esa crónica?

—Quería contar la verdad.

—Pero antes no quería. ¿Qué le hizo cambiar de opinión? Lleva semanas sin parar, tecleando, sin salir de aquí. ¿Cuál fue el motivo? —Y de nuevo advertí el cambio de postura: el buda que se desplaza morosamente hacia el lado opuesto de su silla—. Fue cuando le hablé de lo que habían hecho a la familia de ese amigo suyo, el sargento Hidalgo, ¿no? Fue el día que le conté eso. Ese mismo día se puso a escribir.

No respondí. Odiaba que Rahini percibiera mis debilidades. Pero entonces entrelazó los gruesos dedos y estuvo un rato en silencio.

—Lo siento —prosiguió—. Lo encontraron la semana pasada, ahorcado en su celda. Mi informador me ha dicho que lo más probable es que lo hiciera él. Y, dadas sus circunstancias, teniendo en cuenta que le esperaba un pelotón de fusilamiento, es lo mejor que podía haber hecho.

Por supuesto, yo me delataba. Mi dolor era una rigidez demencial.

—¿Y sus... hijos?

Rahini frunció el ceño, como si esa fuera la pregunta que menos esperaba.

—Huérfanos ahora —contestó estúpidamente—. Supongo que el estado español los acogerá. Aunque, por lo que sé, es dudoso que la niña sobreviva. ¿Quiere que averigüe algo sobre ellos?

Asentí, pero al ir a hablar fue como si hubiese olvidado de qué forma usar la lengua, abrir y cerrar los labios, producir sonidos.

—Se llaman... Se llaman... Teresa y... Fer... nan...

—¡Llore! —dijo (casi ordenó) Rahini—. ¿Por qué le tiene miedo a llorar?

Las cáscaras de naranja, borrosas, caían una a una de mis manos agarrotadas mientras me encorvaba. Rahini me respetó con una pausa larga, tanto que casi me entró vergüenza y asco de mí mismo, como las pausas que se hacen con los viejos que murmuran incoherencias. Creí que podía morirme de llanto, pero a la vez me aliviaba. No eran sollozos lo que daba: eran gritos. Sacudía los hombros, temblaba y gritaba.

—Yo sé por qué le cuesta llorar, capitán —dijo Rahini—. Llorar es vivir y usted quiere estar muerto... Pero está vivo. Estar muerto es no llorar por la tragedia de otros. Estar muerto es celebrar fiestas sobre cadáveres. Estar muerto es planear con frialdad la destrucción de otros. Usted está vivo y debe llorar. Es lo primero que hacemos al llegar al mundo. Y ahora déjeme, con mis pobres medios, intentar que pueda vivir en paz fuera de aquí, regresar con su familia y vivir. En paz —repitió. Esa palabra me gustaba. Cada vez que Rahini la pronunciaba me atenuaba el dolor, como una pomada—. Ha pasado semanas encerrado, castigándose a sí mismo, uno de esos eremitas de su religión que creen en el suplicio como medio de llegar a Dios. Ahora solo le pido que me dé lo que ha escrito. Tiene mi palabra de que voy a utilizarlo para limpiar su nombre y ayudar a mis hermanos argelinos y marroquíes. Para ayudar a este pueblo que nos acoge. Para demostrar que los que creemos en el Dios inefable y en Su Profeta no somos asesinos. Que ningún musulmán de paz alzará su mano contra un no creyente de paz. Y que todo lo demás, lo que no sea esto, será teatro o farsa. Capitán Carvajal: es lo que algunos pretenden hacer creer. Pero en su declaración está todo. No podremos detenerlo por completo, pero, gracias a usted, podremos intentarlo.

Me percaté de la ansiedad de su voz y dejé de llorar. Era mi turno de mirarlo.

—No solo quiere mis papeles, ¿verdad? Me quiere a mí —dije.

Rahini no dijo nada, no movió un músculo. Me devolvía la mirada.

—Sin mí, mis papeles son solo papeles —continué—. Una ficción. Por eso me ruega. Sin mi presencia, podrían ser una novela. Y usted sabe lo que son las novelas. Son un invento de los no creyentes. Mentiras escritas para entretener. Pero están basadas en cuentos, y en eso ustedes son expertos. Sin mí, esos papeles son un cuento.

En ese interminable ajedrez que eran nuestras conversaciones lo vi casi por primera vez retroceder.

—Muy bien. Pues ayúdeme a que su cuento sea real, capitán. Y le prometo...

—No quiero promesas. Quiero algo concreto.

—Haré todo lo posible para que regrese con su familia...

Se detuvo cuando meneé la cabeza.

—Bien sabe Dios cuánto me gustaría eso —murmuré, pero logré dominarme—. Pero quiero otra cosa. Si me ayuda a conseguirla, yo le ayudaré a usted.

—Dígame qué es.

Ahora era yo quien resultaba inquietante, mirándolo tras la espesura de mis greñas, mis ojos hundidos en la oscuridad del rostro, mi barba enmarañada.

—Quiero que me ayude a entrar en casa de Roca durante esa fiesta.

No se lo esperaba. Entornó los párpados.

—¿Y qué va a hacer allí? —preguntó.

Estoy en paz.

Vosotros, hijos a quienes ya nunca veré, sabedlo.

Estoy en paz.

Padre, estoy en paz. Ven que te abrace y proteja. Te siento como una presencia tranquila y sonriente junto a mí. Ya no más extremos en atardeceres de sangre.

Ángeles, amor mío, estoy en paz. Sé que cuidarás de nuestros hijos. Estoy bendito desde que tuve la dicha de conocerte. Nunca te irás, porque ya hemos pasado por lo peor y sigues conmigo. Y conmigo seguirás siempre.

Ghalil, estoy en paz. Tuviste tu vida y tu tragedia, déjame ahora tener las mías, pequeño ángel de alas rotas.

Hildaguito. Teresa. Fernando. Muy pronto también estaré en paz con vosotros. Vuestra tortura terminará por fin. Mañana el hombre que os ha causado ese dolor se marchará de este mundo, os lo juro. Con Dios os dejo, y con la Virgen Santísima, en la esperanza de que tengáis la mejor vida posible, y de que algo del amor de vuestros padres os redima, Teresa, Fernando, de tanto sufrimiento... Cristo os consuele. Amén.

Y que el Dios de los primeros tiempos me dé a mí el brazo y la espada.

Es posible que sea él quien acabe conmigo. De hecho, estoy escribiendo la última parte de este capítulo, lo último que jamás escribiré, y lo sé. Lo guardaré con todo lo demás, porque sé que es probable que no salga vivo de esa casa mañana.

Pero haré todo lo posible por irme de este mundo junto con él; por llevármelo conmigo a ese demonio, adondequiera que el Creador disponga que vayamos. Mañana estaré frente a él, a quien tantas preguntas me gustaría hacerle. Pero no le haré ninguna. Le arrancaré la vida en silencio, como una planta muerta.

Amar nunca es preguntar. Odiar tampoco.

Estoy en paz.

FIN de *El origen del mal*
ÁNGEL CARVAJAL ORTIZ.

El piso, en una céntrica avenida de Barcelona, es el tercero de un edificio que pertenece a la misma familia. Todo muy serio, ordenado. Una criada me hace pasar a un salón amplio, luminoso, impersonal: cuadros con motivos florales o paisajísticos dotados de cierta abstracción; esculturas que buscan mostrar a las mismas esbeltas señoritas en posturas de danza. Dinero en cada rincón, pero destinado a la solidez, no al lujo.

—Perdone la espera, pero lo que a otros les cuesta cinco minutos a mí me lleva treinta. Encantada de conocerle.

—Igual, doña Teresa. —Le tiendo la mano, ella me atrae y rozamos las mejillas.

—Qué joven es usted, por Dios. —Estoy a punto de agradecérselo cuando me lo pienso mejor, porque su tono no deja claro si ser joven es una cualidad que valora positivamente—. Siéntese, por favor. Qué quiere beber. ¿Refresco? ¿Un café? ¿Algo más fuerte? —Pido agua—. Pilar, traiga agua.

La criada se marcha y nos miramos ella y yo. Le calculo sesenta y pocos pero parece tener diez más. No está sentada: está echada ahí, en la silla de ruedas, como olvidada por alguien que la dejó para recogerla luego. Es como si hubiera crecido en esa silla, una planta en un macetero. Es pequeña, diminuta, casi un vestigio de algo que en el pasado tuvo entidad. Me mira y sonríe solo con un lado de la cara: una amplia cicatriz le hunde el lado que no mueve, cruzando de arriba abajo su mejilla. Pero todo está como encalado para ofrecer al espectador una mirada agradable, el pelo tratado por un profesional que lo ha dejado nácar y ondulado, el borde de los párpados donde se engastan sus ojos claros y apacibles ha sido levemente pintado. El vestido oscuro estampado y los tacones son otros tantos detalles que la incluyen en la lista de la normalidad, que hoy es la lista de la indiferencia. Sin embargo, a mí doña Teresa me despierta un raro afecto. Es como sus esculturas: algo que busca convertirse en una imagen de sí misma.

—Así que es usted escritor —dice tras ese escrutinio—. ¿He leído algo suyo?

Es lectora: poco antes de que me recibiera pude echar un vistazo a su apretada hilera de novelas: Mercedes Salisachs, María Dueñas, Carson McCullers. Pero es una pregunta retórica y sonrío retóricamente.

—No sé —confieso—. No creo.

—Pero usted fue quien salvó a esas chicas —advierte ella, como si eso me disculpara por no estar entre sus libros—. ¿No es cierto?

—Bueno...

La criada trae una jarra de agua fría, dos vasos y un plato de galletas. Mientras la veo salir de nuevo y dejarnos solos comprendo de golpe la cualidad principal de ese hogar: que no es un hogar. Es una especie de kilómetro cero. Una meta o un comienzo. No hay nada hecho, nada realmente personal. Me sobreviene la impresión de que, cuando me vaya, caerá en pedazos como el cartón piedra de un escenario.

—Solo me dediqué a sacar conclusiones de las palabras subrayadas. Estaba hecho con mucha habilidad: primero te atrapaban la atención con palabras o frases como: «Amenaza», «Para impedir que otros mueran...», «El roedor de la venganza...», «Así trates, así te tratarán...». Luego se centraban en la urgencia del mensaje: «¿Llegará a tus manos mi mensaje...? El tiempo se acaba...» Cosas así. Y por último, palabras más evidentes. Una de ellas: «Secuestrada.» —Doña Teresa asiente, interesada—. Otras mencionaban el nombre de Yolanda en sílabas dispersas. En otras estaba el nombre de su padre, y el apellido que adoptó: «Caballero.» Cuando lo anoté todo en una lista me pareció que formaban una clave. Una historia dentro de la historia. El nombre de «Yolanda Caballero» me pareció muy obvio. Y la mención del hijo de Roca, Ricardo. Por último, una foto de Sheila Wetstone en la biografía de Roca me despejó las dudas.

—Tuvo su mérito —aprecia doña Teresa—. Eran solo subrayados. Pudo ser un niño quien los hiciera. Alguien sin ningún propósito.

—Podían carecer de importancia pero... yo tenía a APN. ¿Qué perdía con probar? APN no citaba sus fuentes en la biografía que escribió sobre Roca, pero es que tampoco menciona que tuviera hijos. Lo que sí dice es que el CNI cambió sus apellidos para apartarlo del juego. Imaginé que la fuente secreta podía ser Ricardo Roca, llamado ahora Caballero. En cuyo caso, su hija Yolanda era la que estaba en peligro. Llamé a APN y le solté el nombre sin más: «Oye, ¿tu fuente era Ricardo Caballero, el padre de Yolanda, una de las chicas secuestradas en Ceuta?» Se quedó de piedra.

Doña Teresa sonríe de medio lado, el otro serio, como en las caras del teatro.

—Ya supongo —dice.

—Imagino que la policía le prohibió hablar sobre eso con nadie. En media hora enviaron un coche patrulla a por mí. Me interrogaron, a fondo. Me tuvieron mucho tiempo en comisaría. Nadie creía que yo no tenía nada que ver en el asunto. Que lo había deducido a través de las palabras subrayadas. APN me contó luego que localizaron al tipo que había llevado aquellas fotocopias a la librería de mi amigo y nos había hecho leerlas. Él tampoco sabía nada de lo que ocurría. Había recibido instrucciones desde Barcelona. —Hago una pausa decorosa—. Instrucciones de su hermano, por lo visto.

Hay un silencio durante el cual Doña Teresa asiente meditabunda, sin mirarme.

—Por cierto, siento lo de su hermano —agrego.

—Gracias. No lo hizo aquí —replica, como si ese detalle fuera una parte importante de mis condolencias—. Se disparó en su chalet de Figueres. Lo que había hecho lo había dejado muy deprimido. Por eso subrayó la crónica de Carvajal con esas palabras y las envió a Madrid. —Me mira—. No estoy segura, pero supongo que una parte de mi hermano se arrepentía de lo que había hecho. Hizo esos subrayados para... confesar, imagino.

—El caso es que gracias a eso esas chicas están a salvo. —Por un momento ambos asentimos, en silencio—. Así que su hermano tenía esas fotocopias de la historia de Ángel Carvajal...

—Mi hermano y yo conocíamos a los Carvajal y hemos mantenido algún contacto con ellos. De hecho,

Ana, la hija, nos regaló esa copia. Ahora viven bajo otra identidad como todos nosotros, claro...

—Lo que no comprendo bien, doña Teresa, es esto: si su hermano se arrepintió de haber secuestrado a la nieta de Elías Roca en venganza por lo que este hizo a su padre... y a ustedes... —Me parece estar hablando frente a un témpano, una gran montaña de hielo—. ¿Por qué dejar esas pistas tan... complicadas...? Si se había arrepentido, ¿por qué esperar a que alguien resolviese el acertijo?

—Si no me han hecho esa misma pregunta mil veces ya, no me la han hecho nunca —dice la pequeña mujer de gran mirada.

—Lo siento.

—No me importa contestarla de nuevo. No lo sé. Tampoco sabía que mi hermano, mi Fernando, el mejor hombre del mundo, había organizado el secuestro de una adolescente de diecisiete años y sus amigas. Cuando lo supe, fue... —Se lleva la mano al corazón—. Por cierto, con todo el trajín de estos días no he podido enterarme de cómo está esa chica, Yolanda. ¿Usted sabe algo?

—APN dice que está bien. Necesita atención psicológica, pero se halla ilesa. Las secuestraron durante el viaje que hicieron juntas a Ceuta y las llevaron a Marruecos drogadas. Habían alquilado una casa en el campo, y allí las encerraron. No eran yihadistas, claro, sino un grupo de mercenarios profesionales. Las amigas eran una simple excusa. En realidad, iban a por Yolanda.

Nos miramos cuidadosamente, sin ceder posiciones.

—Así que APN es su amigo —dice con absoluta indiferencia.

—No. Lo llamé por primera vez para que me diera detalles sobre su libro. No quiso. Luego avisó a la policía de que yo sabía el verdadero nombre del padre de Yolanda, pensando que yo estaría implicado en el secuestro. Solo más tarde, cuando supo lo ocurrido, se congració conmigo y propuso que hiciéramos un libro juntos, pero lo rechacé.

—Ha hecho usted muy bien.

Me amedrenta la muralla de ojos impávidos que me contempla desde la silla, pero he sido sincero: APN insistió varios días, pero decliné comer en El Suspiro y al fin dejó de llamarme, aunque antes me tentó con todas aquellas informaciones de la policía.

—Así que fue APN quien le chismorreó que el culpable era mi hermano. La noticia no se ha hecho pública. Se dice que fueron liberadas tras una operación policial.

—Ya lo sé. Sí, fue él. Por eso le escribí ese correo electrónico a usted pidiéndole entrevistarla, y usted ha sido tan amable de aceptar.

Se quita el halago de encima como una mosca.

—Quería conocerle. ¿De qué hablará en su libro?

—De lo sucedido. Habrá dos partes, o quizá tres. Una dedicada a cuando me entregan las fotocopias para leerlas. Otra, la historia de Ángel Carvajal tal como él mismo la cuenta. Y quizás añada una tercera parte, no sé, sobre lo que pudo ocurrir en la casa donde esas tres chicas fueron secuestradas...

Doña Teresa se cubre el rostro con la mano. No hace ruido al llorar.

—¡Pobre chica...! ¡Pobrecilla! ¡No dejo de pensar en ella! ¿De veras está bien?

—Sí, está bien. Los secuestradores las habían abandonado sin hacerles nada.

—Al parecer, mi hermano se puso en contacto esa noche con esos hombres, cuando la policía lo encontró gracias a la información de usted —dice—. Les dijo que cambiaba de planes, que se marchasen y las dejasen allí.

No hay rubor en su semblante después de esa crisis emocional. Pienso ahora que nada podría enrojecer su mortal palidez.

—Mi hermano lo planeó todo, eso es lo que me dijo la policía cuando me interrogaron... ¡Yo no podía creerlo! ¡Me dijeron que llevaba meses planeándolo! Lo hizo por mí, claro. Él no recordaba nada. —Titubea, como si lo pensara mejor—. Quiero decir, él no recordaba nada de lo que me hicieron... Tenía apenas un año de edad entonces.

—¿No le dejó ninguna nota? ¿Ninguna explicación?

Me mira con extraño semblante, y por un momento tengo la sensación de que me despoja de la confianza que me había otorgado.

—¿Qué explicación iba a darme? —Retorna a su tono de enfado—. ¿Que planeaba secuestrar a una chica de diecisiete años para vengarse de algo ocurrido hace medio siglo? ¡Fue un buen hombre! Y buen empresario. Se hizo a sí mismo de la nada, huérfanos los dos. Estudió, invirtió, amasó una pequeña fortuna. Me dio seguridad, un techo... —Se quita unas lágrimas con la punta del dedo—. Su mayor defecto, siempre se lo dije, fue no haberse casado. Fernando vivía dedicado a su empresa y a mí. Toda la vida. Pero... cuando se publicó esa mierda, esa mentira sobre Elías Roca..., su paciencia llegó al límite. Llevaba años soportando los recuerdos y el silencio de un país miserable, que solo nos había ofrecido «excusas» cuando Franco murió, acompañadas de un acto oficial de la Guardia Civil en memoria de nuestro padre. Claro, todo estaba «clasificado», no se podía hablar de eso. Y mi hermano lo soportó. Hasta que se publicó esa asquerosidad que pretendía honrar la memoria de ese traidor repugnante. ¡Ese asesino! —El descontrol parece asustarla incluso a ella—. Entonces contrató a gente. Eso es lo que me dijeron.

La interrumpo para dar lugar a que respire en medio de esa emoción desatada.

—Los periódicos hablan de un grupo de gente del Este que...

—Tonterías. —Lanza con desprecio, agitando el nácar de su pelo—. Camuflaron la noticia, era imposible aludir a mi hermano. Se trataba de marselleses, especialistas. Ni siquiera sé si los han arrestado. Eran tres, uno de origen árabe, para darle a todo una apariencia de secuestro yihadista y ganar tiempo. Me dijeron que eran un grupo muy experto y muy caro, pero la empresa de Fernando iba muy bien, supongo que podía permitírselo...

Las risas. La aventura. Las tres muchachas, amigas íntimas. Marruecos, el país desconocido. Tamara, Erica, Yolanda. Tres solitarias en un país lleno de ojos. Entre bromas y selfis... Camisetas, pantalones, mochilas.

Doña Teresa sigue hablando.

—Las drogaron en un bar, las vendaron, ninguna de ellas les había visto la cara. No las llevarían muy lejos. La casita la habían alquilado cerca de Ceuta, en territorio marroquí. Allí las esposaron a clavos en la pared, separándolas de manera que pudieran oírse, pero nada más. No podrían hacer otra cosa. La furgoneta donde las llevaron tenía matrícula falsa y la camuflaron con hojas.

Las manos que cerraban las esposas al gancho en la pared. La oscuridad y la asfixia. El miedo como algo líquido en el centro de la columna vertebral.

—Fue arriesgado. No tenían por qué hacerles daño,

mi hermano ya les había pagado la mitad, el resto lo depositó en una cuenta... Esa noche, cuando los llamó, les dio el número de la cuenta, y les ordenó que las dejaran. El cabecilla mantuvo una discusión con él. Al principio no sabía si los estaba traicionando... Pero mi hermano lo convenció enseguida. Imagino que les diría: «La policía ya sabe que he sido yo, y estarán oyendo esta conversación. Así que lárguense.»

El hombre hablando por el móvil fuera de la casa mientras ellas lloran dentro.

—Mi hermano tenía permiso de armas y una pistola en el cajón. Cuando terminó de hablar con los secuestradores la usó.

—¿Es él?

Señalo un pequeño retrato en una cómoda. Llevo mirándolo toda la conversación, pero no sé por qué es ahora cuando lo reconozco. Ya he visto fotos suyas en Internet. Teresa Hidalgo asiente y me levanto a examinarlo tras obtener su permiso. Fernando Hidalgo era delgado, de cejas espesas. Curiosamente, también calvo, como Elías y Ricardo Roca. Me contempla sonriendo apenas, bien trajeado, una foto «oficial», probablemente para la empresa de exportaciones que dirigía. Resultan llamativas esas cejas tan negras y pobladas. Pero, a la vez, ese rostro tan ingenuo. *Como el de Hidalguito.* Veo fruncirse esas cejas formando un crespón de luto mientras habla por teléfono con sus sicarios en Marruecos. Las veo quietas, como el enmarcado de una esquela, cuando se introduce el cañón de la pistola en la boca poco después.

—Parece buena persona —digo.

—Lo fue.

—¿Tiene alguna idea de... de lo que pensaba hacer con Yolanda?

La pausa y la quietud son tan largas que empiezo a creer que se ha dormido. Y cuando habla al fin no creo que esté despierta. Creo que habla en una especie de trance, suave, monocorde. Lo que dice es lo que menos me esperaba.

—Yo leo mucho teatro. No solo autores. Mecánica del teatro y su relación con la psicología. Existe hoy la teoría de que todo lo que hacemos, lo que pensamos, lo que nos gusta o nos disgusta, procede de gestos, palabras y decorados que vimos cuando niños. La violencia, la venganza, el mal... ¿Se imagina? Todo es un conjunto de reacciones ante determinados estímulos. Nos hacemos la idea de que planeamos las cosas, nos adjudicamos etiquetas morales. Pero todo se reduce a instantes que nos dan placer y nos... nos provocan... nos impulsan a hacer cosas. Nadie es verdaderamente culpable de nada. Somos espectadores en una obra en la que también intervenimos. Y lo más extraño: la escribimos conforme la hablamos. El texto es aquello que decimos y pensamos. Luego otros espectadores lo oyen, y piensan que se trata de una obra completa... Unen los subrayados, por decirlo así... —Sonríe—. Mi hermano era bueno, incapaz de hacer daño a una mosca. Pero de algún modo quiso que esa chica sufriese.

El silencio, ahora, es denso.

—Todo esto son, quizá, manías de vieja. Pero pienso que incluso en el corazón de alguien tan bueno como mi hermano hay un monstruo. Y los gestos, las palabras, el texto o el decorado precisos pueden hacerlo saltar. Estallar. En todo caso, agradezco mucho que acudiera usted a las autoridades. Hemos evitado un mal mayor. No puedo estar contenta con su muerte, pero su vida tenía un único propósito, y cumplido este, ya no vio más razones para proseguir. No conoció a nuestro padre, pero heredó su dignidad.

La entrevista parece dirigirse al final. Intento escoger con cuidado mis palabras.

—No fui yo quien salvó a Yolanda. Fueron esas palabras que... su hermano escogió con sumo cuidado... Algo parecido a la palabra «brujas» con la que Ángel Carvajal soñaba y luego, debido a otro azar, Elías Roca usó como clave para esa operación.

—Es usted una persona inteligente —aprueba—. Y ahora, si no le importa...

—Doña Teresa, me interesaría encontrar a la familia Carvajal... —Mi tono se hace casi suplicante—. Sé que viven bajo otro nombre también. APN no sabe nada sobre ellos. Estoy seguro de que la policía ya los ha interrogado, pero no me van a ayudar tampoco.

—Puede que ellos no quieran ser molestados —replica con gravedad.

—Le aseguro que respetaré su privacidad, como la de usted, pero necesito saber qué ocurrió al fin con Carvajal para poder terminar el libro.

—Haré algo, no me pida más —dice tras una somera reflexión—. Ya dije que mantuve contactos con Ana Carvajal. Ella nos dio una copia de la historia de su padre. Faltan dos capítulos. —La revelación me hace incorporarme—. Sí, los dos que escribió cuando Rahini lo llevó a una aldea de Yebala para salvarle la vida. Fue ese líder radical quien le ayudó. Uno se titula «La vida de la muerte está vacía», y el otro, como el libro, «El origen del mal». Cuando la policía registró mi piso después de lo de mi hermano no los encontraron, aunque tampoco los estaban buscando. Ni a ellos, ni al CNI les interesa ya nada de esto. A nadie en España parece interesarle ya esa lucha cruel, esa pequeña tragedia que muchos de nuestros padres y abuelos protagonizaron en el Norte de África. —Me mira cuando acaba su digresión—. Será un placer darle a usted una copia de la historia completa con el añadido de esos dos capítulos que redactó cuando Rahini le salvó la vida. —Compartimos la sonrisa de los lectores maravillados, como si habláramos de las aventuras de nuestro personaje preferido, y doña Teresa se percata—. Sí, le salvó la vida. Rahini era buena persona, aunque no cabe duda de que tenía sus propios intereses... Y fue también una casualidad. Roca no se fiaba de sus propios hombres para matar a Carvajal y contrató a unos árabes relacionados con el grupo de Rahini. Fingieron que cumplían la orden y lo trasladaron en un maletero a la aldea. Allí, Rahini le consiguió una máquina de escribir y le hizo redactar su historia.

Me enjugo los labios antes de hablar de nuevo.

—Comprendo. Y... ¿Y qué ocurrió con Ángel Carvajal luego? ¿Lo sabe usted?

Aguardo mientras ella me mira. Quizás está valorando mi ansiedad.

Ángel Carvajal se ha convertido en algo mío. Antes no lo era. Antes pertenecía a la realidad, y a los recuerdos de otros. Pero ahora lo siento dentro de mí, y escribo esto de la misma manera que él soñaba sus pesadillas: inerme, obsesionado.

—Ángel Carvajal sufrió una gran tragedia —dice doña Teresa al fin—. Su mejor amigo lo había traicionado de una manera inimaginable. Pero él bajó la cabeza y aceptó el sacrificio. Pasó por alto el asesinato de aquel niño confidente en Argel, que también había sido orden de Roca, y hasta la amenaza que planeaba sobre su familia, o la Operación Brujas. Todo eso lo amargó, pero no lo llevó a intervenir. Solo cuando Rahini le contó lo que habían hecho con... con nosotros para que mi padre... —Se interrumpe, vuelve a cubrirse el rostro con la mano. Cuando lo muestra de nuevo habla con helada ferocidad— ... para que mi padre se declarara culpable de traición, y hasta del asesinato de Carvajal... ¡Cuando supo lo que fueron capaces de hacer para que mi padre, que era un hombre de honor, se convirtiera en un pelele en sus manos, aceptara mancillar su nombre y someterse a un juicio sumarísimo y a la máxima pena, todo para... proteger el sucio culo del capitán Elías Roca, jefe de los servicios secretos del Norte de África y espía doble trabajando para esa sociedad de peces gordos, honrado después por el franquismo y la democracia...! ¡Cuando supo eso, Ángel Carvajal decidió que las cosas habían llegado a un límite, como mi hermano! Es lo que antes le hablaba de los gestos y las palabras: aparecen las palabras y los gestos adecuados y nos transformamos. Somos capaces de las peores atrocidades. Carvajal también era un hombre bueno. Pero fue como si un demonio justiciero lo poseyera... —Su pavorosa exaltación me hace pensar que soy yo, no ella, el inválido: soy yo quien no puede moverse, ella la que se inclina sobre mí con semblante terrible—. Le pidió ayuda a Rahini para que lo introdujera en la fiesta que Elías Roca dio en su casa de Ceuta por el nacimiento de su hijo... Era un suicidio y lo sabía, pero quería matarlo. Rahini accedió a cambio de usar su crónica como prueba de la Operación Brujas y salvar a su pueblo.

—¿Escribió Carvajal lo sucedido en la casa de Roca?

—No, por razones obvias que luego comprenderá. Pero su hija me lo contó. Yo se lo contaré a usted ahora. Si algún día va a publicar esto, no olvide añadir ese último capítulo de la vida de su héroe. Está escrito también, a su modo, por Ángel Carvajal, con cada centímetro de su piel, cada gota de su sangre. En el libro de su vida él es su propio capítulo final. Yo ahora tendré mucho gusto en contárselo a usted...

Me mira.

Es como si ya hubiese empezado a contarme a través de sus ojos.

Su contacto se llamaba Ben Alí Abderrahman, natural de un pueblo perdido en una cabila no menos remota, ayudante de pastelería ceutí y antiguo soldado de los Regulares Indígenas. Hombre de pocas palabras y menos gestos, Alí era delgado pero no escuálido, poco llamativo, de mirada caída, no humillada, como si hubiese otro mundo bajo los ojos de los demás mucho más interesante que el de arriba. Iban juntos, Alí y él, y eso era lo que decía Alí si alguien preguntaba: Este viene conmigo. Así dijo a los que recogieron en la camioneta, otros dos moros contratados para adecentar el jardín, y a los soldados de la Legión que montaban guardia en la casa y pedían la identificación. La casa se hallaba en la carretera de subida al Monte Hacho, y aunque era grande, como cabía esperar, estaba algo destartalada, dando la impresión de haber sido adquirida y presentada sin reformas, solo por presumir, probablemente obtenida a bajo precio en una de esas apresuradas ventas de propiedades producidas tras el fin del Protectorado, dos plantas, tejado sucio. Lo único nuevo: la bandera ondeando a la entrada. Todo en orden, les había dicho el legionario, pero tendrían que aparcar fuera la vieja camioneta.

Les abrieron la puerta de servicio, y mientras sus compañeros iban a por los útiles de jardinería a ellos les condujeron a la cocina, amplia pero ya gastada, con azulejos desportillados y fogones antiguos. El hombre que allí había, retaco y con círculos de sudor bajo su uniforme blanco, habló solo con Alí. Al nativo que acompañaba a Alí apenas le dirigió la mirada y pareció arrepentirse nada más hacerlo. Pero ya todo había sido más o menos acordado previamente y no había sorpresas: lo primero serían las croquetas. Además de los dulces, Alí tenía fama de hacer unas croquetas espléndidas que, sin duda, ofrecerían un buen aperitivo para las veinte o veinticinco bocas nobles y hambrientas que se esperaban. Su ayudante y él se pusieron a la tarea mientras el cocinero se ocupaba del guiso. Dos camareras y un camarero entraban y salían sin mucho que hacer aún, o con mucho, pero desganados. El camarero, de rostro punteado de viruela, asediaba a la camarera más joven. La radio de la cocina hacía sonar casi furiosamente el himno mientras un locutor celebraba la victoria de España en Edchera por enésima vez.

El ayudante de Alí era silencioso pero eficiente: la masa de las croquetas estuvo lista pronto y los pastelillos para el postre preparados en la bandeja del horno. Al cocinero empezó a gustarle aquel moro trabajador. En un momento dado, sin embargo, lo pescó abriendo la puerta de la cocina que daba a la casa.

—Eh, tú, ¿adónde vas? —Lo detuvo.

—Lo he mandado a por harina a la despensa —explicó Alí.

Era, en efecto, una explicación satisfactoria, porque lo que preocupaba al cocinero era que los dueños o invitados vieran a algún moro sucio rondando cerca. Si se trataba de la despensa, no había problema. El ayudante de Alí salió con el beneplácito del cocinero y se encaminó a la puerta contigua. La despensa no era muy espaciosa, se trataba más bien de un trastero con cajas de botellas, sacos de patatas, azúcar y harina. El ayudante cargó dos sacos de harina y salió. Pero en vez de regresar a la cocina se dirigió por el pasillo hacia el interior.

Había un recodo. El hombre caminaba con cierta prisa y no vio lo que se le venía encima. La cuadrilla infantil que tropezó con él —dos niños y dos niñas, elegantes como de primera comunión— hizo un alto y todos gritaron del susto. ¡El hombre del saco! Pero acabaron riéndose y siguieron explorando la casa encantada. El ayudante de Alí se apartó cortésmente cuando la camarera joven regresó del salón con una bandeja de vasos vacíos. La muchacha no le dijo nada: le echó un vistazo, se fijó en los sacos de harina y siguió su camino. Era como si la presencia de los sacos lo exculpara por hallarse allí. A los niños, en parte, también les había pasado. Habían visto los sacos y habían comprendido con toda claridad que aquel hombre sucio y barbudo estaba «trabajando». Los hombres, como los animales, han de hacer lo que se espera de ellos, y lo que se esperaba de los moros en aquella casa era trabajar.

Al final de aquel corredor había una encrucijada. La puerta de la izquierda, doble, llevaba al salón. A la derecha se hallaban las escaleras hacia la segunda planta. Desde las puertas se oían risas, pero nadie vio cómo el ayudante de Alí subía los peldaños alfombrados. Su seguridad a la hora de avanzar revelaba que ya conocía su destino.

En la planta superior sostuvo un saco bajo el brazo para abrir una de las puertas. Era un pequeño despacho con estanterías, un escritorio en el que destacaban retratos con marco de metal, un tocadiscos, vinilos desperdigados y ventanas con visillos que mostraban el mar del Estrecho. El hombre la cerró con cuidado y dejó los sacos de harina en una esquina detrás del escritorio, de modo que no resultaran visibles de inmediato para alguien que entrase.

Pareció cambiar al erguirse de nuevo. Ya no mantenía la cabeza gacha y la actitud servil: miraba a un lado y a otro, alerta. Se frotó las manos en la chilaba y se detuvo a examinar los retratos. Mostraban, invariablemente, a un hombre sonriente acompañado de una mujer o sin ella, con otros hombres o solo. Si le dijeron algo aquellas fotos no lo evidenció en su rostro oscuro y barbudo. También cogió algún libro de la estantería y de las cajas que yacían en el suelo. Eran tomos de historia. Se agachaba para dejar uno cuando el ruido lo paralizó.

Venía de la habitación contigua, conectada con aquella a través de otra puerta.

No era un ruido especialmente alarmante, y el hombre enseguida supo de qué se trataba, pero mientras se acercaba a la puerta hundió la mano en la chilaba por la abertura del cuello y al extraerla sostenía un oscuro y viejo revólver de tambor, brillante de grasa. Abrió la puerta despacio, con el revólver en la otra mano, y se asomó: un dormitorio, la cama de matrimonio de pesado respaldo de bronce, el crucifijo, las dos mesillas de noche con lámparas... y el lugar del que procedía el sonido.

El hombre atravesó la habitación tras asegurarse de que no había nadie más. Cuando se asomó a la cuna el ceñito del bebé titubeó entre si tirar de la sonrisa o seguir con el llanto, interrumpido de repente por aquel rostro espantoso haciéndole sombra. Su vestuario era sobrecargado y estaba sitiado de muñecos y sonajeros. Su olor dejaba de ser perfumado en algún punto.

—Hola, Ricardo —le dijo el hombre en perfecto castellano.

En ese instante la puerta del despacho se abrió a su espalda.

Por un momento cree que el tiempo ha desaparecido. Pasado, presente y futuro allí, mostrados en todas sus relaciones, despojados de sus disfraces de coincidencia y azar, casi sin querer iluminados en su más íntima desnudez. Se ha quedado inmóvil junto a la cuna, mientras en la habitación contigua oye la voz de él diciendo algo en inglés, la voz de ella contestándole, risas y crujidos de una aguja de tocadiscos. Una canción, otra, una voz de cabaretera. Quizás él le ha dicho a ella que se alejen un rato de la fiesta, ven arriba, vemos cómo está el bebé y bailamos un poco tú y yo. No sabe cuánto tiempo pasará hasta que lo echen de menos en la cocina, no sabe cuánto más podrá Ben Alí entretener al cocinero contándole cualquier cosa sobre una «indisposición», como habían previsto. En cualquier caso ya los tiene. Necesita intervenir y tomar las riendas de la situación antes de que lo descubran.

Camina de puntillas hacia la puerta cuando la última canción finaliza y da paso a la siguiente. Es *Lili Marleen* en la ronca garganta de Marlene Dietrich.

Las suelas de zapatos, los tacones. Y durante ese extraño instante todo está como congelado. Él escucha desde el dormitorio mientras ellos bailan.

No sabe lo que piensa durante ese tiempo eterno.

Se pregunta, acaso, qué hace con ese antiguo revólver

en la mano, junto a la cuna de un bebé, oyendo una canción que creía haber olvidado pero que ahora se abre ante él como un viejo baúl. Qué está haciendo, qué va a hacer tomándose la justicia por su mano. No tiene derecho a eso, nunca lo tuvo.

Así permanece hasta que el llanto del bebé remueve el tiempo. La voz del hombre fingiendo que se enfada por la interrupción. Ella no responde. Él sabe que la puerta que comunica despacho y dormitorio, que ha dejado entreabierta, se abrirá de par en par de un momento a otro, y sobrevendrá el fin de *Lili Marleen* y del recuerdo.

Frente al cuartel,
Delante del portal,
Una farola había
Aún se encuentra allí...

Es lo que sucede. La puerta se abre y el cañón ya apunta al pecho del hombre.

—Quédate ahí. Los dos.

Los hace retroceder hacia el despacho y rápidamente entra él también, aprovechando la sorpresa incrédula de sus prisioneros, aunque no cierra la puerta detrás. Quizá le parece que, mientras el bebé siga allí, no debe aislarlo por completo de sus padres. Sin embargo, estos no aparentan preocuparse por el llanto que surge de la cuna: él, más pálido que ella; ella, más concentrada, menos asombro en sus ojos azules.

—Tú —dice él.

Es un hombre elegante, cuidadoso, que se ha propuesto mostrar con su indumentaria lo habituado que está a la vida y sus desafíos. Pañuelo crema al cuello, traje algo informal pero a juego con la camisa y los zapatos.

Entradas canosas muy apropiadas, entonando con el bigote grisáceo, dotan de interés a su calvicie. Su pareja dista de destacar junto a él: es bajita, de pelo negro cortado a flequillo sobre los ojos celestes anónimos, toda ella envuelta en un vestido oscuro estampado de corte vulgar y tacones gruesos. Ser madre la ha dejado como apaciguada, neutra.

Él sabe el contraste que plantea frente a ellos. El revólver como un guion o el eslabón de una cadena que los uniese.

—¿Dónde... Dónde has estado todo este tiempo? —pregunta el hombre con tranquilidad aunque permanece con las manos levantadas en actitud de rendición—. Has perdido por lo menos veinte kilos, Malillo... Y mira esa barba... Pareces un moro... Ya veo cómo has conseguido colarte. No te lo vas a creer pero... estoy alegre, ahora mismo. Sea lo que sea lo que hayas venido a hacer, estoy alegre.

—He venido a poner fin a tu alegría —dice él.

Entonces la voz de la mujer se interpone en tono de súplica.

—El bebé... Por favor...

—No le he hecho nada al bebé —dice.

—Llora. —Se esfuerza ella en su castellano—. ¿Puedo...?

Marlene Dietrich inicia otra canción, pero los pulmones de la criatura la superan con creces. Al tiempo que él hace un gesto hacia el dormitorio ve al hombre hacer otro.

—No te muevas.

—Iba a quitar el disco.

—No. —Y se dirige a la mujer—. Calma al niño, pero si huyes o gritas, no lo encontrarás vivo cuando vuelvas. —Señala al hombre con el cañón.

Ella parece entender, aunque sus gestos son escasos. Entra en el dormitorio y se inclina sobre la cuna murmurando algo.

La situación parece cambiar entre ellos cuando la mujer se aleja. Hombres con hombres, piensa él. Lo ve sonreír. Esa sonrisa de complicidad.

—Tus contactos con el Frente... Ahora caigo, ¿puedes creerlo? Los moros que contraté, claro. Me la jugaron. No necesitas matarme, Ángel.

—Qué sabrás tú de mis... —Algo le irrita la garganta. Tose— ... mis necesidades.

—Te lo juro. Estoy muerto en cuanto se enteren de que sigues con vida.

—Pero quiero darme el placer de ser yo quien lo haga.

—Pues adelante, no lo pienses más. —El hombre sigue con su sonrisa encantadora, su piel bronceada ocultando toda posible palidez—. No es la primera vez que afronto la muerte, ya lo sabes. Aunque es verdad que me pilla en mal momento. Me gustaría seguir en este mundo, por él. —Cabecea hacia el bebé, que ahora se ha callado abrazado por la mujer plantada en el umbral entre habitaciones—. Quiero verlo crecer.

—Es un sentimiento que comparten otros padres —dice él apretando los labios tras la frondosa barba—. Pero tú decides a quién se lo concedes y a quién no.

Le parece increíble comprobar algo: por la expresión de desconcierto que ve en el rostro del hombre, es como si este ni siquiera supiera de qué está hablando. Cruza por su cabeza la improbable idea de que esa es la razón de que venden los ojos de los que van a ser fusilados: para no contemplar sus rostros de asombro preguntándose por qué.

—Nadie ha tocado a tu familia, como te aseguré —dice el hombre despacio—. ¿A qué te refieres? —Él no responde: es como un concurso donde la respuesta correcta lo decidiera todo. El hombre parpadea, se diría que temeroso por primera vez—. Ah... ¿Hidalguito? ¿Te refieres a él? —Menea la calva cabeza—. No puedo creerlo... ¿Te has arriesgado a hacer esto por... ese chaval? Tiene que ser una broma.

—De todo lo que has dicho y hecho en tu vida, incluyendo tu traición, lo que acabas de decir es lo que te condena.

El dedo, rígido, se ajusta al contorno del gatillo. Ahora el cañón apunta a la cabeza. El brazo recto, como una prolongación del cañón; como si el disparo, cuando por fin se produzca, se fuese a realizar con todo su cuerpo y la bala partiera de sus ojos.

—Deja que te explique... —dice el hombre.

—Ya no puedes decir nada que te acuse más.

—Escucha. Fueron ellos quienes le hicieron firmar.

—Pilatos unos, Judas otros. Dime, ¿con quién has sido honrado tú?

—Te juro por mi hijo que no pasa un solo día sin que piense en Hidalguito, Ángel: había planeado influir para indultarlo. Escribí una carta al Pequeño, tengo la copia...

—Demasiado tarde. Para él y para ti.

—¿Tengo yo la culpa de eso también? ¿Tengo la culpa de que se ahorcara?

—Cállate.

La voz de Marlene Dietrich, suave oboe enronquecido, arrastrando vocales en medio de la pausa. Pero él no la oye. Está oyendo los gritos que nunca ha oído: los peores, los que solo imagina. Mientras habla, curva los labios con desprecio, aunque ignora hacia qué o quién.

—Quiénes fueron capaces... —Tiembla, y el cañón se mueve alrededor de la imagen del hombre al que apunta—. Hicieron creer que Hidalgo había puesto a su familia a buen recaudo, como yo había hecho con la mía, pero en realidad los secuestraron a todos. Primero asesinaron a su mujer a tiros. Luego usaron a sus hijos. Teresa tiene apenas... cinco... —Le cuesta seguir pero se fuerza a hacerlo: quiere leer las acusaciones antes de dictar sentencia—. La echaron al suelo y empezaron a patearla. Delante de su padre. A darle patadas, como un saco... ¿Sabe esto alguien de tus invitados?

—Ángel, baja la voz...

—¿Lo sabe ella, que acaba de ser madre? —Estalla, y señala a la mujer. El bebé vuelve a llorar—. ¿Lo sabrá alguna vez tu hijo...? ¡La patearon hasta romperle... hasta quebrar todo su pequeño cuerpo de niña! Fernandito, de apenas un año, esperaba... Por suerte para él, su padre había sucumbido ya... Firmó, ¿verdad? Todo lo necesario... Luego retuvieron a sus hijos para asegurarse de que él seguiría con su versión... ¡Se declaró culpable de mi muerte ante un tribunal del Alto! Nada se hizo público... Declaró trabajar para un grupo comunista con republicanos infiltrados... Declaró ser un espía doble. Fue condenado a muerte. Y con él todos nosotros... Todos fuimos condenados después de eso... ¿Tú no quieres morir? Yo sí. ¡Es tu culpa, pero también la mía! ¡La de todos! —Se exalta—. ¡La de esta España a la que he servido con mi sangre! ¡La de Franco, la de sus ministros, la de los ideales que pretenden defender! ¡Es la culpa de toda esta civilización de hipócritas...!

El hombre niega con energía aunque sigue con las manos alzadas.

—No. Te han hecho creer eso, Ángel. Pero no es así. No fui responsable. En realidad, tampoco los que lo hicieron directamente. La gente obedece a los papeles...

Palabras en papeles. Unos las firman, otros las ejecutan. Queríamos conseguir algo y lo conseguimos. Así funcionan las cosas. El grupo seguirá adelante, hagas lo que hagas. Tú y yo no importamos. Los tres monos, ¿recuerdas? Hacíamos lo que debíamos. Tú, ahora, crees que haces lo que debes. Adelante. Es injusto pero lo consideras tu deber. Y lo harás, no importa lo injusto o cruel que sea. Lo harás, ¿no? Pues hazlo.

El cañón, dirigido hacia el rostro del hombre, no se mueve.

El dedo apoyado en el gatillo tampoco.

Marlene Dietrich baila a solas en el mundo del pasado, sobre hojas secas.

De repente él piensa que todo ha terminado ya.

Hasta ahí ha llegado, hasta ese punto preciso y con esa fuerza, toda la furia dirigida a doblar un dedo sobre un gatillo. Pero no avanza más. Su mano, firme, se dedica a imprimir fuerza en el dedo y, a la vez, a frenarlo. Ya lo ha matado. El hombre que ha venido a matar ya está muerto. Como él. Ambos lo están porque ambos han perdido, piensa. Una amistad traicionada es una forma de asesinato. El cañón, apuntando hacia su entrecejo por un instante eterno, desciende.

—Una bala es solo un alivio —dice—. Hay personas que no merecen ni eso.

—Ángel, yo... —El hombre respira hondo. Apenas puede reprimir una sonrisa.

—Cállate.

Conforme baja el revólver se siente cada vez mejor. No merece ni morir, piensa, eso piensa cuando el golpe, propinado con algo duro y puntiagudo, se entierra en el lóbulo de la oreja, atravesándolo y hundiendo el hueso. El dolor estalla en luces y, sin saber cómo, se encuentra en el suelo. Una alfombra polvorienta se convierte en una pared. Pero lo que más le horroriza no es el dolor, ni el hecho de que haya perdido el revólver: lo que le aterra, de algún modo, es ver al bebé en el suelo junto a él, abandonado por la mujer, que de esa forma puede golpear de nuevo su cráneo con más fuerza, descargando ambas manos. El objeto que usa, sin embargo, ya no resulta tan útil como la primera vez. Sus bordes se han doblado, y el nuevo golpe solo lo aturde, le priva un instante de visión, pero no perfora el cráneo.

El bebé llora en la alfombra; él no, pero se halla igual de desvalido. Zapatos de hombre, tacones de mujer juntos. Las palabras apresuradas, la discusión matrimonial, son como una alucinación. Déjame. ¡No, aquí no! Hay que matarlo. Mátalo. ¡Aquí no! ¡Suelta eso!

Comprende que la mujer ha cogido el revólver, en tanto que el hombre ha cogido al bebé. Ambos tienen lo que más ansiaban.

—Hay que matarlo —insiste ella con calma.

—Pero no aquí. ¿Es que no te enteras? ¡Estoy muerto si averiguan que no lo eliminé! ¡Deja eso!

En la alfombra, junto a su cabeza malherida, cae algo. Cuadrado, o no del todo. Es un retrato, uno de los que había sobre el escritorio, recuerda él. Enmarcado en metal. Con eso lo ha golpeado ella, ahora comprende: una esquina está torcida y manchada de sangre. Detrás del cristal astillado, la foto del hombre, el ralo cabello peinado hacia atrás, petrificado en una sonrisa que eleva su bigote. Lo acompaña la mujer, pelo lacio y negro, más baja que él, y otro hombre, quizás un político. Están al aire libre.

—Aún quedan invitados. Los despediré y llamaré a mis hombres.

Los zapatos se apartan un instante y el tocadiscos deja de sonar. Queda la llantina del bebé, que proviene de los tacones que se mecen al lado de su mano izquierda.

Los zapatos regresan a su maltrecho campo visual.

—Es arriesgado —dicen los tacones.

—No lo reconocerán —replican los zapatos—, nadie se lo espera. Parece otra persona. Está vivo aún, casi lo matas. —El rostro del hombre (agachado) resulta desmesurado ante sus ojos—. Pon al niño en la cuna. Hay que cambiar a Richi. Y tiene hambre.

Richi, piensa. No cree que el cuello esté fracturado, pero aun así no puede mover la cabeza porque todo es un infierno de dolor. Tiene conciencia apenas de que vomita en la alfombra mientras le atan las manos a la espalda con algo, cuerda o tela. Lo siguiente que ve es a la mujer. Está sentada en una cama y hunde en la boca del bebé un biberón mientras dirige sus ojos azul pálido hacia él. Lo mira con curiosidad, no con odio. Él se recuerda a sí mismo en el suelo, cerca de la mujer, manos y pies atados, la boca atravesada por un trapo. Su ojo izquierdo con nieblas de sangre. La mujer parpadea al mirarlo, y eso es lo que más angustia le produce: ver cómo parpadea mientras lo mira, no al bebé a quien alimenta, sino a él. Aunque puede que esto haya sido parte de su pesadilla. Quiere dormir, quiere morir, al menos rezar, pero solo logra mover la cabeza, que es una tortura colocada allí, sobre su tronco, inservible como el resto de su cuerpo.

Luego ve una oscuridad gélida, mortuoria.

Y siente gran alivio al saber que va a morir sin haber matado a nadie.

Doña Teresa hace una pausa y me mira con calma.

—Esto no acaba como en las películas de Hollywood, ya ve. Metieron a Carvajal en el coche de Elías Roca, pero no para llevarlo a la muerte. La jugada de Roca fue maestra. Comprendió enseguida que la noticia de que él había fallado y Ángel Carvajal había sobrevivido se sabría pronto, no importaba lo que él hiciera para encubrirla: los que habían ayudado a Carvajal en el Frente la difundirían. Se sintió perdido. De modo que no tenía sentido matar a Carvajal por segunda vez. Lo que hizo, ese mismo día de la fiesta, con Carvajal atado y amordazado en su habitación, fue llamar a los representantes de su grupo. Les informó de que Carvajal estaba vivo. Ya ve qué astucia: si no puedes ocultar tu error, revélalo antes que nadie. Dijo que Carvajal había sido salvado por Rahini y que su puesto había sido comprometido. Seguramente lo interrogarían, no solo en España, lo más probable era que no solo en España. Así que de él dependía la seguridad de todos y el futuro del plan. Si lo eliminaban, solo conseguirían que el pastel se descubriese poco a poco. En caso contrario, él podría encargarse de delatar a los menos importantes, crear señuelos, mezclar verdades y mentiras. Les convenció de que sería mucho más valioso si seguía con vida. Luego llamó al comandante Gómez y se entregó. Como moneda de cambio, les ofreció a Carvajal. Les contó que Carvajal e Hidalgo eran inocentes. Les ofreció parte de la verdad. Fue hábil.

—Así que no lo arrestaron —dije.

—Claro que lo arrestaron. Pero se convirtió en un peón coronado. De haber dependido de Gómez, Elías Roca habría sido fusilado, pero Franco le quitó esa idea de la cabeza. A los americanos les interesaba, la CIA lo quería en Estados Unidos. La oposición a Eisenhower quería saber si podían usarlo contra el presidente. Era valioso, como él mismo sabía. Pasó un año o dos ofreciendo información y regresó a España como un hombre libre, con una nueva identidad, la del señor Adán Caballero, y un indulto. Tenía dinero, y se rumorea que le dieron más por su silencio. Vivió con su hijo Ricardo en Madrid y luego se mudó al sur de Francia, donde se casó. Sheila Wetstone había muerto años antes sin que se hubieran casado. Roca se dedicó a cuidar su huerta. Jubilación anticipada. Ya ve. Esto no es una película. Ni una novela.

—¿Qué le ocurrió a Sheila?

—Oh. —Hace un gesto con su mano sana—. Un accidente, se dice. Un mes o dos después de que Roca fuese arrestado, cogió el coche y se despeñó por las cuestas de salida de Ceuta desde donde la Mujer Muerta. Puede que el grupo quisiera presionar a Roca con la muerte de ella, pero lo dudo, porque los Wetstone eran parte del grupo. O tal vez existe algo de justicia en el destino. No lo sé. No me importa. No fue madre, ni mujer, ni siquiera un ser humano. —Le pregunto por Ángel Carvajal y su propio destino, y asiente—. Esa es la buena noticia: sobrevivió. Por supuesto, fue declarado inocente y su crónica mecanografiada sirvió para lo que Rahini quería: delatar la Operación Brujas, una operación encubierta destinada a provocar guerras en las antiguas colonias.

—¿Y Carvajal?

—Públicamente se hizo oficial la noticia de que se había suicidado. No podían dejar que su identidad fuese conocida. Cuando la borrasca pasó lo trasladaron y pudo reunirse con su familia. Vivieron un tiempo en el extranjero, antes de regresar a España. Llevó consigo una copia de su historia, aunque nunca la publicó. Es por eso que la tenemos todos. Solo las cosas escritas quedan para siempre. Se habla mucho hoy de las imágenes, pero ¿sabe qué creo? Creo que son las palabras las que perduran. —Y tras una pausa reflexiva—: La justicia está en lo que se escribe.

—Pero las palabras también pueden mentir —objeto.

—Cierto. —Su mitad de labio se tuerce de desprecio—. Ese crédulo de Ricardo Roca quería una biografía que honrara a su padre. ¿Y qué obtuvo? Una mentira. Pero las mentiras se descubren cuando se escriben. Contadas, pasan por verdades. Solo escritas pagan su precio. Creo que es una lección que Ricardo Roca ha aprendido para siempre.

Durante el silencio doña Teresa no me mira. Yo sí a ella. La veo ahí, figura diminuta e inmóvil en esa silla de ruedas. Sé que los segundos pasan y el tiempo de mi entrevista se acaba, pero respeto su silencio. Yo también me pregunto si lo que me ha contado es verdad. Hasta qué punto las figuras de Ángel Carvajal y Elías Roca han llegado a representar para ella una especie de lucha eterna entre el bien y el mal. Pero creo en lo que me dice. Pienso que, cuando lo escriba, pondré sus palabras en el papel.

Solo en una cosa no creo.

—A veces... —dice ella, aún sin mirarme, con los ojos puestos en algún punto del suelo, como aquel que se afana por sacar un cubo de un pozo hondo y vigila cada tirón de cuerda, cada pequeña subida—. Le confieso que, a veces, tengo cierta envidia de Ricardo Roca y de los hijos de Ángel Carvajal. Porque todos ellos, al menos, tuvieron cosas que poder contar y leer, aunque fuesen mentiras. Nuestro padre no nos legó ninguna palabra. Ninguna historia. Él... —Se calla y hace gestos señalando algo—. ¿Puede alcanzarme esa caja de pañuelos, por favor?

—¿Le doy uno?

—No, no. Ponga la caja aquí cerca, gracias. —Coge uno y se suena la nariz. Sus ojos siguen secos—. Nuestro padre nos dejó una página en blanco a mi hermano y a mí. Eso ha sido lo más terrible. Cuando me despierto cada noche, tras una pesadilla, no puedo llamarle. Porque en mi recuerdo mi padre tiene siempre más miedo que yo. Lo estoy viendo ahora atado a esa silla... como yo he terminado... Atados ambos a sillas para siempre... —Gruñe ante la ironía—. Llorando, aullando, los mocos y la baba cayéndole por la barbilla. «Por favor, no, por favor, no», decía. Pedir piedad: esa es la herencia que nos dejó. Nos secuestraron y nos llevaron a un viejo almacén. Me encerraron con Fernandito mientras hacían salir a mi madre. Cuando me tocó salir, ya la habían matado, y mi padre había dicho que sí. Que firmaría. Que haría todo lo que quisieran. A mí me golpearon para que él supiera que con eso no bastaba. Que la palabra no era suficiente. Él les pertenecía. Era de ellos. Si le decían:

«Cágate encima», lo haría. Cuando me patearon hasta dejarme los huesos rotos, mi padre ya había dejado de odiarles. Porque hay un punto en todo terror en que te quiebras como los huesos y dejas incluso de sentir odio, y ya solo te queda sumisión. —Me mira—. El problema es la página en blanco. Ese vacío. Usted, como escritor, debe de saberlo: una página en blanco se rellena con muchas cosas.

—Su padre solo quería salvarles...

—No me cuente lo que ya sé. —Interrumpe—. Eso es parte del problema: ni siquiera puedo culparlo a él. Ricardo Roca vivió creyendo que su padre era un héroe, ahora sabe que era un traidor. ¡Cuánto envidio esa certeza! Mi hermano murió, y yo moriré, creyendo que... —Y de pronto me mira y parte de esa máscara de civilización se desprende de la mitad de su rostro que aún sigue viva—. Creyendo, no: sabiendo que mi padre era un cobarde. Un cobarde repugnante. No odiamos a Elías Roca porque nos torturase y matase a mi madre. Lo odiamos porque logró hacer salir al cobarde repugnante de su guarida. A la luz. —Se recobra enseguida, tras varios parpadeos, como esas espiritistas que despiertan de un trance tras haber sido poseídas por algún alma destructora—. Le voy a confesar algo, porque me cae bien, y no me importa si luego quiere ir a la policía con eso: yo conocía el plan de mi hermano.

Me quedo mirándola.

—Usted ya lo sospechaba, ¿no? —agrega.

—Sí.

—Un chico listo —dice—. La idea fue de Fernando, eso es cierto. No me la dijo, pero era mi hermano. Vivíamos en el mismo edificio. Era difícil que nos ocultáramos algo durante mucho tiempo. Nos teníamos el uno al otro. Sabía perfectamente cómo le había sentado la publicación de ese libro sobre Elías Roca. No era la primera vez que habíamos hablado de venganza. Llevábamos mucho tiempo detrás de Ricardo Caballero, recabando información sobre sus hijos, su vida. Mi hermano lo había localizado años antes, después de de leer la historia de Ángel Carvajal y hablar con los hijos de este. Pero nunca habíamos hecho nada. Hasta ese momento. Cuando ese libro se publicó, mi hermano cambió. Es curioso: la historia de Ángel Carvajal era la verdad, la de Elías Roca era mentira, pero ambas nos empujaron a la venganza. Un día confronté a mi hermano y lo confesó. Me dijo lo mismo que le estoy diciendo yo a usted ahora: ve a la policía, si quieres, Teresa. No lo hice. Le pregunté qué pensaba hacer con Yolanda Caballero y me lo dijo, y estuve de acuerdo. —Otro pañuelo de la caja. Con este se seca los labios, como si hubiese comido algo. Luego prosigue en un tono tranquilo—. Las otras chicas eran un señuelo, no les harían daño. A Yolanda la echarían al suelo y le darían patadas hasta dejarla como a mí. Mi hermano les pagó por eso. Me lo contó y me pareció bien.

Me mira, desafiándome a que le discuta, y la complazco.

—Yolanda Caballero no sabía nada del pasado —digo—. De hecho, ni siquiera su padre sabía la verdad. Yolanda era inocente...

—Así es. Inocente como nosotros. No queríamos hacer justicia, queríamos vengarnos, ¿no lo he dicho ya? ¿No es usted escritor? Ese es el sentido de la venganza. Inocencia por inocencia. —Me mira—. Yo lo acepté, e incluso le pedí grabarlo en vídeo.

Sigue mirándome, pero me percato de que no es a mí

a quien ve. Se halla como ante un público, declarando en voz alta.

—Mi hermano y yo nunca lo dudamos. Nunca nos preguntamos: ¿qué va a devolvernos hacer esto con esa chica? —Su tono ahora es de incredulidad—. Señor mío: cada patada sería una pequeña devolución. Una pequeña felicidad. Quizá le enviáramos a su padre una copia del vídeo y él llegara a gritar también «por favor, no, por favor, no». —Hace una pausa y su tono, ahora, es soñador—. Era guapo. Me refiero al hombre que me dejó así. Al que me pateó. Era guapo. Creo que alemán, nunca estuve segura: quizá ruso o americano. Rubio, eso sí, de mandíbula cuadrada. Estaba en mangas de camisa y usaba tirantes. Recuerdo sus botas, claro. Pero también recuerdo un mechón de su pelo rubio. Era un bucle que le caía sobre la frente así... —Ondula la flaca, temblorosa mano frente a su rostro—. Él se lo apartaba vanidosamente cuando le cubría los ojos después de darme una nueva patada. ¿Por qué recuerdo eso? No lo sé. También recuerdo que se llevaba el dedo a los labios para pedir silencio. Todo el tiempo. —Imita el gesto—. Lo hacía porque mi padre no paraba de gritar. Eso lo vi al principio. Luego ya solo vi las botas. De soldado, oscuras, la puntera algo rayada. Afirmaba la izquierda, echaba hacia atrás la otra... Mientras pude hablar, pedí ayuda a mi padre, pero él lloraba y a veces reía, y decía «por favor»... Entonces llamé a mi hermano, que estaba cerca, en algún sitio. No para pedirle ayuda sino para decirle que yo seguía allí todavía, que estaba viva. Luego ya solo solté sangre. Bolas de sangre. Grandes bolas. No chorros: como... como esferas tibias, rojas, amargas. Mi hermano no pudo hacer nada en ese momento. Era solo un bebé. Luego se pasó la vida respondiendo a mis gritos.

Hay una larga pausa. Otro pañuelo de papel, pero de nuevo tampoco para las lágrimas. Esta vez se lo pasa por la frente. Sus manos, todo su cuerpo, son un amasijo raro y marchito. Pero no la veo temblar.

—Ya tiene usted su historia —dice—. Le deseo suerte con la novela. Pero cuidado. No dé muchos datos, es mi consejo. Todo esto puede estar desclasificado ya, pero ese grupo sigue ahí, influyendo, decidiendo. Tenga mucho cuidado.

Decido intervenir al fin, tras otra pausa.

—Pero usted se arrepintió, Teresa.

Alza el rostro, que su memoria hundía con tanto peso, y me mira gélida.

—¿De qué?

—De lo que pensaban hacer con Yolanda.

—¿Cómo se le puede haber ocurrido eso? —exclama.

—Usted era imaginativa. Y lectora. Le gustaba jugar con las palabras. Lo dice Carvajal en su historia, en boca de su padre. Fue usted quien subrayó las fotocopias y las envió en nombre de su hermano, ¿no es cierto?

Me mira largamente, con mucha dureza. Luego toma aire en su delgado pecho.

—Lo que hice fue poner las cosas en claro. Para que una venganza sea completa, las cosas deben estar claras. Si hubiese querido delatar a mi hermano o detener el plan, habría llamado a la policía. No me arrepentí de nada. Lo que hice fue releer la historia de Carvajal y... subrayar. Porque las palabras eran las responsables y las salvadoras. Entonces se me ocurrió que la venganza sería perfecta si hacía exactamente lo mismo que habían hecho con nosotros: jugar al azar. Nosotros fuimos torturados sin saber nada. Mi padre fue escogido por azar. Y yo quise que la suerte de Yolanda fuese la misma. Que alguien leyera las fotocopias y se fijara en las palabras. Si Dios o el azar querían, algo ocurriría. Si no, mala suerte para ella y su familia. La misma suerte que tuvimos nosotros. —Se contempla las manos un instante.

—¿Les contó la verdad a los Carvajal?

—No, a nadie —dice en tono ofendido—. Ya le dije que no quería delatar a mi hermano ni desmontar el plan. No involucré a los Carvajal, pero opté por Madrid para alejar las sospechas de Barcelona. Estuve rastreando en Internet las librerías de Madrid y pensé que sería un detalle poético entregárselo al dueño de una que era un marroquí del Protectorado. Pagué a uno de los hombres con los que solía trabajar mi hermano. Claro está, tuve que hacerlo en nombre de mi hermano. Le dije que era imprescindible que el librero y un amigo del librero relacionado con el mundillo literario leyeran esas fotocopias en veinticuatro horas, y fijé una cantidad de dinero para que lo hicieran. Luego tendría que quitarse de en medio. La policía lo detuvo, claro.

—Quizá porque usted así lo quería —insisto, despacio—. Usted quería salvarla.

—Le digo que no. ¡Yo estaba de acuerdo con el plan, ya se lo he dicho! Yo era cómplice. —Se detiene, como si reflexionara—. Quizá quería... No sé. Pasar página. ¿No se dice así? Nunca mejor dicho: pasar página. La historia de Ángel Carvajal es conmovedora, pero hay muchas historias en nuestro país que también lo son. Hemos vivido tiempos terribles, muchos españoles. Han sido años de brutalidad, de miseria, de violencia. Pero creo que debemos hacer como cuando leemos: no olvidar, pero pasar página. Sí. —Asiente como para sí misma—. Pasar página y seguir leyendo. Porque el futuro... El futuro está escribiéndose mientras leemos. Usted es escritor. Yo soy lectora. Ambos creemos en las palabras. Usted fue quien salvó a Yolanda. Yo solo subrayé la historia. ¿Sabe? —dice suavemente—. Me cae usted bien. Haré algo más que darle la copia de Carvajal. Voy a llamar a Ana y le pediré permiso para que usted la visite. Si me dice que no, lo dejaremos así y usted no los molestará. Debe prometérmelo.

Se lo prometo y espero en el salón mientras ella da instrucciones y hace la llamada desde otra habitación. Durante ese tiempo solo pienso en una cosa: el vídeo nunca hecho. El «vídeo de la devolución». Concluyo que son tan solo imágenes soñadas, con mucha menos entidad que todo lo escrito. Como ella misma dijo: yo soy escritor, ella lectora; nos unen las palabras, solo las palabras, no las imágenes.

—Ana y su marido aceptan que los visite —dice, animosa, cuando la criada la deposita de nuevo frente a mí—. Me piden que sea usted discreto. Yo se lo pido también. No me importa lo que le cuente a la policía sobre mí, pero la familia Carvajal no sabe nada de lo que hicimos, y no debe saberlo nunca.

Me apresuro a tranquilizarla. La entrevista ha terminado, y creo que todo ha terminado ya entre Teresa Hidalgo y yo. Pero me detiene cuando inicio la despedida.

—Aguarde. Hay otra cosa para la que me ha dado permiso. —Sus ojos brillan—. Es una noticia que supongo le alegrará.

No he olvidado el lugar, pero no quiero dar detalles. Es amplio. Me reciben ambos, Ana Carvajal y su marido. Él tiene cara de buena persona. Aunque de los Carvajal no poseo tantas referencias visuales como de los Roca, diría que el rostro abierto, simpático y honesto de Ana es el de su madre Ángeles. Y la maravillosa nieta que se remueve dentro del parque infantil con ruedas del salón también se parece a ellas.

Ana y su marido me reciben con cariño. No saben nada, en efecto, de lo más oscuro. Saben que el hermano de Teresa se quitó la vida. Los recuerdan con mucho afecto. Y añaden que están contentos porque soy el primer escritor que conocen. Les corrijo: en todo caso seré el segundo. Y eso me da pie, cuando creo que ha pasado un tiempo prudencial, tras aceptar por cortesía una cerveza y dejarme ser observado, sobre todo, por ella (él, más distraído, juega con la niña), para hacer la pregunta.

—¿Puedo verlo?

Se miran entre sí y sonríen.

—Claro —dice Ana—. Ya le hemos hablado de usted.

Me conduce por un pasillo no muy largo hasta la última habitación. No huele mal dentro de ella. De hecho, un ligero perfume a colonia lo impregna todo. Lo cuidan bien. La situación económica les permite una ATS a ciertas horas. Y los hermanos (Carlos y Luis, que no han querido verme) también aportan. Entre todos lo tienen allí. Noventa y nueve años.

Ni más ni menos.

—Papá. —Lo anima ella—. Papá. Es ese escritor del que te hablé. ¿Recuerdas? El que va a publicar tu historia. Acérquese, acérquese —me dice—. Él le escucha aunque no le hable... Lo escucha todo.

Se oye una respiración. Las persianas están bajadas hasta dejar solo un filo de brillo, y la espalda de la hija me impide la visión. Cuando se aparta, es como si me diera por pensar: por fin he llegado.

Aquí está, tendido en esta cama, pulcramente cubierto por mantas.

Sus rasgos no pertenecen ya a mi imaginación ni a mis palabras. Aquí está, realmente. Mejillas hundidas y pelo ralo y blanco. Muy bien afeitado, pero me hace sonreír la escueta sombra de su bigotito. Tubos adentrándose en sus finísimas fosas nasales para prestarle un hilo de vida desde una botella de oxígeno. Ángel Carvajal me mira parpadeando con los ojos entornados, como si yo estuviera muy lejos. En verdad lo estoy, pero él se halla conmigo en esa lejanía.

Noventa y nueve años, y los que aún le quedan, su esposa fallecida ya, pero él allí, sostenido por el amor de sus hijos, hechizando la vida en casa de Ana. El héroe de mi fantasía. Don Ángel, cómo está, le digo. Le tomo la mano con la mía. Recia y helada. Se me antoja que palpo en sus yemas callosas las teclas de una máquina de escribir. Cada letra, cada palabra. Tiene la piel morena, de eso me percato ahora. Muy flaco y muy moreno.

Pasamos así un tiempo, unidos por las manos. No sé cuándo nos han dejado solos. Sé que estoy junto a él, en pleno silencio. No me siento incómodo. Lo conocí en silencio, como a todos los personajes de los libros, así que no me importa que no hablemos ahora. De hecho, yo también he callado, abandonando cualquier intento de decirle algo común: gracias, me alegro de conocerle. Nada de eso me parece apropiado ahora, con nuestras manos juntas, él apretando la mía. Como si quisiera tirar de mí hacia donde está, como si quisiera decirme: ven, porque yo soy tú, ven, porque eres lo que imaginaste sobre mí. Odio y miedo, el origen del mal, han quedado atrás, así que ven.

Su mano aprieta la mía con fuerza. Permanecemos el uno junto al otro.

Al fin sé lo que deseo decirle. Me inclino, le hablo al oído.

—Don Ángel, creo en las palabras.

Agradecimientos

Aunque los personajes de esta novela son ficticios (incluyendo el anónimo escritor), todos poseen relación con la realidad (incluyendo al anónimo escritor). Aquí debo citar a aquellos que, con su realidad, me ayudaron inmensamente a construir esta ficción.

Ángel Carvajal nunca habría existido sin la inspiración que me proporcionó la vida del miembro de los servicios de inteligencia españoles en el Norte de África Víctor Martínez-Simancas. Sus familiares han sido fuente de ánimo e inestimable ayuda para mí: largas conversaciones y un periplo por Ceuta son ejemplo de ello. La biografía de Martínez-Simancas escrita por el historiador José Manuel Guerrero Acosta, *La vida dos veces* (Estudios Especializados, 2014), fue también decisiva. Agradezco a Guerrero Acosta, además, que dedicara su tiempo a responder a mis preguntas sobre la vida en el ejército de la época. Por su parte, Gerardo Rodríguez que había trabajado con Víctor en el servicio de inteligencia en Ceuta, respondió también encantado a mis cuestiones durante un inolvidable mediodía malagueño. Mi amigo el editor Eduard Gonzalo revisó todo el manuscrito y me sugirió algunas correcciones que he incluido en la redacción final.

Como siempre, la agencia literaria Carmen Balcells, SA, con su equipo de magníficos profesionales, ha sido crucial para que este libro viera la luz, y aunque la gran Carmen Balcells nos dejó mientras yo lo finalizaba, ya había comenzado a leerlo y me animó mucho con su opinión, como lo hizo el entusiasmo de mi editora en Ediciones B, Carmen Romero.

Mi mujer y mis hijos están cuando los necesito, pero saben también dejar de estar. Mejor familia para un escritor, imposible.

Gracias a todos ellos este libro existe.

Madrid, 2017

Índice